Antonio Pennacchi

# Il delitto di Agora

*Una nuvola rossa*

ROMANZO

**MONDADORI**

Dello stesso autore in edizione Mondadori
*Il fasciocomunista*
*Shaw 150. Storie di fabbrica e dintorni*
*Canale Mussolini*
*Mammut*
*Canale Mussolini. Parte seconda*
*Brutto gatto maledetto* (edizione italiana
di una irriverente fiaba danese per i più piccoli)

🅰 librimondadori.it
anobii.com

Agenzia: Simone Morandi
Editor: Massimiliano Lanzidei
Redazione: Laura Barbara Gagliardi

*Il delitto di Agora*
di Antonio Pennacchi
Collezione Scrittori italiani e stranieri

ISBN 978-88-04-71066-0

© 2018 Mondadori Libri S.p.A., Milano
I edizione novembre 2018

# Il delitto di Agora

*A Andrea e Cristina Contini,
a Fabrizio e Mirella Leccabue*

*A Giorgio Zeppieri e
Teresa Zeppieri Tasciotti*

*A Nicola Caratelli*

*A Giorgio Villa*

# Agora

Agora – con l'accento sulla prima a, per piacere; quella iniziale – è un paesaccio che sta sulla montagna.

A dire la verità, sulla guida dell'Ente provinciale del turismo è scritto: «Ridente paesino dei monti Lepini». Ma che cos'abbiano da ridere non s'è mai capito, né Agora né i monti Lepini. E se eventualmente comunque ridono, di sicuro è per non piangere.

È a un passo da Roma. Nelle notti serene – dal tempio di Minerva – se ne vedono perfino le luci: a poco più di quaranta chilometri a nord. Ma è un paesaccio e sta sulla montagna, anche se in effetti sono montagne per modo di dire: la cima più alta è la Semprevisa – appena millecinquecento metri sul livello del mare – e tutti i paesi stanno invece a mezzacosta, fra i trecento e i cinquecento metri. Collina allora? Nemmeno. I Lepini infatti spuntano dalla pianura all'improvviso: rocciosi, erti, assolutamente non digradanti. Sbucano di botto – alla traditora – senza una salitella premonitrice. È tutta roccia calcarea bianca, con appena una spruzzata di terra – ogni tanto – portata lassù da chissà quale vento.

Appena finiscono i Colli Albani – tutto tufo vulcanico marrone, sbriciolato in superficie e misto a pozzolana: il paradiso della fertilità – cominciano loro, i Lepini. Da Velletri li vedi come una linea dritta che spacca l'orizzonte. Subito a sinistra ci sono Cori e Roccamassima e in fondo – a cinquanta chilometri – c'è Terracina. In mezzo Norma, Agora, Sermoneta e Sezze, mentre sull'altro versante o coperte da costoni ci sono Artena, Segni, Montelanico, Bassiano (l'antica *Vassianum*), Roccagorga, Maenza, Prossedi, Roccasecca, Priverno, Sonnino e infine Terracina. E sotto – per chilometri e chilometri quadrati – la tavola piatta dell'Agro Pontino, chiusa solo dalla lunga curva azzurra del mare che circoscrive l'orizzonte, dal sinistro angolo estremo di Terracina fino a Torre Astura, interrotta solo e per un attimo dal promontorio del Circeo. Poi più in là – da Torre Astura – puoi solo immaginare Anzio e Nettuno, Ostia Antica ed oltre.

Noi stiamo nella pianura e i Lepini li abbiamo sempre considerati un corpo estraneo. Anche se quelli della montagna pensano invece esattamente il contrario: il corpo estraneo saremmo noi. Anzi, un vero e proprio tumore.

Per più di mille anni c'è stata la palude: selve e acquitrini infestati dalla malaria. Chi ci scendeva ci moriva. E loro restavano appunto lì, aggrappati con le unghie e con i denti alla montagna. A mangiare soltanto olive e a pascere le pecore. Con tutto quel ben di Dio in piano, loro seminavano il grano in mezzo alle rocce della Semprevisa, a fianco alla neve. Zappavano con il picco, trebbiavano col setaccio a mano e riempivano i sacchi a colpi di cucchiaio. In palude, per mill'anni, c'erano scesi solo per la caccia e la pesca, qualche volta. O a nascondercisi banditi, quando li cacciavano dal paese per qualche coltellata. E chiunque c'era sceso, ne era sicuramente morto: la malaria non faceva sconti a nessuno.

Poi c'è stata la bonifica, negli anni Trenta del Novecento, voluta dal fascismo. E la pianura l'abbiamo popolata noi: migliaia di famiglie venete portate qua con le tradotte. Dei primi pionieri della bonifica non ne è rimasto oramai quasi nessuno. Ma la palude non c'è più. La pianura è tutta un fiore. Strade, canali, campi coltivati. Alberi da frutto: vigna, kiwi, tutto quel che vuoi. Anche banane e ananas, nelle serre. Banane più saporite di quelle del Tanganica. E case, fabbriche, città: Latina, Pontinia, Sabaudia, Aprilia. Mezzo milione di persone, dove prima stava il deserto.

È un pezzo di Valpadana; dove sembra che parliamo il romanesco, ma a pensare e sognare si continua in veneto. Noi non ci siamo mai sentiti del Lazio. Il Lazio è Sud. Ci è completamente estraneo. Alieno. Dopo quasi novant'anni, noi siamo ancora Wasp e la Liga Veneta disse chiaro e tondo – quando voleva ancora la secessione e la Padania libera e indipendente – che noi ne avremmo fatto parte. Non più Italia, ma Padania. Eravamo cetnici e saremmo stati un'enclave, libera e indipendente come la repubblica di San Marino. Ma solo noi della pianura, però. Non i monti Lepini. Noi Wasp. Loro Apache.

Noi siamo arrivati l'altroieri. Loro stanno qua da migliaia d'anni. La leggenda dice che il dio Saturno, dopo essere stato scacciato da Giove, sia venuto a rifugiarsi qui sui Lepini – «*Inter Agoram Vassianumque*» – dove nascosto tra le forre inventò l'agricoltura, divenendo per tutti i Latini il dio dei campi seminati e dei tesori racchiusi nella terra. Le sue feste, i *Saturnalia* – in cui si scambiavano doni e facevano regali, soprattutto ai bambini – erano le più importanti dell'antica Roma. Pressappoco come le feste di Natale per noi, che i primi cristiani – per fare concorrenza ai pagani – fissarono apposta alla fine di dicembre, in corrispondenza dei Saturnalia. È da qui – non dal Polo Nord – che parte davvero Babbo Natale.

Un altro rito caratteristico dei Saturnalia – attestato da Giovenale – è il lancio di fantocci a figura di vecchio dentro il Tevere. Era la sublimazione, evidentemente, dei sacrifici umani che si facevano in onore di Saturno – in età più antica – per conquistarne la benevolenza. Noi Wasp invece «*brusémo la vècia*» (bruciamo la vecchia) la sera del 5 gennaio, vigilia dell'Epifania, e da tutti i poderi della piana s'alzano, alti, i fuochi dei *panàin*.

È un dato di fatto. Gli ultimi sacrifici umani attestati a Roma risalgono al 216 avanti Cristo, quando appena distrutte le legioni nostre a Canne – Canne in Puglia ovviamente, non in Costa Azzurra – si diceva che Annibale stesse già marciando su Roma, ma non c'erano più truppe oramai da contrapporgli e non si sapeva a che santo votarsi. Giusto agli dei, appunto: «*Gallus et galla, graecus et graeca* furono sepolti vivi sotto terra nel Foro Boario, in un luogo circondato da pietre, già anticamente impregnato del sangue di vittime umane» (Livio, XXII, 57). Del resto i sacrifici umani – più o meno rituali o sublimati dai successivi processi della civilizzazione – stanno alla base di ogni cultura e del rapporto stesso dell'uomo con il mondo magico o religioso. Non è un sacrificio umano anche quello di Cristo sulla croce? Anzi, è perfino divino.

Saturno, comunque, s'era dovuto rifugiare qua. Lui era il signore di tutti gli dei, prima. Era il padrone del mondo. I greci lo chiamavano Cronos (*il Tempo*), ed era figlio di Urano, che era stato signore a sua volta e aveva ucciso tutti i suoi figli, i Titani. Li aveva precipitati nelle viscere della terra, per paura che gli togliessero il trono.

Alla fine c'era riuscito Saturno che – a sua volta però – s'era subito preoccupato di non fare la stessa fine per mano dei figli suoi. Così li mangiava appena nascevano – «Pronti? Via» – senza pensarci sopra due volte: la moglie Rea sfornava il piccolo e lui lo inghiottiva. Uno, due, tre e quattro. Finché quando nacque Giove la moglie si stufò – «Mo' basta!» – si mise prima in petto una pietra e finse di partorire quella. Saturno la ingoiò – prendendola per buona – e lei mandò Giove a crescere di nascosto a Creta.

Quando fu bello grosso, Giove si ripresentò a casa, lo detronizzò, gli somministrò una droga che gli fece vomitare vivi tutti i suoi fratelli e sorelle e infine si accinse a chiudere la partita. Saturno fece appena in tempo a scappare e nascondersi qui, dove si accontentò di regnare sui Latini e di insegnargli la civiltà e l'agricoltura. Dopo che aveva messo al mondo i figli per mangiarli. Piccoli piccoli. Dentro la culla. Inter Agoram Vassianumque.

Il cosiddetto Monticchio d'Agora sta su un costone di monte Carbolino. Dal piano si vedono nette le strisce delle mura poligonali, di pietra bianca, che cingono parallele – seguendo le curve di livello – l'intera montagnola tutta piena di case. Attaccate l'una all'altra. Annidate sul monticchio. Con qualche albero di fico che sbuca di straforo sopra e sotto le mura poligonali – o ciclopiche – costruite con massi enormi nel V secolo avanti Cristo. Doveva essere imprendibile: è come se ci fosse, ogni cinquanta metri, una nuova linea di difesa. E da Agora Bassa ad Agora Alta – che è proprio sul cocuzzolo – era tutto un brulicare di scalette, gradoni e scalinate. Si transitava e si saliva solo a piedi o col mulo, in antico. Senza carri. Ed è rimasta così per millenni. Oggi, compreso il circondario, non arriva a 8.000 abitanti.

A cinque o sei chilometri in linea d'aria, a destra guardando dal piano, verso Terracina, c'è Sermoneta, col castello medievale dei principi Caetani, padroni e signori d'ogni luogo e d'ogni anima fino agli inizi del Novecento.

A sinistra invece – a meno di tre chilometri, sempre in linea d'aria – c'è il monte di Norma. Col paesino piccolo – medievale anche questo, tutto arroccato su una rupe di margine – al cui fianco c'è la spianata enorme dell'antica *Norba*. Da Agora Alta si vedono nitide – sembra quasi di poterle toccare – le vacche che pascolano, tra i rovi e le mura di sostruzione degli antichi templi. Nient'altro, per tutta la spianata. Neanche un albero.

Norba – *quae arx in Pomptino esset*, dice Tito Livio – era la roccaforte della lega romano-latina, il baluardo contro i Volsci. Era la città più potente. Le mura più grandi. Resistette ai Volsci e ai Sanniti. Resistette ad Annibale. Anzi, gli inflisse dure perdite. Ma durante la guerra civile – quella di Mario e Silla, nel I sec. a.C. – i norbani si schierarono con Mario, come tutti i Lepini del resto, che hanno sempre avuto tradizioni rosse e di sinistra. Ed è per questo – dicono – che Mussolini ha dato le terre bonificate a noi e non a loro.

Gaio Mario era il capo dei *populares*, Silla era il capo degli aristocratici – reazionari della più bella specie – che però vinsero loro. Norba fu stretta d'assedio per diversi mesi dall'esercito sillano comandato da Emilio Lepido, ma continuò a resistere anche dopo che Mario era morto e la guerra persa su tutti i fronti. Quando poi cadde fu rasa al suolo – quel poco che era rimasto – e sparso il sale sopra dappertutto, per non farci più crescere un filo d'erba.

Appiano dice: «Norba antisillana resistette ancora aspramente, finché penetrato in essa di notte per tradimento Emilio Lepido, degli abitanti inferociti per il tradimento alcuni si suicidarono, altri si uccisero tra di loro, altri si impiccarono. I padri uccidevano le mogli e i figli, perché non cadessero preda dei nemici, e poi rivolgevano le lame su sé stessi. Altri ancora, bloccate le porte delle case, vi appiccarono il fuoco. Un vento, sorto violentissimo dal mare, a tal punto alimentò le fiamme che nessun bottino si ricavò dalla città». Era l'anno 82 avanti Cristo.

I pochi sopravvissuti emigrarono ad Agora. E lì rimasero. Poiché Agora – come Sezze e come Cori – appena vista la mala parata era passata con Silla. Il quale infatti la remunerò con grandi elargizioni e un nuovo giro di speculazioni e sviluppo edilizio: il tempio di Minerva, quello di Castore e Polluce, il Foro nuovo, il ponte di Silla, eccetera.

A Norba nessuno rimise più piede. Forse proprio per ordine di Silla. Solo nel medioevo ci tornò qualcuno. Ma andarono a costruire da un'altra parte, sullo sperone più marginale, il posto più scomodo: la Norma di oggi. E il circolo delle parentele, tra Agora e Norma, è rimasto strettissimo: non c'è famiglia di Agora – per i giri ereditari – che non possieda e coltivi un fazzoletto di terra, o un uliveto o un vigneto, sulla montagna di Norma.

Ma sul grande pianoro di Norba nessuno ha più avuto il coraggio di murare una pietra sull'altra. O di innestare una vite. Un albero.

Dicono che di notte, ogni tanto, si senta ancora qualcuno che urla. Si sente bene. Anche da Agora Alta. E non solo nelle notti d'estate, quando c'è la luna piena e i lupi mannari si sfogano attorno all'ara di Giunone Lucina. Ma nelle notti d'inverno – quando piove forte di stravento, con le nuvole che arrivano dal mare a cento all'ora a sbattersi addosso alla montagna – allora gli urli si fanno più alti e dal tempio di Minerva, su ad Agora Alta, si vedono nettissimi bagliori nella roccaforte di Norba. Netti e prolungati. Come se il fuoco divampasse ancora.

Così dicono. Padroni pure di credere quello che gli pare. Noi Wasp. Loro Apache.

# PARTE PRIMA

# 1

Io questo libro non lo volevo fare. Non avevo nessunissima intenzione di impicciarmi in questa storia. La prima volta che me lo hanno proposto – avevano appena arrestato Giacinto ed erano tutti supersicuri che fosse proprio lui il frocio assassino – ho detto: «No. Non mi interessa».

La storia non m'era piaciuta. Anzi. Mi aveva proprio disturbato. Meglio ancora: «sturbato», come dicono sui Lepini. Che non è più un semplice atteggiamento di distacco e disaffezione psicologica, ma è già uno stato fisico: con un senso di contrazione dello stomaco e poi di nausea. E che il fatto sia avvenuto a due passi da casa mia me l'ha aumentato. Fosse successo in Valpadana forse m'avrebbe interessato di più. A casa mia no. M'ha dato fastidio e basta. Anche perché la prima volta che l'ho sentito al telegiornale – e non mi ricordo più se è stato la notte stessa o il giorno dopo; il che non è, come si vedrà più avanti, un particolare del tutto ininfluente – ho pensato subito al padre: «E questo qui», mi sono detto, «si mette già in agitazione alle sette e mezzo di sera?». E poi troppe coltellate, oltre al fatto che li ha scoperti lui. Ma quando ne ho parlato a Sommacampagna ha fatto un sorrisino furbo e ha detto: «Lei ha svolto un semplicissimo processo di autoidentificazione».

«Mi ci voleva lo psicanalista per saperlo», gli ho risposto. E ho rimpianto, dentro di me, tutti i soldi che gli porto. Ma questo non l'ho detto. È evidente che in quel padre mi ci sono rivisto io. Come, credo, tutti i padri di figlia femmina. Che esista l'Edipo oramai lo sanno tutti. Non ci voleva mica Sommacampagna. Sta pure sugli *Albi dell'Intrepido*.

Con questo non voglio dire che tutti i padri abbiano intenzione di uccidere le figlie. Anche se certe volte – quando ti trattano come un deficiente o ti lanciano sguardi pieni d'odio: «Non capisci un cazzo» – la voglia ti verrebbe pure. Ma la forza della civilizzazione è tale che uno riesce a mandare giù, e senza far vedere molto, anche rospi peggiori. Non è però sempre detto neanche questo – parlo della forza della civilizzazione – poiché Althusser è stato uno dei più grandi filosofi del Novecento eppure ha spaccato ugualmente la testa alla moglie con l'accetta.

Questa storia, quindi, m'ha smosso dentro. Ma smosso in modo negativo: un moto di repulsione. Figuriamoci se mi mettevo a scriverla. «Non faccio le storie mie», ho detto, «e mi metto a fare questa qua?»

C'era anche un motivo estrinseco, oserei dire strutturale: «Non è il mio mestiere», ho spiegato. «Io faccio normalmente romanzetti storici, mischiati con un po' d'amore e d'azione». So fare solo quello. Non mi sono mai occupato di gialli. Non so proprio come si facciano. Ne ho letti in tutto due o tre. Si fosse trattato di fantascienza, pure pure. Quella ne ho letta tanta, da ragazzo. Sugli *Urania*. Ma gialli niente. Non mi sono mai piaciuti. Ho un fratello che è uno specialista. Ma io no. Anche film gialli ne ho visti pochi. Mi mettono ansia. E non capisco mai l'intreccio e l'assassino. Figuriamoci a scriverli. «Ma è successo dalle tue parti», hanno insistito. E che c'entra? Tutti i giorni, dalle mie parti, partorisce qualcuna o a qualcun altro scoppia l'appendicite. Ma a nessuno viene in mente di chiamare me per operarli: a ognuno il suo mestiere. E il giallista non è il mio.

In effetti era già qualche anno che m'ero stufato di occuparmi anche di storia. A un certo punto, all'improvviso, m'era venuto – come a Pirrone d'Elide – il sospetto che sia praticamente impossibile ricostruire per davvero come sono andati i fatti nella realtà. Ognuno la racconta come gli pare. Tacito dice che Nerone è un porco. E tutti a credergli. Per migliaia d'anni. Ma vai a vedere per davvero la storia come è andata. Ci mancavano solo la cronaca nera e i gialli giudiziari.

Nei libri gialli sono tutti sicuri: «Questo è il buono e quello è il cattivo. I fatti sono andati così e così. Il testimone è sacro: quello che dice lui è la verità. A meno che non sia un testimone falso: ma in questo caso alla fine saranno affari suoi. Il bianco è bianco e il nero è nero. Stop».

Qui, il primo testimone falso sono io. Dicevo, all'inizio, che non ricordo bene quand'è che l'ho sentito al telegiornale: se è stato la notte stessa – a mezzanotte o all'una, o all'una e mezzo – o se è stato il giorno dopo, a ora di pranzo. Ma sono quasi sicuro che è stato nella notte, mentre zigzagavo tra i programmi sportivi. Deve essere stato in una pausa di GOAL DI NOTTE. Sarei pronto a giurarci. Sarei pronto a metterci una mano sul fuoco. Dico davvero, perché mi pare proprio d'essere ancora lì, di notte, sulla poltrona, mentre tutti gli altri sono andati a letto.

E farei male: resterei monco più di Muzio Scevola. Poiché non c'è niente di sicuro a questo mondo. Purtroppo. E soprattutto qui. Anzi, una ricostruzione attenta porterebbe assolutamente ad escludere che possano averlo dato nella notte. Il fattaccio s'è svelato alle 23.25. Che è l'unico orario certo di tutta la storia. Ed è l'unico orario certo – a meno che non abbiano scritto fesserie pure i carabinieri – perché sta scritto nei verbali del "112 europeo". Tutti gli altri sono ballerini. Non ce ne è uno che regga: le 23.25 sono l'unica certezza. L'appuntato Luigi Fois, in servizio presso la centrale operativa del comando provinciale dei carabinieri di Roma, registra la chiamata da Agora di Proietti Carmine,

che si qualifica come maresciallo dei carabinieri in congedo: «Sti figli di puttana mi hanno ammazzato mia figlia...
ti possino ammazzarti l'amico suo è da oggi che non torna l'ha ammazzata a casa... tutti e due in camera stanno...
l'ha ammazzata e poi si è ammazzato... sto figlio di puttana
che si è ucciso... sto bastardo disgraziato, figlio di mignotta,
glielo avevo detto di lasciarlo... ha fatto fuori mia figlia... ti
possa pigliare un colpo a te e la razza tua, me lo immaginavo
vo che fosse successo».

E se il 112 è stato allertato alle 23.25, la stampa non può
averlo saputo prima dell'una. Non c'era ancora Internet e i
telegiornali a quell'ora erano chiusi. È matematico: non posso averlo sentito che il giorno dopo. È escluso che sia stata
quella notte. Il mio primo ricordo di questa storia, quindi,
è un ricordo fallace. La mia sarebbe una testimonianza del
cavolo. Sarei capace, come dicono ad Agora, *«de fa' ì 'n ga-*
*lera le pétre»* (di far andare in galera le pietre).

La cosa strana, però, è che c'è anche un altro – e non è
un semplice testimone, ma un indagato – che dice di averlo sentito in televisione la sera stessa. Ma alle undici però,
su Telelazio – mezz'ora prima che i cadaveri venissero scoperti – ma è un indagato marginale, non è mai stato seriamente nel novero dei sospettati. A sentire il paese intero,
non è uno che si possa definire sveglio e tutte le sue dichiarazioni, quindi, non fanno testo. Esattamente come le mie.
Sia per il paese che per tutti gli inquirenti. A meno che non
servano, di volta in volta, a reggere qualche tesi. Ma solo
quelle a carico, naturalmente. Quelle a scarico continuano
a non fare testo.

Henri Pirenne – uno storico – ammoniva sempre i suoi
allievi, soprattutto i più entusiasti, a non fidarsi troppo di
nessuna testimonianza. Anche di quelle oculari e che sembrano assolutamente oneste e veritiere: al di sopra di ogni
minimo sospetto. E ogni anno, alla fine del corso, mentre stavano facendo un seminario sulla metodologia della ricerca

storica faceva entrare all'improvviso un ussaro in alta uniforme. Li pigliava di sorpresa. Lo faceva girare per l'aula e lo mandava fuori. Poi diceva agli studenti: «Adesso ognuno di voi descriva com'era vestito», e dieci minuti dopo passava a raccogliere i fogli. Su una trentina di deposizioni non ce ne erano mai due che collimassero: chi diceva che avesse un nastrino sopra il petto, chi quattro; chi lo aveva visto col cappello in testa e chi sotto il braccio; chi diceva che fosse incazzato e coi baffi, e chi allegro e senza un pelo in faccia.

E così è – lo sanno tutti – per gli incidenti stradali. Non ci sono mai due persone che lo abbiano visto allo stesso modo. Tutti in modo differente. Perfino l'omicidio Calabresi: la macchina del delitto era beige, secondo tutti i testimoni, ma Leonardo Marino – reo confesso di partecipazione al delitto ed autista della macchina stessa – afferma che era blu. E anche un daltonico come me capisce che tra beige e blu c'è qualche differenza. Ma non c'è niente da fare. Lo diceva pure Bloch, un amico di Pirenne: «Non esiste buon testimone, né deposizione esatta in ogni parte. Anche quando dice il vero, al novanta per cento il testimone mente. Inconsciamente». Ed esistono, in psichiatria, biblioteche intere sulla psicologia della testimonianza.

Come fai a ricostruire come è andata? E a ricostruirlo, soprattutto, in modo che il lettore ci creda? Dovresti fare solo un giallo, o un romanzo-verità di stampo giornalistico. Dove ti aggiusti tutte le cose come faceva Tacito. Ma non è proprio il mio mestiere. Io non sono capace. Per me Nerone è stato un santo.

Prima dei carabinieri arriva a via della Fortuna l'ambulanza. L'ha chiamata per telefono la madre di Loredana. Al centralino dell'ospedale era stato detto «feriti». L'ambulanza arriva alle 23.50 di domenica 25 febbraio 1996. Mezzanotte meno dieci. Gli infermieri sono agitati. Non trovano la strada. Non trovano la casa. Si fermano diverse volte. Suonano ai citofoni. Chiedono informazioni. Nessuno gli risponde. Tutti tappati dentro. Finalmente arrivano.

L'appartamento non sta precisamente su via della Fortuna, ma in uno spiazzo che ci si affaccia: un cortile, un calle, una piazzetta di duecento metri quadri. Ha lo stesso nome della via e deve essere – sarei pronto a giurarci – proprio la persistenza archeologica del vecchio tempio della Fortuna Primigenia: l'area sacra è rimasta inedificata e tutt'attorno, invece, la gente ci ha costruito. S'affacciano, su questo piazzaletto, sei o sette abitazioni.

Questa dea della Fortuna non era però esattamente quella della pubblicità con Nancy Brilli, che ti baciava sulla bocca porgendoti il biglietto della lotteria di Capodanno. Così graziosa c'è diventata nella modernità, a partire dai romani che col passare del tempo – potremmo dire – hanno cominciato ad abbellirla, man mano che si civilizzavano. Ed oggi appunto dà le Tris e i Grattaevinci. Per le prime genti italiche era la dea dell'Abbondanza, che stabiliva a suo capriccio la fecondità o meno dell'uomo e della natura. La fertilità. La buona e la cattiva sorte. Cose che, come tutti sanno, vanno sempre pagate a caro prezzo e quindi lei esigeva sacrifici in antico – sacrifici anche umani – perché la comunità potesse prosperare. Sacrifici da immolarsi nei templi – come questo – a lei specificamente dedicati.

Al numero 37 c'è una scaletta d'accesso. Si entra in una camera di 3 metri per 5. In mezzo c'è un muretto basso che fa da divisorio, in fondo la cucina e il lavello. A sinistra, a fianco alla porta appena si entra, c'è una scaletta a chiocciola. Si sale su. Un'altra stanza pressappoco uguale: appena si sbocca dalle scale, a destra, c'è un bagnetto. Di fronte, la camera da letto. Tutto qua.

Nel bagno trovano Emanuele Ferraro – detto da tutti "Manuele il napoletano" – di anni 23. In camera da letto Loredana Proietti di anni 17. Lui con 60 coltellate. Lei con 124. Totale 184.

Agli atti sta scritto: «Nello specifico, il sanitario certificò che entrambi i corpi delle vittime presentavano evidenti segni di rigor mortis iniziali».

«L'attività accertativa delle tracce e degli altri effetti materiali del duplice omicidio si svolse, come enunciarono gli operanti nel verbale relativo, dopo che negli anzidetti locali avevano avuto accesso altre persone, precisamente: Sangiovanni Giacinto, Proietti Carmine e Michele, che per primi hanno rinvenuto i cadaveri; il m.llo Fracasso Battista, che, unitamente a personale del locale nosocomio, ha constatato il decesso dei giovani; nonché la sig.ra De Simone Fortunata, madre di Proietti Loredana. Il sopralluogo nella casa del delitto metteva in evidenza che in un fonografo collocato nel locale al piano terra, vi era inserita una cassetta magnetica, sulla quale era stata registrata un'intera festa. Vi erano voci di donne inframmezzate dal vociare di bambini. L'apparecchio fonografico era staccato dalla presa di corrente e quando i militari operanti introducevano la spina emergeva che l'apparecchio era al massimo volume, segno evidente che chi lo aveva staccato non aveva toccato i tasti, ma aveva disinserito la spina».

La notte stessa, alle tre meno dieci – ore 02.50 del 26 febbraio 1996 – nella stazione dei carabinieri di Agora viene interrogato Giacinto Sangiovanni. È un ragazzo bassino, sul metro e sessanta. Ha 28 anni, brevilineo, coi capelli biondi e lunghi che gli circondano la faccia. A caschetto. Come Nino D'Angelo quand'era ragazzo. Anzi, gliela coprono la faccia. E spesso con la mano se li sposta. Allora si vede la fronte sfuggente. E le ossa sopracciliari pronunciate.

Dice Giacinto: «Verso le ore 21.30 circa di ieri 25.02.96, sono uscito di casa facendo rientro alle ore 21.40 successive, recandomi presso il mio studio sito sotto l'abitazione di mia madre». Questo che chiama studio, in effetti, è un luogo separato dall'abitazione. È un locale a piano strada con una porta a vetri, quasi proprio la vetrina di un negozio.

Fino a una trentina d'anni fa deve essere stata la stalletta del somaro, poi trasformata in cantina. Adesso è rimesso a posto. Appena dietro la vetrata c'è la scrivania, e poche altre cose. In fondo c'è una parete, con un passaggio chiuso da una tenda. Di là un altro semilocale, che dà proprio sulla roccia bianca del monte che declivia. E sulla roccia, a mezza altezza come un soppalco, c'è una specie di letto a una piazza e mezza. E delle sbarre, su cui Giacinto fa le flessioni. Sulla parete divisoria c'è un'altra porta da cui si accede al bagno con la doccia, la tazza e il lavabo. Senza finestra.

La casa della madre è al piano di sopra. Si entra ugualmente dalla strada: un'altra porta a vetri, a fianco alla vetrata più grossa dello studio, con il citofono. Si accede alla scala, si sale e si va sopra.

Giacinto dice che è rimasto lì fino alle 22.30 – a studiare – poiché l'indomani lo dovevano interrogare sul circolo fetale, in pediatria: fa il secondo anno della scuola per infermieri, all'ospedale generale di Latina. E invece l'interrogazione gliela fanno i carabinieri.

Alle 22.30, quindi, è salito su, per andare a dormire. Ma ha saputo dalla madre che tra le 21.00 e le 21.30 erano passati a cercarlo il padre e il fratello di Loredana, per sapere da lui dove stavano Emanuele e la ragazza. «*Glio' so' visto proccupato*», gli ha fatto la madre, «*ca non ci riescéva da trova' la fìa*». Allora Giacinto ha chiamato subito Emanuele al cellulare, ma dava sempre occupato. Ha provato sull'utenza di casa: non rispondeva nessuno. Allora ha detto alla madre: «Li vado a cercare», ed è uscito.

È andato in piazza, al bar Giovannino, e ha chiesto al proprietario se li avesse visti. «No. In serata no». È andato sotto casa di Emanuele. Sul posto ha trovato il padre e il fratello di Loredana. E una scala di ferro poggiata al muro. Una scala di sei metri. In direzione di una finestra. E quei due stavano lì sotto: «Volevamo controllare se c'era qualcuno dentro». Il padre gli ha chiesto se avrebbero potuto essere con qualche altro amico. «Vado a vedere da Astolfo Muratori», ha risposto lui. E s'è avviato. Ma quando è arrivato là la madre gli ha detto che non c'era: era uscito col fratello e non era nemmeno rientrato per cena.

È tornato in via della Fortuna. Hanno parlottato e hanno deciso di controllare meglio. Lui è salito sulla scala e ha tentato di spiare dalla finestra. Le luci erano spente. Con la torcia elettrica che gli ha dato il padre si vedevano all'interno le giacche e i giubbotti. L'altra cosa che lo ha colpito è che era spenta anche la luce dell'acquario, che invece Emanuele lasciava sempre accesa, anche di notte, quando andava a dormire. «A quel punto, insospettiti, il padre di Loredana ed io decidemmo di rompere una finestra ed entrare nell'interno».

Entra lui. Poi apre la porta d'ingresso, che non era chiusa a chiave, e fa strada agli altri due. Sul tavolo della cucina vede un foglio con frasi d'amore e gli viene il sospetto – del resto già abbondantemente adombrato dal padre nei parlottii di sotto – «che abbiano compiuto un gesto insano». Sale di corsa al piano di sopra, «constatando che nel bagno riverso per terra vi era Emanuele, mentre nella camera da letto riversa per terra vi era Loredana. Preciso che dietro di me c'era il fratello e subito dopo è salito anche il padre. Dopo di ciò il padre è ridisceso chiamando voi carabinieri. Al momento del rinvenimento del cadavere io e il fratello ci siamo messi a gridare mentre il padre di Loredana proferiva le seguenti parole: sto bastardo l'ha ammazzata, sto bastardo l'ha ammazzata».

Gli inquirenti vogliono maggiori particolari sull'intero arco della giornata e sui suoi rapporti con le vittime. Giacinto dice di aver sentito l'ultima volta per telefono Emanuele intorno alle 13.00. C'era in ballo una cena, per la sera stessa, da tenersi a via della Fortuna a casa di Emanuele. Avrebbe dovuto esserci un certo Luigi di Cisterna, uno che lui non conosce e che non ha mai visto, ma che Emanuele gli voleva presentare. Lui però ha risposto che non sarebbe andato alla cena: aveva da studiare. Pare – almeno così avrebbe detto Emanuele nella telefonata delle 13.00 – che questo Luigi lo avesse insistentemente cercato per tutta la mattinata.

Questo Luigi – aggiunge Giacinto – lo conosce bene Astolfo Muratori, che tre o quattro sere prima era stato a cena con loro, sempre a casa di Emanuele, e c'era anche un'amica di Luigi di nome Betty. «Preciso che sabato sera, verso le ore 21.30, Emanuele chiamava telefonicamente Luigi dicendogli che domenica sera a cena c'ero anch'io e da quanto ho potuto capire dalla conversazione, la mia presenza al Luigi lo disturbava, mentre Emanuele lo assicurava dicendogli di non preoccuparsi che io ero un ragazzo tranquillo». A questa cena, di sicuro, dovevano esserci – oltre a Emanuele che era il padrone di casa – il Luigi cisternese e Astolfo Muratori. Così gli ha detto Emanuele. Sabato sera. E anche che c'era una somma in discussione di 160.000 lire, che Astolfo Muratori avanzava da Emanuele per un guasto che gli aveva procurato alla macchina quando gliela aveva prestata.

Sempre sabato, ma nel pomeriggio, verso le 14.30, mentre insieme a Loredana stavano a sentire musica a via della Fortuna, Emanuele gli aveva raccontato che nella prima mattinata – era stato il suo ultimo giorno di lavoro con la Tappezzeria Mancini di Agora – era andato a montare delle tende in una villetta di Doganella «ed aveva asportato da questa abitazione una collana con crocifisso in oro ed un anello in oro con un brillantino».

La collana l'aveva rivenduta subito a Marcello, l'orefice che sta vicino casa sua, e ci aveva fatto 500.000 lire; mentre l'anello lo aveva regalato a Loredana che lo portava già al dito. Con quei soldi Emanuele diceva di voler pagare nel pomeriggio stesso l'affitto di casa, e andarsi poi a comprare un telefono cellulare a Cisterna, al Dream. «Io gli dissi che i soldi li aveva spesi male, visto che era rimasto senza lavoro ed egli si giustificava dicendomi che da lì a poco avrebbe ricevuto altri soldi senza specificare la fonte».

A dire di Emanuele, il padre di Loredana un paio di mesi prima gli aveva prestato due milioni – poiché era senza lavoro e doveva fare fronte a spese immediate – facendogli firmare una cambiale. Lui però non aveva ancora restituito nulla, anche perché il padre aveva detto di non preoccuparsi e di restituirli con comodo.

Gli aveva parlato anche del suo, di padre: quello naturale. All'inizio un paio d'anni prima, quando era appena arrivato ad Agora, gli aveva raccontato che i suoi genitori erano morti in un incidente stradale e lui era andato a vivere con sua zia, Rosa Ferraro, a Cisterna. Così aveva raccontato anche al prete, don Angelo. Solo in seguito aveva confessato di essere stato abbandonato dai genitori a sei anni, e di essere stato adottato da due coniugi di Cisterna, i Ferraro. «Circa due mesi fa Emanuele mi presentava suo padre Di Spirito Vincenzo e mi disse che stava andando con lui a Napoli per tre o quattro giorni. Al ritorno da Napoli Emanuele mi riferiva che aveva una relazione con la convivente del padre naturale. Dopo circa una settimana mi disse di aver ricevuto una telefonata dal padre naturale che gli diceva di non farsi più vedere perché aveva in qualche modo intuito l'accaduto. A seguito di ciò Emanuele mi confidò che il padre sarebbe stato pure capace di venire qui e fargliela pagare». Questo è quanto ha detto Giacinto nella nottata. O, almeno, quello che i verbalizzanti hanno raccolto.

## 2

Il giorno dopo, alle 11.30, lo interrogano un'altra volta.

«A.D.R.[*] – Al momento dell'ingresso nell'appartamento, ribadisco che ho provveduto subito ad aprire la porta per consentire l'ingresso del Proietti Carmine e del figlio. Nella circostanza mi soffermavo qualche secondo sul quaderno aperto con ivi contenute scritture personali. Quindi salivo al piano superiore, seguito prima dal fratello della giovane e quindi dal padre Proietti Carmine, constatando quanto già precedentemente riferito. Non mi sembra che in tale situazione il padre della ragazza abbia toccato il corpo della figlia o del giovane. Inoltre il padre non si è gettato sul corpo della figlia spinto da sentimento di forte sconforto. Quindi scendeva subito al piano sottostante per chiamare i carabinieri».

Nella nottata di domenica, però, subito dopo Giacinto era stato sentito Astolfo Muratori, di anni 33. È un ragazzone robusto. Piuttosto in sovrappeso. Alto poco meno di un metro e ottanta. Biondastro. Lentigginoso. Coi capelli ricci e disordinati che gli coprono il collo e le orecchie. A sventola. Il labbro inferiore è prominente. Meglio: preminente.

[*] A.D.R. = A domanda risponde.

Astolfo Muratori aveva ammesso di conoscere Emanuele e di essere stato a cena da lui tre o quattro volte in tutto. Verso le 18.30 di domenica Emanuele gli avrebbe telefonato, invitandolo di nuovo per la sera stessa. «Io gli ho detto che sarei andato verso le ore 20.00, però non ci sono andato, dato che non mi sento bene. Gli ho detto che sarei andato perché se dicevo di no continuava a telefonarmi. Non l'ho avvertito che non potevo rispettare l'appuntamento perché voglio fare economia dato che di recente ho pagato una bolletta di lire 800.000».

Dopo le 18.30 Emanuele ha chiamato ancora tre volte, ma lui non gli ha risposto più: ha fatto parlare la madre, le ha fatto dire che non era in casa. Verso le ventuno ha citofonato Giacinto, «ossia mi ha chiamato con il suono della macchina. Pure gli ha risposto mia madre, dicendogli sempre che io non c'ero».

«A.D.R. – La scorsa settimana, mi pare giovedì o venerdì, sono stato a cena da Emanuele; dopo cena sono arrivati due giovani, uno dei quali dovrebbe essere di Cisterna e si chiama Luigi, mentre l'altro non lo so. Entrambi sono giovani. Luigi fino a un anno fa abitava a Agora, precisamente nella stessa casa ove abita ora Emanuele».

Dopo Astolfo Muratori, alle quattro di notte, è il turno del padre della ragazza uccisa, Proietti Carmine. Dice che dopo pranzo, alle 15.30, la figlia Loredana è uscita di casa come al solito. Il suo punto di ritrovo era su, ad Agora Alta. Alle 19.30, non vedendola rientrare, hanno cominciato a cenare. A quell'ora era sempre a casa, sia lei che il fratello Michele, più piccolo di un paio d'anni, studente pure lui. Non sgarravano un minuto. E in ogni eventualità avevano comunque l'abitudine di fare subito una telefonata, per rassicurare i familiari.

Alle 20.15, visto che Loredana non è ancora tornata, Proietti Carmine fa rivestire il figlio Michele «al fine di cercare Loredana, per recarci sia dal ragazzo che mia figlia sape-

vo che frequentava come amico, sia da amiche». La moglie
ha già provato a telefonare a Emanuele, ma non c'è stata risposta: solo squilli.

Escono. Padre e figlio. Con la Fiat 500 vecchio tipo. Da
Agora Bassa salgono ad Agora Alta. Fanno la prima sosta
in piazza, davanti al bar Giovannino. Il figlio scende, entra
nel bar, cerca la sorella e il fidanzato, chiede, non li trova.
Ripartono. Arrivano a casa di Emanuele. Suonano più volte il campanello. Niente.

Chiedono ad una signora che abita lì vicino. Ma anche la
signora dà risposte negative: non ha visto nessuno.

Allora vanno a casa di Giacinto. Suonano al citofono. Risponde la madre e dice che il figlio è uscito da poco: «*À ito
àglio bar de Giovannino*», e chiede perché lo vogliano.

«*Vàglio cerchènno fiema*» – vado cercando mia figlia – le
spiega il padre.

«A questo punto si erano fatte le ore 20.45 circa; non ricevendo nemmeno da mia moglie notizie, mi recavo presso la mia abitazione di campagna a prendere una scala di
ferro lunga 6 metri portandola presso l'abitazione di Emanuele nonché una torcia a batterie».

Con l'aiuto del figlio la posiziona. Poi ci sale sopra. Riesce a sganciare con le mani, al primo tentativo, il fermo della persiana socchiusa della cucina, ma l'equilibrio è preca-
rio. Riscende. Sistema meglio la scala. Risale con la torcia.
Di fronte a lui, di là dal vetro, sull'attaccapanni, tre giacche:
una nera che sembra proprio quella di Loredana, una tipo
bomber ed un'altra. Sposta il fascio di luce: sulla porta d'ingresso, dentro la serratura interna, non si vedono chiavi in-
serite; a fianco al telefono di casa c'è un telefonino cellulare.

Scende. Fa salire il figlio, per controllare che la giacca nera
sia proprio quella di Loredana. Gli chiede delle chiavi. Michele, il figlio, gli dice che Emanuele le attaccava sempre in
una bacheca posta sulla sinistra dell'entrata, vicino al cami-
no. Ma non ci sono. Scende anche Michele.

Arriva Giacinto.

Proietti lo fa salire sulla scala ed anche lui rivede le giacche. Nota però che l'acquario è spento. Scende. Giacinto suggerisce al padre di chiamare il cellulare di Emanuele, ma una comunicazione Telecom informa che il telefono è disattivato. Gli dice allora che un altro amico è Astolfo Muratori, ma non ricorda il numero di telefono.

«A questo punto telefonavo a casa di mia moglie per sapere novità e per dirle di cercare il numero di Astolfo Muratori, tramite i parenti di Emanuele, non trovandolo però a casa. Ho richiamato mia moglie dicendo di ritelefonare a casa di Muratori e spiegare il motivo per cui cercavamo il figlio, che probabilmente poteva essere successo qualcosa e di richiamarmi immediatamente se vi fossero novità».

Dopo alcuni minuti la moglie lo richiama sul cellulare riferendogli di avere saputo che Astolfo Muratori non si era visto con Emanuele. «In relazione a ciò, Giacinto entrava effraendo il vetro della finestra della cucina ed aprendo la porta d'ingresso dall'interno, permettendo quindi a me e a mio figlio di entrare».

Hanno acceso la luce. Dopo qualche secondo ha detto al figlio di rimanere in cucina, mentre lui e Giacinto si sono diretti sopra. Giacinto era davanti. Lui veniva dietro.

Mentre sale la scala a chiocciola sente urlare Giacinto, e lo vede ridiscendere con le mani sul viso. Si precipita sopra, nella stanza da letto: «Appena entrato in questa stanza, notavo a terra a fianco al letto in una pozza di sangue mia figlia Loredana vestita, a tale vista ho esclamato: quel bastardo l'ha ammazzata. Riuscendo dalla stanza da letto incrociavo Giacinto e Michele e guardando alla mia sinistra dentro il bagno notavo il corpo disteso per terra di Emanuele con una tovaglia su un piede, avvicinatomi al ragazzo notavo sulla schiena varie lacerazioni a forma di foglia sul maglione. Riportatomi nella stanza da letto toccavo i polsi di mia figlia sentendola ormai fredda e spostandole i capelli dalla parte destra del collo notavo un taglio profondo sulla giugulare. Sono tornato anche da Emanuele toccandogli anche a lui i polsi constatando che era freddo anche lui. Sono ridisceso unitamente ai ragazzi in cucina ed ho telefonato con il telefono fisso di casa di Emanuele al 112».

Il suo primo pensiero è stato che Emanuele avesse ucciso sua figlia e poi si fosse suicidato. E questo ha detto al 112.

Quindi manda Giacinto in piazza Norbana, ad aspettare i carabinieri e ad indicargli la strada. Arriva prima l'ambulanza. Poi i carabinieri. La moglie lo richiama e dice di voler venire. Spedisce Giacinto insieme al figlio a prenderla. Questa, appena arrivata, gli riferisce che in macchina, qualche istante prima, Giacinto ha parlato di un certo Luigi di Cisterna, che avrebbe telefonato in mattinata a Emanuele, e che Emanuele non se ne spiegava il motivo.

Il suo racconto è terminato. Ma i carabinieri gli chiedono cosa pensasse della relazione tra la figlia e Emanuele. Lui dice che non era contento, «giacché costui non possedeva quelle qualità idonee a garantire la felicità di mia figlia». Conferma, inoltre, di avere corrisposto – dopo ripetute sollecitazioni della figlia – a titolo di prestito, nel mese di dicembre 1995, la somma di 2 milioni di lire ad Emanuele, per sollevarlo dallo stato di depressione in cui era precipitato in considerazione della disoccupazione lavorativa e della crescente precarietà dei mezzi finanziari per fronteggiare le necessità quotidiane.

«A.D.R. – Ieri pomeriggio sono uscito verso le ore 17.30-18.00 appena finite le partite. Unitamente a mia moglie ho accompagnato Felici Rosa a Norma ove abita. Questa ha pranzato a casa mia. Dopo di ciò sono tornato a casa, rimanendoci fino a quando sono uscito per cercare mia figlia».

La moglie, De Simone Fortunata in Proietti, viene interrogata il giorno dopo, lunedì 26 febbraio, alle 07.30 del mattino. Racconta che la figlia, la domenica mattina, ha assistito con loro alla messa nella chiesa di S. Anna. Si è anche comunicata. Poi è andata a piedi in piazza Norbana, ad Agora Alta, dove si riuniscono i giovani della zona. È rientrata alle 12.30 ed hanno pranzato. Alle 15.30 è riuscita. Dopo una ventina di minuti ha telefonato il fidanzato, Emanuele, chiedendo di Loredana. Ha parlato con il figlio, Michele, che gli ha risposto, appunto, che Loredana era uscita da una ventina di minuti.

Anche lei afferma che la figlia rientrava sempre alle 19.30 «e se ritardava mi telefonava». Per cui alle 20.15, preoccupati, il marito e il figlio sono usciti per cercarla. Si è sentita più volte col marito, che la teneva aggiornata sulla situazione con il cellulare. In particolare le disse che era tutto chiuso e avrebbero provato ad entrare dalla finestra, andando a prendere la scala nella casa di campagna. «Successivamente, non ricordo di preciso l'ora, mio marito mi ha richiamata, dicendomi di aver trovato i due corpi a terra in una pozza di sangue e di chiamare una autoambulanza».

«A.D.R. – Io e mio marito abbiamo passato il pomeriggio a casa, salvo alle 17.30 circa, quando abbiamo accompagnato a casa una nostra amica di Norma, rientrando verso le 19.00 circa».

Il figlio, Proietti Michele di anni 15, depone nella tarda serata di lunedì, confermando pressappoco – almeno nelle linee generali – quanto già detto dal padre e dalla madre: la sorella è uscita alle 15.30 per andare al bar Giovannino e lì incontrarsi con il suo ragazzo e gli amici. Lui è uscito alle 16.30 ed è andato al bar Pino. Alle 18.00 s'è messo d'accordo con un suo amico, Buongiorno Patrizio, per salire ad Agora Alta e andare a casa di Emanuele per farsi restituire una cartuccia del Nintendo. Saranno state le 18.20. Hanno suonato più volte. Ma non ha risposto nessuno. Tutte le luci erano spente e le persiane socchiuse «così come le finestre». Sono andati al bar Giovannino e hanno chiesto agli amici di Emanuele e Loredana. Ma nessuno li aveva visti per tutto il pomeriggio. Alle 19.30 faceva rientro a casa «come è mio solito fare, e come tra l'altro faceva anche mia sorella. Ivi giunto apprendevo con stupore che Loredana non era tornata».

Dopo cena il padre gli chiede se l'ha vista. Risponde di no e spiega che è stato anche a casa di Emanuele. Allora cominciano a preoccuparsi. E lui telefona, senza esito, a Emanuele.

Partono: «Per prima cosa ho accompagnato mio padre presso l'abitazione di Emanuele, in quanto egli non sapeva dove fosse ubicata. La casa l'ho ritrovata come era nelle ore precedenti, quindi con le persiane chiuse e le luci spente».

Dopo avere suonato più volte, il padre chiede a una signora lì vicino. Questa dice di avere visto Emanuele solo il giorno prima, sabato.

È lui, Michele, a proporre al padre di andare da Giacinto: «Stanno sempre insieme. Forse stanno in giro con la macchina sua». Invece la macchina è sotto casa, ma lui non c'è. E la madre dice che per tutto il pomeriggio non s'è mai allontanato. È sempre stato da solo. A studiare. Emanuele non s'è visto.

Tornano in via della Fortuna. Risuonano il campanello. Niente. S'arrendono. Vanno in campagna a prendere la scala. La posizionano.

Mentre il padre è appena salito arriva Giacinto. Il padre scende. Chiede a Giacinto se hanno altri amici. Giacinto dice: «Astolfo Muratori».

«Vallo a cercare, per piacere».

Mentre quello parte lui risale. Vede la giacca. Chiede a Michele di salire lui. Fatto. «Vedendo la giacca anch'io ebbi la stessa impressione, che era quella di Loredana».

Torna Giacinto. Riferisce che Astolfo Muratori è appena rincasato e gli ha detto di non avere visto né Emanuele né Loredana per tutta la giornata. Fanno salire anche lui. La preoccupazione aumenta. Decidono di rompere il vetro della finestra ed entrare, «in quanto pensavamo ad una disgrazia dovuta forse ad una perdita di gas od altro. Dopo averne discusso, Giacinto risalì sulla scala e servendosi di una chiave inglese fornitagli da mio padre ruppe, solo dopo vari tentativi, il vetro della stessa finestra». Entra. Gli apre.

Salgono al piano superiore. «Precisamente salì prima Giacinto, quindi salì mio padre ed io non feci in tempo a salire in quanto lo stesso Giacinto cominciò a disperarsi dopo aver trovato nel bagno il corpo senza vita di Emanuele e nella camera adiacente quello, sempre senza vita, di mia sorella». Il padre – dice sempre Michele – aveva saputo da sua sorella che Emanuele aveva più volte manifestato l'intento di suicidarsi, in quanto si trovava in difficoltà economiche. E allora ha pensato subito che avesse ammazzato la ragazza e poi si fosse tolto a sua volta la vita. Il padre.

Sale. E anche lui, Michele, vede i corpi di Loredana e Emanuele. Il padre verifica, tastandone i polsi, l'assenza di vita. Scendono in cucina. Il padre chiama il 112. E l'ospedale. Per far giungere i soccorsi. Poi chiama la madre, «rendendola partecipe del triste evento». Questa dice che vuole venire. Mentre lui e Giacinto stanno andando a prenderla, incontrano i carabinieri. Tornano indietro e li accompagnano sul posto. «Per la precisione, mentre Giacinto aspettava in macchina io li accompagnai fino a casa di Emanuele, dove non è possibile giungervi con la macchina».

Torna da Giacinto, ma si trovano impossibilitati ad usare l'auto di questi, poiché è bloccata dall'ambulanza davanti e da una Bmw dietro. E quindi vanno con la 500 di colore bianco di proprietà del padre. Prelevano la madre e tornando incrociano l'ambulanza che riparte. «Siamo rimasti presso l'abitazione di Emanuele finché voi carabinieri non ci avete invitato a seguirvi presso i vostri uffici, cosa che abbiamo fatto dopo essere stati a riporre nuovamente presso la nostra casa di campagna la scala utilizzata in precedenza». Questo era Michele Proietti, fratello di Loredana.

De Simone Fortunata in Proietti, la mamma, precisa che a casa di Astolfo Muratori ha telefonato due volte. La prima alle 21.30, ma la madre di Astolfo le ha detto che non c'era: era uscito con il fratello e non sapeva a che ora sarebbe ritornato. Lei la pregava di farla richiamare. Ma quella insisteva che il loro telefono poteva solo ricevere: «Richiami lei». Così faceva, alle 22.30 circa. E finalmente trovava Astolfo. Che giurava di non avere né visto né sentito Emanuele, e tanto meno Loredana, per tutto l'arco della giornata.

Ha telefonato anche alla zia di Emanuele, a nome Rosa, che abita a Cisterna, e allo zio Filippo, «preciso meglio che trattasi del fratello di Emanuele e che abita a Napoli, anzi preciso Agropoli. Nessuno dei due mi ha saputo dare notizie».

Ribadisce che per tutto il pomeriggio – da quando è uscita la figlia fino alle 18.00 – non si sono mai mossi di casa. Né lei né il marito, che anzi ha fatto un riposino. In casa c'era la comare Felici Rosa, di Norma, che è stata loro ospite per tutta la giornata. Fino, appunto, alle 18.00, ora in cui sono usciti tutti e tre e l'hanno riaccompagnata a casa. «Siamo rientrati intorno alle 19.15 e da allora non ci siamo più mossi fino a quando è uscito mio marito con mio figlio Michele per cercare Loredana.»

«A.D.R. – Verso le ore 19.00, al ritorno da Norma, volevamo andare a prendere della pizza ma, quando siamo arrivati in pizzeria, c'era tanta di quella gente che io ho detto a mio marito di lasciar stare e di tornare a casa.

A.D.R. – Dopo i fatti e dopo la scoperta dei cadaveri siamo andati via dalla casa di Emanuele e siamo andati a posare la scala in campagna e dopo siamo andati alla caserma dei carabinieri».

E almeno su questo non ci sono dubbi: tutte le testimonianze – anche le più esterne alla famiglia – concordano. Sono stati i carabinieri a dirgli: «A Proie', vai a rimettere a posto sta scala, che qua in mezzo impiccia! Poi ci rivediamo in caserma».

# 3

Domenica 25 febbraio 1996 era stata una gran bella giornata. Freddina. Ma senza una nuvola per tutto l'Agro Pontino. Dal tempio di Minerva si vedeva il mare e sullo sfondo, a fianco al Circeo, le isole di Ponza e Ventotene. Il sole s'era levato alle 06.55 ed era calato – dopo avere campeggiato, come detto, per tutta la giornata – alle 17.53. Venti minuti dopo era già buio pesto. Temperato però, nell'abitato, dai lampioni comunali.

Sul posto, a via della Fortuna, i carabinieri non trovano niente di particolare. Nella cucina, al piano di sotto, è tutto in ordine. C'è anche, su un tavolino, un coltello a serramanico, con la lama di 10 centimetri. Viene posto sotto sequestro, e a lungo si penserà che possa essere l'arma del delitto. Ma alla fine le analisi saranno chiarissime: non ha traccia di sangue.

Anche al piano di sopra c'è molto meno disordine – e meno sangue – di quanto pure ci si aspetterebbe. C'è una pozza sotto i corpi e basta. Niente sulle pareti e nemmeno sul lavabo del bagno, sotto il quale sta riverso Emanuele. C'è una piccola strisciata che dal corpo di Emanuele va verso la porta del bagno. È sangue di Loredana: come se avesse sorpreso l'assassino mentre ancora si accaniva sul ragazzo e avesse preso lì – anche lei – le sue prime coltellate. Poi doveva avere tentato la fuga verso la stanza da letto, dove – vicino al letto – l'assassino l'aveva raggiunta e terminato l'opera.

Il medico del pronto soccorso trova i corpi già rigidi e fred-di. Pare che non sia possibile stabilire l'ora del decesso dal solo rigor mortis: «Non c'è una regola generale. Alcuni restano caldi a lungo. Altri si raffreddano subito». Ma un rigor mor-tis di questo tipo richiede in genere almeno tre o quattro ore. Anche se gli inquirenti non ci giurano: «Non si può mai dire».

La non eccessiva presenza di sangue in giro dovrebbe essere dovuta alla lana di maglie e maglioni – era inverno come detto, e ad Agora Alta d'inverno fa freddo – che pos-sono averlo trattenuto e in un certo senso favorito il coagulo.

Emanuele ha ricevuto 60 pugnalate. Sul petto, sulle braccia e sulla schiena. All'inizio deve avere provato a ripararsi con l'avambraccio. Le pugnalate non sono tutte della stessa en-tità: ci sono quelle più profonde e quelle più leggere. Anche solo graffi: come quelli sul polso, in cui la lama deve esser-si incastrata alcune volte sul cinturino dell'orologio. Cadu-to poi Emanuele a terra, l'assassino ha insistito sulla schie-na. Le ferite mortali sono almeno una ventina.

Loredana ne ha avute 124. Anche lei sul petto, sulla gola, sulle braccia, sulla schiena. Assolutamente non nel basso ventre o sulle gambe. Anche lei ha provato a difendersi. Anche lei ha parato colpi con le braccia. Ed anche a lei l'o-rologio qualche volta ha inceppato il coltello. Ma ha il viso pieno: sfregiato da una ventina e più di colpi di punta. Tut-ti sugli zigomi e le guance, sulla fronte, sul naso e la boc-ca. Non sugli occhi. Ed anche per lei le ferite mortali stan-no intorno alla trentina.

Il medico ha sollevato i maglioni, senza muovere i cada-veri. Ha scoperto le due schiene: «Sembravano quelle di un giaguaro. Le chiazze di sangue erano a macchia di leopardo».

Non c'è un panno sporco in giro. Solo una specie di tova-glia, o strofinaccio, vicino ai piedi di Emanuele.

Non c'è altra goccia di sangue che non sia il loro. I cara-binieri del Cis (Centro investigazioni speciali) lavorano per ore: l'assassino non ha lasciato una traccia.

Il Cis lavorerà per giorni pure a casa di Giacinto e di Astolfo Muratori. Guarderanno nelle tettoie e capannoni che le rispettive famiglie possiedono in campagna. Alla fine però non si troverà nulla: né coltellacci né panni sporchi di sangue. E tanto meno sangue che possa appartenere alle due vittime.

All'inizio i Cis pensano di avere trovato macchie somiglianti a sangue all'interno del bagno di Giacinto: quello sul retro dello studio, dirimpetto alla roccia del monte. Fanno prove immediate coi reagenti chimici. L'esito è incerto. Alcune prove – tra l'altro – pare che siano irripetibili: si possono fare una volta sola, poi mai più, il reperto va disperso. Allora staccano con gli scalpelletti pezzi interi di intonaco – come si fa pei restauri degli affreschi di Giotto – per portarseli in laboratorio. I giornali già titolano: «Il sangue delle vittime nella doccia di Giacinto». Poi però il laboratorio non lascia dubbi: erano macchie di coppale. Alcune. Le altre erano muffa.

All'alba, appena comincia a fare chiaro, il giudice autorizza il trasferimento dei cadaveri all'obitorio di Latina, per l'esame autoptico. Ad Agora non sono attrezzati. Ma debbono occuparsene ugualmente i becchini comunali.

I corpi sono rigidi: non si riesce a muoverli. E la scaletta a chiocciola è un ulteriore problema. Non c'è modo di farci passare una bara. Allora vengono avvolti in un lenzuolo e tirati giù. La bara li aspetta a fianco al furgone. Sulla strada. Sull'asfalto. Vengono trainati fin là. E la scia di sangue resterà fino al pomeriggio, quando i vicini laveranno con acqua e varechina: «*J'ào strascinati puro pe' la scaletta de fori, chella de j'ngresso, e le capocce, Jèsu!, fecéveno tòn-tòn-tòn, pe' gnuno de chigli scalini de marmo*».

All'obitorio di Latina lavano i corpi e fanno l'autopsia. Due giorni dopo i funerali. Emanuele a Cisterna – dove risiede il padre adottivo – Loredana ad Agora.

Nella cassa – tenuta aperta solo per un po' – hanno cercato

di comporla. Il viso è coperto da un velo. I segni del coltello la deturpano, ma le amiche la baciano ugualmente. Strillando.

Ha le mani giunte. Intrecciate alla corona del rosario. Ma sotto la corona – tra le mani e il ventre – qualcuno le ha messo una immaginetta di santa Maria Goretti, la vergine e martire dell'Agro Pontino.

Emanuele aveva 23 anni. Non era molto alto – 1,65 circa – ma era caruccio e simpatico: «Sapeva fare», dicono tutti quanti. Non era conosciuto a fondo, poiché era poco che stava qua, ma tutti sapevano chi era. E non sembra che avesse nemici.

Lei era leggermente più alta. Mora. Coi capelli neri neri, quasi blu. Gli occhi che ridevano sempre. Era la più bella del paese. Erano in tanti ad averle messo gli occhi addosso. E c'era più di qualcuno a cui rodeva: «*E vidi po' co chi s'à ita a métte...*»

Faceva il quarto ragioneria. Andava a scuola a Cisterna ogni mattina con la corriera. Era intelligente, era brava, era svelta. «Era piena di vita», dicono le compagne: «Era piena di iniziative. Era leader». Ma aveva anche un certo caratterino. Era capace di rispondere sui due piedi anche ai professori: «Non sopportava le ingiustizie». O quelle che lei credeva tali. Voleva sempre avere l'ultima parola.

Il padre e la madre la adoravano. Guai a chi gliela toccava. Fino a che ha avuto 11 o 12 anni non hanno abitato in paese, ma in campagna; appena finisce il monte, proprio ai piedi, nella pianura che digrada verso Ninfa. Tutte le mattine passava lo scuolabus a prendere i ragazzini per portarli a scuola, in paese. Mai una volta che li abbiano visti sulla strada – lei e il fratellino – ad aspettare da soli. C'era sempre qualcuno – il padre o la madre – a tenerli per mano finché non salivano sull'autobus, e ad aspettarli al ritorno. Poi sono venuti nella casa di Agora Bassa, ma tutti dicono che per molto tempo non hanno fatto un passo senza qualcuno dietro.

Pare che soltanto da due o tre mesi uscisse di casa già truccata. Prima usciva tutta acqua e sapone. Con i trucchi dentro lo zainetto. Li tirava fuori in corriera, insieme allo specchietto. Metteva l'ombretto sugli occhi, e tutto il resto, incurante dei sobbalzi del sedile. Da un po' di mesi – come detto – aveva però cominciato a truccarsi direttamente in casa. Ma non aveva misura: certe volte veniva fuori tutta impiastrata, con chili di rossetto sulle labbra. «*A mì, me piaci de più senza gnente*», le diceva ogni volta l'autista dell'autobus.

L'unico dato certo che è scaturito dall'autopsia è che è stata una sola mano a colpire. Era uno solo, non erano di più. Così sembrano dire l'entità e la modalità delle ferite: il loro modo di presentarsi. Senza contare che – in quel turbinio di coltellate – se gli assalitori fossero stati più d'uno non avrebbero potuto non colpirsi tra loro, e gravemente. È probabile, inoltre, che l'assassino fosse sensibilmente più alto e robusto delle vittime. Gran parte dei colpi – fatta eccezione naturalmente per quelli inferti mentre i corpi erano a terra, e che presentano direzione pressappoco ortogonale – sono stati vibrati dall'alto in basso.

I periti, in tutti i casi di accoltellamento, durante l'autopsia infilano dentro le ferite delle asticciole di plastica – una specie di cannucce colorate, tipo quelle per le bibite – per verificarne la profondità, la direzione, il numero. E poi scattano fotografie. Gente pure avvezza del mestiere, che le ha viste, dice ritraendo però il viso – con una smorfia di disgusto come a volersi vergognare di un simile accostamento – dice addolorata: «Sembravano quasi, che le debbo dire?... delle torte, con tutte quelle candeline infilate addosso».

Gli inquirenti – polizia e carabinieri – proseguono le indagini. Ognuno per suo conto.

Scatafassi Vilfredo, di professione cameriere, lunedì 26 febbraio si presenta dai carabinieri, narrando che alle ore 20.00 del giorno prima, mentre era all'interno del bar Dell'Aquila, aveva osservato la presenza di un giovane dell'apparente età di 25 anni, mai notato prima. Molto basso e robusto, aveva i capelli quasi rasati, di colore castano, e una accentuata inflessione dialettale campana. Ha scambiato quattro chiacchiere con il gestore del bar e gli ha chiesto se vendessero pure le sigarette. Dopo avere consumato delle bevande è uscito e si è diretto a piedi verso i giardini.

«A.D.R. – Mi sono recato spontaneamente presso questi uffici, in quanto avendo appreso questa mattina da voci di piazza che era stato ucciso un ragazzo di origine campana, ho pensato che le notizie che vi ho fornito potessero servirvi... Ho appreso, sempre da voci di piazza, che il ragazzo che è stato ucciso, che io non conoscevo personalmente, forse era implicato in un giro di recupero crediti».

Della Valle Angelina – la madre di Astolfo Muratori – tenta di chiarire il controverso quadro dei movimenti del figlio e del giro di telefonate. Dice che Astolfo, nel pomeriggio della domenica, non s'è mai allontanato di casa. Era uscito la mattina, verso le 09.30, per accompagnare il fratello all'oliveto, in località Cese di Sotto. Avevano lavorato ed erano tornati a casa verso l'ora di pranzo. Poi s'era messo a letto, poiché da un po' di tempo soffre di mal di reni. E non è più uscito. «Non mi ricordo che Emanuele domenica ha telefonato a casa, bensì sabato ha telefonato nel pomeriggio cercando due volte Astolfo. Gli ho detto che Astolfo non c'era, però mio figlio era a letto che dormiva. Non ricordo l'ora in cui ha telefonato, però posso dire che ha chiamato due volte nel pomeriggio. Durante queste telefonate con me, Manuele non mi ha riferito i motivi per cui cercava mio figlio». Sabato però, non domenica. Domenica niente.

Il figlio, Astolfo Muratori, viene risentito. Conferma di avere parlato con Emanuele alle 18.30 della domenica. Per telefono. Emanuele gli ha anche raccontato di avere comprato un telefono cellulare. Successivamente ha richiamato altre due volte. Ma lui non ci ha voluto parlare. Gli ha fatto dire dalla madre che non era in casa, poiché si sentiva poco bene e non aveva alcuna voglia di uscire. L'ultima telefonata di Emanuele è arrivata alle 20.00 circa.

«A.D.R. – Sono a conoscenza del fatto che Emanuele faceva uso di sostanze stupefacenti del tipo hashish e cocaina. Questa per me è una conoscenza diretta in quanto Emanuele ne faceva uso anche in mia presenza».

In particolare, giovedì hanno fatto una cena a casa di Emanuele. C'era anche uno che si chiamava Ric, con la fidanzata. Poi sono arrivati altri due. Due di Cisterna. Uno si chiama Luigi e l'altro fa il barista a Cisterna.

«Alle 23.00 circa, allorquando Luigi ha detto a Manuele che voleva parlargli in privato, Ric e la fidanzata sono andati via. Subito dopo Luigi ha tirato fuori dalla tasca una confezione contenente un grammo circa di cocaina che ha consegnato al suo amico barista, il quale l'ha preparata per l'uso. Dopo avere sniffato tutti insieme la cocaina preparata, Luigi ha preso con violenza Manuele per un braccio e sbattendolo con forza vicino alla scala a chiocciola, che porta al piano superiore, gli ha detto: "Ti devo parlare da solo". Manuele, dopo aver acceso la televisione e la radio ad alto volume, insieme a Luigi è salito al piano superiore della sua abitazione ove i due si sono trattenuti per circa un'ora».

Mentre i due erano sopra, Astolfo Muratori ha provato a salire anche lui, con la scusa di andare al bagno, per sentire cosa si dicessero. Ma il barista lo ha fermato: «Fatti gli affari tuoi. Sono cose private».

All'inizio dice che non è riuscito a sentire nulla, vuoi per il fracasso della Tv e della radio della cucina, vuoi per un'altra radio che avevano acceso in camera da letto. Poi, però, dice che è riuscito a percepire Luigi ad alta voce: «Se non mi dai i soldi in settimana ritorno».

Lo stesso 26 febbraio, alle 14.15, si presentano tre cittadini boemi.

Jarodzlav Irena è in Italia dal 1993, per motivi di lavoro. Insieme al marito, Jarodzlav Tomàš. Sono in regola con i permessi di soggiorno e risiedono ad Agora dal loro arrivo in Italia. Hanno sempre abitato in via Sermonetana, fino a due settimane fa – esattamente il 18 gennaio 1996 – quando si sono trasferiti in via Fortuna, 5. Dato il breve tempo, non conoscono nessuno del vicinato.

Il giorno prima, domenica 25 febbraio, erano rimasti per tutta la giornata nella loro abitazione. Nel pomeriggio – precisamente alle 17.30 – era venuto a fargli visita un loro amico, Prochàzka Franz, con il quale hanno trascorso il resto della serata. Fino alle 21.30. «Durante questo periodo di tempo, e precisamente alle ore 21.00 circa, mentre ci trovavamo tutti e tre nella cucina della nostra abitazione, con il piccolo apparato hi-fi acceso e mentre conversavamo, abbiamo udito chiaramente una donna che gridava ed una bambina, ma non sono certa, poteva anche essere un bambino, che piangeva. Tali grida e pianti giungevano chiaramente dall'appartamento prospiciente il nostro. Le suddette grida e pianti sono durate circa 30 minuti e nel corso delle stesse ho avuto modo di udire anche altri rumori dei quali non so indicare la causa».

Sia lei che il marito e l'amico non hanno dato peso ai rumori: hanno pensato che si trattasse di una lite, magari animata, tra persone di famiglia. Infatti dopo appena trenta minuti le grida sono cessate, e così il pianto del bambino. A quel punto il loro amico ha deciso di tornarsene a casa sua. Saranno state le 21.30 al massimo. Alle ore 01.30, però, quando lei e il marito sono andati a letto, si sono accorti che nei pressi dell'abitazione c'erano macchine dei carabinieri e agenti indaffarati.

«Solamente questa mattina, al nostro risveglio, siamo venuti a conoscenza che due ragazzi erano stati uccisi nell'appartamento prospiciente il nostro e proprio da dove provenivano le voci e le grida ed il pianto del bambino durante la sera precedente».

Le sue dichiarazioni vengono confermate passo passo

dal marito, Jarodzlav Tomàš, e dal loro amico Prochàzka Franz. Lo strano è però che i loro verbali siano colmi di errori e refusi. Non che gli altri siano del tutto puliti, ma in quelli dei tre cittadini boemi è un'esplosione continua, un fuoco d'artificio. Come se il poliziotto si fosse totalmente compenetrato, fino al punto di voler riprodurre visivamente anche la contaminazione linguistica.

Altro giro altra corsa. 26 febbraio, ore 20.55, di nuovo Astolfo Muratori.

Questa volta ha di fronte la polizia di Stato di Cisterna, a cui racconta pressappoco le stesse cose che ha già detto ai carabinieri. Aggiunge qualche dettaglio: giovedì scorso, mentre era in piazza, Emanuele – che aveva conosciuto ad agosto del '95, durante la sfilata del carosello storico – lo aveva invitato ad andare a cena. Lui non voleva. Quello aveva insistito, dicendogli che c'era una ragazza per lui. Allora aveva accettato. Hanno mangiato. Poco dopo sono arrivati Ric (Riccardo) e Deborah. Ric ha detto a Emanuele: «Chiama Luigi». Emanuele ha telefonato e lo ha invitato. Dopo una quarantina di minuti è arrivato questo ragazzo, «mai visto prima di allora, unitamente a un altro che mi fu presentato con il nome di Vito. A un certo punto Luigi estrasse dell'hashish dalla tasca e ci siamo confezionati nr. 5 (cinque) spinelli».

Dopo avere fumato, Deborah e Ric se ne vanno. Saranno state le ore ventitré. Rimangono in quattro. «Luigi ha tirato fuori un po' di cocaina e l'ha data a Vito che dopo aver preso un pezzetto di vetro ha steso la cocaina ed ha fatto quattro strisce. Abbiamo "pippato" tre volte ed alla fine essendo rimasta una striscia c'è stata una discussione tra Manuele, che la voleva "pippare" lui e Luigi, che invece diceva che doveva toccare a me. Voglio dire che alla fine la striscia se l'è fatta Manuele, ma a me non mi hanno fatto pagare niente, perché mi hanno detto che era un omaggio».

Dice anche che Emanuele non aveva un buon rapporto

con il padre di Loredana. E ne ha avuta conferma ieri, nella caserma dei carabinieri di Agora, mentre aspettava di essere sentito. In una stanza con lui c'era Proietti Carmine, che gli avrebbe detto: «Non lo potevo vedere, perché non era la persona adatta a mia figlia».

Emanuele doveva frequentare Loredana di nascosto. E qualche volta li accompagnava lui – Astolfo – con la macchina, quando la ragazza doveva rientrare. Anzi, non arrivavano sotto casa, ma si fermavano due o tre case prima, o anche più, per non farsi vedere dal padre.

Effettivamente in giro per Agora Emanuele non aveva una buona reputazione (sempre secondo Astolfo Muratori). Si era fatto la fama di donnaiolo. E il padre di Loredana – ex maresciallo dei carabinieri – sicuramente era venuto a saperlo. Per un mese ha tenuto la figlia chiusa in casa. E anche questo glielo ha confermato ieri, nella caserma di Agora.

Negli ultimi tempi la sua amicizia con Emanuele si era un po' allentata. Lui si era allontanato poiché aveva capito che Emanuele non era sempre sincero. E poi si era avvicinato – Emanuele – a un certo Giacinto, che di cognome fa Sangiovanni. Questi ha la patente e la macchina, ed Emanuele si faceva accompagnare da lui a Latina, a Velletri, a Roma. «Io non sono in amicizia con Giacinto».

È vero che a lui – Astolfo Muratori – piaceva Loredana. E parecchio tempo fa glielo aveva fatto anche capire. Ma lei gli aveva risposto gentilmente che era affezionata a Emanuele e preferiva restare con lui. Si è confidato con sua cognata, ma anche lei gli ha suggerito di lasciarla stare. Emanuele era venuto a sapere la cosa e lo aveva rimproverato a parole. È finita lì.

Emanuele però aveva tante ragazze. Gli piaceva andare appresso alle donne. Ce n'è una – ex fidanzata di Emanuele – che è un'amica di Deborah, la ragazza di Ric. Invece Loredana aveva avuto per fidanzato un ragazzo di Doganella, un certo Roberto, che fa il meccanico insieme al padre. «Non conosco altri dettagli. A.D.R. – Qualche tempo fa, non mi ricordo quando, attaccato al portone di casa mia ho trovato un foglio dove stava scritto a pennarello "Guardati bene alle spalle". Due settimane fa invece qualche furbo ha messo dello zucchero nel serbatoio della benzina della mia auto, una Polo, che ho dovuto portare a riparare. Mi è costato duecentomila lire, ma né al primo fatto né al secondo non mi è importato proprio di niente perché ringraziando Dio ho la forza di non pensarci».

Viene quindi sentita Battaglia Deborah. Conferma che insieme al suo ragazzo, Ric, è stata nella settimana scorsa a casa di Emanuele. Ma non ricorda se era esattamente lunedì o martedì. Era «più precisamente il giorno in cui alla televisione davano il film I VISITATORI, verso le ore 21.30 circa». Dopo di loro sono arrivati Imperiali Luigi e Vitelli Vito di Cisterna con l'hashish: «Lo consumavamo tutti i presenti compresa io».

Poi lei e Ric sono venuti via. Non sa nulla di quanto possa essere successo dopo. Da allora non ha più visto né sentito Emanuele. «Per quanto a mia conoscenza Emanuele non aveva un posto di lavoro fisso e mi sono stupita ulteriormente quando ho saputo del suo recente acquisto di un telefono cellulare».

Vitelli Vito viene chiamato a chiarire il suo rapporto con Imperiali Luigi, soprattutto in merito al consumo di cocaina. Dichiara che «detta sostanza gli veniva sempre offerta da Luigi», e anche le famose quattro dosi consumate quella sera le aveva acquistate insieme all'Imperiali a Cisterna. Ma per quanto concerne la data invece, è categorico: non è stato giovedì 22 febbraio, bensì martedì 20, poiché proprio giovedì sera ha riportato la frattura al collo del piede sinistro, ed è stato medicato al pronto soccorso di Cisterna. La frattura se l'era procurata al campo sportivo.

Alle 21.40 del 26 febbraio ritocca a Giacinto. Anche lui, questa volta, di fronte alla polizia di Stato. Gli chiedono se sa qualcosa della droga. È quasi scandalizzato: «Non ho mai avuto modo di assumere sostanze stupefacenti di nessun genere, né in alcuna occasione ho visto circolare stupefacenti a casa di Emanuele».

Gli fanno ripetere daccapo tutti i movimenti del giorno prima e aggiunge solo pochissimi elementi nuovi, rispetto a quanto già verbalizzato dai carabinieri.

Ribadisce che domenica mattina Emanuele era in piazza con Loredana e si sono salutati verso le 12.30. Alle 13.30 lo ha chiamato lui a casa, per dirgli che non sarebbe andato alla cena prevista per la sera, in cui Emanuele avrebbe dovuto presentargli Luigi. «Io non volevo conoscere il Luigi e quindi non andai alla cena. Non avevo mai visto in precedenza il Luigi e non intendevo vederlo poiché le persone di Cisterna non mi piacciono».

Dalle 13.30 alle 19.30 di domenica è sempre rimasto nel suo studio, a studiare e dormire un po'. Verso le 19.30 si è fatto una doccia. Poi è salito in casa, dalla madre, ed ha mangiato. Alle 21.30 è uscito per circa dieci minuti e poi è tornato nello studio. Ci è rimasto fino alle 22.30, quando è risalito per andare a letto; ma la madre gli ha detto che erano venuti i Proietti, a cercare Loredana. E qui tutta la storia della scala, della torcia, della finestra.

Quando è entrato e ha aperto la porta, il padre gli ha chiesto se avesse visto un mazzo di chiavi. Le chiavi di Loredana. Ma lui gli ha detto di no.

Ha notato che il bidone delle immondizie stava al centro della stanza, senza alcun sacchetto dentro. «La cosa mi ha stranito poiché non realizzavo un motivo valido tenuto conto che lo stesso bidone in genere era vicino alla lavatrice». Il portafoglio di Emanuele era vicino ai piedi. Nel cestino dei rifiuti in camera da letto, invece, dietro la porta, c'era un assorbente usato. Solo quello. Nient'altro.

Dice che Emanuele era preoccupato delle insistenze di Luigi, ma non sembrava timoroso di qualcosa in particolare. «Astolfo Muratori mi aveva riferito in merito alla cena dei giorni precedenti che ad un certo punto l'Emanuele e il Luigi erano saliti al piano notte ed avevano lo stereo ad alto volume per non far sentire quello di cui stavano parlando».

Ancora Astolfo Muratori.

Individua Imperiali Luigi e Vitelli Vito in una fotografia che gli viene mostrata dagli agenti. Spiega che con la cocaina portata dal barista di Cisterna, Vito, hanno «ricavato dodici botte, o altrimenti come si dice, dodici binari». Venerdì 23, però, Emanuele gli ha telefonato, chiedendogli i soldi della droga. Gli ha detto che doveva pagare a Luigi Imperiali la cocaina che avevano portato quella sera. Lui gli ha risposto che non aveva soldi. Emanuele ha insistito «che glieli dovevo dare perché con quelli di Cisterna non voleva avere più a che fare. A.D.R. – Ho conosciuto Emanuele circa 6 o 7 mesi fa e ricordo che stava con Loredana. Effettivamente io mi sono innamorato della ragazza ma non le ho mai dichiarato la mia infatuazione. Ho spesso pensato a lei e ammetto di essermi masturbato. Non ho però mai dato da vedere questa mia passione».

Poi dice che il giorno prima, alle 14.30, è andato con il fratello ad irrigare gli ulivi. È tornato alle 18.00 e non s'è più mosso. Alle 18.30 gli ha telefonato Emanuele e gli ha chiesto se usciva. Gli ha chiesto pure, nuovamente, i soldi della cocaina. Ha risposto che non usciva e comunque non aveva soldi. Sempre in serata lo ha chiamato la madre di Loredana. Voleva notizie della figlia, perché non era ancora tornata a casa: «Ricordo che quando telefonò la mamma di Loredana stava per cominciare il film NOI SIAMO ANGELI». La prima volta che ha chiamato si è fatto negare. La seconda ci ha parlato. «Ho appreso della morte di Emanuele e Loredana ad un notiziario delle 23.00 su Telelazio».

Della Valle Angelina – madre del suddetto Astolfo Muratori – ribadisce che il figlio è rimasto a casa per tutto il pomeriggio. Nella tarda serata è venuto a cercarlo un ragazzo che non conosce (Giacinto): «Io gli ho detto che Astolfo non c'era, anche se in effetti era a letto a riposare».

Intanto, alle otto di mattina dello stesso lunedì 26 febbraio, i carabinieri di Cisterna avevano interrogato Luigi Imperiali, di anni 27.

Alto – oltre un metro e ottanta – moro, prestante. Pare Nino Benvenuti da giovane. Conosce Emanuele da circa un anno e tre mesi, quando abitava anche lui ad Agora, proprio in via della Fortuna, nella stessa casa dove stava adesso Emanuele, che prima stava a cento metri da lì, vicino a una fontana.

Lui è venuto via da Agora circa dieci mesi fa, nell'aprile '95, prima di iniziare a lavorare con la ditta Coibant di Latina. Attualmente è in attesa di occupazione, poiché il contratto con la Coibant è sospeso. Emanuele all'epoca svolgeva saltuariamente l'attività di raccolta panni usati per una associazione. Quando aveva da lavorare lavorava tutto il giorno. Senza guardare alle ore.

Da quando è tornato ad abitare a Cisterna, a casa dei genitori, le frequentazioni con Emanuele si sono molto ridotte. In questi dieci mesi lo ha visto solo due o tre volte. E l'ultima, appunto, proprio la settimana scorsa, insieme a Vito, Deborah, Ric e quel tale Astolfo Muratori di corporatura grossa. Hanno consumato alcuni spinelli, confezionati da lui e Vito. Rispettivamente due a testa.

Emanuele – già all'epoca in cui lui stava ad Agora – era fidanzato con Loredana. Non sa precisare se con i genitori di lei ci fossero disaccordi. Su Loredana, però, può aggiungere che in precedenza aveva avuto un'altra relazione sentimentale con un ragazzo dei dintorni di Agora, che andava in giro su una moto. Queste cose gliele aveva raccontate lei, una volta che l'aveva incontrata nel bar vicino ai giardini. Lei era triste, perché le cose con il ragazzo della moto non andavano tanto bene. Poi s'era messa con Emanuele e il loro rapporto era ottimo. Lui non ha mai sentito parlare di litigi o dissidi. Loredana frequentava spesso il suddetto bar, insieme a tutti i suoi amici: «Anche Loredana ha consumato sporadicamente qualche spinello, ma in via del tutto occasionale, senza necessità particolari».

Domenica 25 febbraio Luigi Imperiali era uscito di casa alle 09.30 e si era recato in chiesa. Dopo la funzione religiosa aveva fatto un giro per Cisterna e dintorni, insieme a Vito Vitelli e Luigi Gasbarrone, a bordo della Fiat Tipo di colore bianco del Vitelli. Era rientrato a casa per pranzo.

Aggiunge che durante la passeggiata, verso le 10.30-11.00, si erano fermati a Borgo Podgora, in una strada di campagna, «ove abbiamo consumato uno spinello, confezionato da Vito». Dopo lo spinello è sceso dalla macchina ed ha telefonato con il cellulare a Emanuele. Gli ha risposto Loredana, la ragazza, e gli ha detto che lui dormiva. Lei stava facendo il caffè. Non c'era alcun motivo particolare per questa telefonata. Gliel'ha fatta così: perché nel pomeriggio aveva intenzione di farsi un giro per Agora ed aveva voglia di vederlo.

Emanuele lo aveva chiamato la sera prima, sabato 24 febbraio, verso le 20.30-21.00, dalla sua cameretta, «per informarlo del nuovo acquisto del cellulare e di altri discorsi di consuetudine tra due amici, senza fissare alcun appuntamento o altro» (è una delle telefonate di cui parla Giacinto, secondo cui però è lui – il cisternese – a chiamare).

Luigi Imperiali dice che è arrivato ad Agora esattamente alle 15.00 della domenica, e c'è rimasto fino alle 17.10 circa, quando è tornato a Cisterna con un passaggio. Ad Agora Alta, in piazza Norbana, ha incontrato Umberto e Luigi, di cui non sa fornire esatte indicazioni. Si è trattenuto con loro pochi minuti. Erano amici che aveva conosciuto quando abitava ad Agora.

È andato al chiosco dei gelati. Per circa un'ora è rimasto

nei pressi di piazza Norbana. Alle 16.12 ha chiamato suo padre con il telefonino, che però non gli ha risposto. Mentre lo chiamava scendeva da Agora a piedi, diretto ad Agora Bassa, verso la vigna del nonno, che sta sulla strada per Doganella, «dove poi sono giunto alle successive ore 16.40 per fumare uno spinello, cosa che ho fatto. Mi sono portato al terreno di mio nonno, Camusi Paolo, proprio perché avevo intenzione di fumarmi uno spinello e non volevo farmi vedere da nessuno. Mi sono sdraiato a terra fra gatti e cani».

Alle 17.12 ha richiamato il padre, per sapere se era tornato suo fratello Marcello, sergente degli incursori in servizio a La Spezia. Era a casa in permesso e voleva salutarlo, prima che rientrasse al reparto in serata.

Finito di fumare, si è diretto a piedi fino alla pompa di benzina di Agora Bassa. Ha fatto il percorso in 10 minuti circa. Poi si è messo a fare l'autostop. Intorno alle 18.00 ha preso un passaggio per Cisterna, con una Ford SW di colore rosso, guidata da una persona di circa 40 anni. Lo ha lasciato alla 167 – come a Cisterna viene anche chiamato il quartiere S. Valentino – dove la Ford ha svoltato a destra. Lì ha ricevuto un altro passaggio da un certo Diomaiuti Domenico, di Cisterna, abitante al Villaggio Coco. Dalla 167 lo ha portato fino al bar Baffone, e poi a piedi è andato direttamente a casa.

«A.D.R. – I spinelli (sic) fumati a casa di Emanuele la sera di giovedì scorso, 4-5 in tutto, li ho forniti io, gli stessi erano stati da me confezionati con l'hashish che avevo comperato a Cisterna da persona che non intendo indicare, con denaro mio in quanto io lavoro. Abbiamo fumato droga anche ieri sera a Doganella di Ninfa, io, Vito Vitelli e Gasbarrone Luigi, mentre la Daniela, fidanzata del Vitelli, stava a guardare».

Precisa che Loredana, la fidanzata di Emanuele, quel giovedì (ma sarebbe meglio dire martedì) non c'era. «In realtà prima di giovedì sera abbiamo fumato hashish più volte». Astolfo Muratori era la prima volta che lo vedeva.

Luparelli Celeste, proprietaria del bar Giovannino di Agora, alle 23.00 del 26 febbraio dichiara di avere visto Emanuele e Loredana alle ore 18.30 della domenica. Erano passati davanti al bancone del bar, dirigendosi verso la sala giochi laterale.

Giacinto – rinterrogato – conferma che per tutta la serata di sabato è stato in compagnia di Emanuele. Dopo cena sono andati in giro con la macchina. Sono arrivati a Latina e si sono trattenuti al pub Felix fino alle due o alle tre di notte, quando sono tornati ad Agora.

Si erano incontrati intorno alle 20.30-21.00 ed avevano accompagnato a casa Loredana con la macchina di Giacinto. Poi erano tornati a casa di Emanuele ed avevano cenato. Hanno mangiato dei tortellini in brodo, cucinati da Emanuele. «Appena entrati ha telefonato questo suo amico di Cisterna, tale Imperiali Luigi, e si sono messi d'accordo per quella cena del giorno dopo. Ribadisco che la domenica successiva, quando mi sono sentito con Manuele, gli ho riconfermato che io alla cena non ci andavo perché con i cisternesi preferisco stare alla larga».

Cisterna di Latina è a una decina di chilometri da Agora, ma non sta sulla montagna; sta in pianura. O meglio, sta nella sella che divide i monti Lepini dai Colli Albani: di qua Velletri e Cisterna, di là Cori, Norma, Agora, eccetera. È solo a un centinaio di metri sul livello del mare – o poco meno – e da qui digrada l'intera piana dell'Agro Pontino. Da qui cominciavano le Paludi. Cisterna era l'ultimo centro abitato. Poi l'inferno e basta.

In antico si chiamava *Cisterna Neronis*, e ha subito più devastazioni lei che tutta Italia. Già dall'uomo di Neandertal, e poi i Volsci, i Sanniti, Annibale, i Goti, i Visigoti, i Saraceni fino all'ultima guerra, quando è stata interamente distrutta dagli americani. Stava proprio in quella sellaccia tra i Lepini e i Colli Albani: dritta sulla via, fissa sull'Appia come un paracarro. Qualunque esercito passasse di là, era letteralmente obbligato ad andarci a sbattere addosso.

I cisternesi sono quindi – come dire? – storicamente abituati a dover usare le mani. E non nel senso del lavoro. Anzi. Loro hanno sempre vissuto alle spalle della palude. Sia in senso proprio che in senso figurato.

Si chiamava Cisterna Neronis perché era il caposaldo da cui Nerone dirigeva le sue operazioni di bonifica. Ci aveva pensato lui difatti – ben prima di Mussolini – a bonificare qua. Altro che matto. Nelle tombe della plebe del III e IV secolo (trecento anni dopo che lui era morto) gli archeologi hanno trovato i contorniati con l'effigie sua e di Caligola.

Questi contorniati erano – per la plebe di allora – qualcosa come i crocifissi o le medagliette dell'Immacolata Concezione che mia madre, da ragazzini, attaccava al collo a noi. Ecco come se lo ricordava il popolo, Nerone, trecento anni dopo che era morto: con le medagliette miracolose, come fosse stato Padre Pio.

Svetonio e Tacito invece lo descrivono come un pazzo sanguinario e tutta la storiografia – poi – si è rifatta a loro; che erano però al soldo dell'*ordo senatorius*, il peggior nemico che avessero i primi discendenti di Augusto. Sotto la repubblica il potere era stato tutto nelle mani delle famiglie senatorie, mentre per il popolo non c'era mai stata certezza del diritto. Dovevano essere *clientes* delle famiglie, e a seconda della forza di ogni famiglia, ciascuno poteva fare e disfare a suo piacimento. La legge non era uguale per tutti.

Può sembrare strano, ma è così: le larghe masse popolari trovarono più certezze, diritti e dignità durante l'Impero che nella repubblica. E gli imperatori più *populares* e di sinistra furono appunto Caligola e Nerone. Gli storici, poi, si rigirano le cose come gli pare e di Caligola, ad esempio, dicono che era sicuramente matto, perché arrivò ad imporre al senato di eleggere console il suo cavallo, Incitatus: «Più matto di così?»

La realtà è che in quel modo Caligola aveva mandato un segnale politico di estrema chiarezza, nella città di Roma e a tutto il suo sterminato impero: «Il vostro strapotere corrotto è finito per sempre, non contate più nulla. In nome e per conto del popolo romano, qui comando io con la *tribunicia potestas*, e tutto il resto è zero. Il Console? Per quello che vale, a questo punto lo può fare pure il mio cavallo».

È comprensibile quindi che i senatori abbiano fatto di tutto per liberarsi di questi imperatori e riconquistare in qualche modo poteri e privilegi. Così li hanno fatti uccidere e gli storici – roba solo loro, a quel tempo, come chiunque sapesse scrivere – ce li hanno tramandati come hanno voluto. Esattamente come se la storia italiana degli ultimi sessant'anni venisse scritta – un giorno – sulla base solo delle dichiarazioni o testimonianze di Beppe Grillo o Emilio Fede.

Un altro esempio: quei due – Tacito e Svetonio, non Beppe Grillo e Emilio Fede – asseriscono che Nerone abbia fatto uccidere sua madre Agrippina, che era comunque una gran rompiballe. Ci aveva già provato altre volte, dicono loro, finché: «Fece preparare un battello che si sfasciasse a comando, in modo da farla morire per il naufragio o la caduta del ponte. La fece prima venire ad Astura» – sempre dalle nostre parti – «e al momento di ripartire per Baia le mise a disposizione la nave truccata, l'accompagnò lietamente alla spiaggia e salutandola le baciò persino il seno. Passò il resto della notte vegliando in grande agitazione, in attesa degli eventi, e venuto a sapere che contro ogni previsione quella si era salvata a nuoto, fu preso da grande costernazione».

E io – per ammazzare qualcuno – faccio affondare una nave intera, senza manco organizzare dei sicari che si accertino del buon esito ma, anzi, tutto l'equipaggio si dà da fare per salvarlo, quel tanghero? Ma nemmeno i nostri servizi segreti, sarebbero capaci di tanto.

Un'altra.

Quando parlano di Giulio Cesare – e di Cesare magari a denti stretti hanno da parlare bene pure loro, se no nessuno gli crede – per esaltarlo dicono che se non fosse stato ucciso avrebbe attuato quel suo grandioso progetto di derivazione del Tevere, e relativa costruzione di una lunga serie di canali costieri che avrebbero permesso la navigazione interna da Ostia fino a Napoli, mettendola al riparo dalle burrasche e dai frequenti naufragi marini: «Quant'era forte Cesare!»

Quando parlano di Nerone, invece, lo stesso identico progetto è segno della sua follia: «Voleva deviare il Tevere! Da Ostia fino a Napoli!»

In realtà quello aveva già cominciato a farlo davvero e non solo per la navigazione interna ed i trasporti. Era un progetto generale di bonifica delle paludi costiere e di quelle Pontine in particolare. C'era già Plinio il Vecchio che predicava a tutto spiano: «*Siccentur hodie Pomptinae paludes tantumque agri suburbanae reddatur Italiae*». Quegli agri, appunto, su cui cinquant'anni prima s'era disperato anche Livio: «Una moltitudine innumerevole di gente libera viveva in quei luoghi che ora sono a mala pena salvati dalla desolazione da qualche schiavo e da un piccolo centro di addestramento reclute».

Nerone ci si era messo alla grande e Cisterna deve avere funzionato – quella volta – da quartier generale esattamente come duemila anni dopo, quando la bonifica la fece Mussolini e alla stazione di Cisterna sbarcarono i treni e le tradotte con gli operai prima ed i coloni dopo. «Tutti a lavorare in palude!» e da Cisterna dilagavano verso il mare, mentre i cisternesi restavano lì a commerciare e a prendersi i soldi delle paghe, nei giorni di festa, nelle osterie ed i postriboli. Quasi più i postriboli che le osterie. Il cosiddetto Fiume Antico – che sulle vecchie carte (compresa quella redatta forse, ma io non ci credo, da Leonardo da Vinci) parte proprio da Cisterna e attraversa tutto l'Agro come la vena principale d'adduzione e smaltimento delle acque – a Cisterna viene ancora chiamato "Fosso dell'Agrippina". E il ponte pure: Ponte dell'Agrippina. In onore della madre di Nerone. Altro che ammazzarla, pure se era effettivamente rompipalle.

Deviò fiumi. Tracciò canali. Fece scavare il Rio Martino – *Rigus Martinus*, il cavo più profondo d'Europa fino a tutto il Settecento – mise in comunicazione l'Astura con i laghi di Fogliano, Monaci, Caprolace e Paola. Bypassò perfino il Circeo. Prosciugò le paludi e le mise a coltura, dopo centuriazioni ed appoderamenti per i coloni. Tuttora per la piana – durante le arature – vengono alla luce i resti di antiche *villae rusticae* (aziende agrarie) di età neroniana. Lo stesso Palatium di Sabaudia – portato a compimento poi da Domiziano, a cui viene impropriamente attribuito – era stato iniziato da lui.

Per questo era matto, dice Svetonio: «*Quorum operum perficiendorum gratia...* Per condurre a termine questi lavori aveva dato ordine di deportare in Italia tutti i detenuti, in qualunque luogo si trovassero, e di condannare tutti, per qualsiasi pur grave delitto, ai soli lavori forzati nel Pontino e non più a morte» (*Suet.*, VI, 32). Fece pure una grande riforma monetaria – strutturò l'*aureus* e il *denarius* assai meglio dell'euro e del dollaro – che resse l'intero apparato economico dell'impero romano, per oltre duecento anni dopo la sua morte.

Ma è proprio qui che deve essersi firmato la sua condanna. Erano i cavalieri e senatori a detenere i grandi capitali finanziari, che preferivano delocalizzare massimizzando i profitti – altro che globalizzazione – ed investendo nelle province dell'impero, dove gli schiavi e le condizioni generali erano più a buon mercato, pressappoco come oggi. L'abbandono delle campagne e il degrado generale dell'economia nella penisola italica erano evidentemente funzionali agli interessi economico-speculativi del patriziato romano. E Nerone "al servizio del popolo" invertì la tendenza. Ma la pagò.

Dopo di lui i lavori di bonifica ressero per un poco, ma in capo a qualche secolo le acque si riappropriarono dell'intera piana e le Paludi – dal mare – ripresero a lambire Cisterna. Chissà, forse i cisternesi di oggi sono tutti discendenti di quei deportati – primi grandi pionieri della bonifica pontina – di Nerone. Resta il fatto che hanno passato tutta la loro esistenza – da circa duemila anni a questa parte – a barcamenarsi con le Paludi, oltre che con le guerre e le invasioni.

Non hanno lavorato mai la terra. Non s'è dato un solo cisternese, a memoria d'uomo, che abbia avuto a che fare con la zappa. Tutti gli altri paesi dei Lepini sì. Magari in mezzo ai selci, magari sulla roccia, ma hanno sempre sudato come cani per piantare e raccogliere qualcosa. Loro no. Loro campavano con la palude: caccia soprattutto, e un po' di pesca. Ma quest'ultima saltuariamente, giusto per variare qualche volta la cucina. E i cavalli: «*I pulledri*».

Il cisternese stava sempre a cavallo. In giro per i boschi, appresso alle mandrie di bufali. Era il buttero per antonomasia.

Quando William Cody – meglio conosciuto come Buffalo Bill – nel 1890 portò il suo Circo di indiani e cow-boys in Europa, venne pure a Roma. E tutti i nobili andarono a vederlo. Sparavano, saltavano e scendevano da cavallo al volo – i cow-boys ovviamente, non i nobili romani – pigliavano i vitelli al lazo, cavalcavano i bisonti. Su tutti, fino all'anno prima, svettava Sitting Bull o Toro Seduto – il mitico capo Sioux che s'era messo in società col colonnello Cody – ma nel 1890 a Roma non c'era, era rimasto in Usa per l'ultima sua tragica rivolta. Il suo posto lo aveva preso però Red Skirt – o Gonna Rossa – un altro grande e feroce capo.

Buffalo Bill disse proprio, ai nobili romani: «Questi sono i migliori cavallerizzi del mondo. Non li batte nessuno».

«Lei si sbaglia. Li battono i butteri miei delle Pontine», gli ribatté la moglie del principe Caetani. E fecero la sfida: al cavallo, al lazo, al vitello; sulla groppa del bufalo, al fucile, alla pistola. Fu uno sfracello. Buffalo Bill ripiegò il tendone e partì per la Germania. I butteri della principessa Caetani li avevano battuti – lui, i suoi cow-boys, Red Skirt e tutti i suoi Apache – su ogni fronte.

Sta pure sui libri di storia e tutti gli anni, a settembre, viene rifesteggiata con un maxi-rodeo. Solo che la festeggiano a Grosseto, perché i libri di storia – poi dice gli storici – scrivono: «*butteri della maremma toscana*». Invece non è vero. Erano i butteri dell'Agro Pontino – i butteri di Cisterna – al comando del capomassaro di casa Caetani, Augusto Imperiali (non so se avo in qualche modo del nostro Luigi), detto Augustarello anche se era grosso come una montagna. Ci sono i documenti e le fotografie: erano tutti cisternesi. O meglio, la gran parte: c'erano pure qualche normiciano e un agorese.

Il cisternese è buttero. È lesto di mano e lesto di coltello. Non gli piace lavorare la terra. Quando Mussolini fece la bonifica e divise tutta la pianura in poderi, fece arrivare solo famiglie venete e ferraresi ad occuparli. I lepini protestarono: «Vogliamo la terra pure noi. Per millenni abbiamo combattuto con la malaria, e adesso che c'è da godere un poco chiamate i veneti?» Così alla fine qualche podere venne dato anche alle popolazioni locali. Per fare tutti contenti.

Ai cisternesi erano stati originariamente assegnati novanta poderi. Ma si presentarono a ritirarli solo in venti famiglie. Tutti gli altri paesi se li erano presi di corsa: la gente faceva la fila e litigavano tra loro perché i poderi erano pochi. A Cisterna no. Non c'è voluto andare nessuno – «*E che me metto a fa', jo' contadino?*» – e anche gli altri settanta se li sono dovuti prendere i veneti.

Adesso hanno smesso di andare a cavallo. Lavorano in fabbrica e sono i meglio sindacalisti di tutto il Lazio. Ma l'anima è rimasta quella e quando alle Olimpiadi un italiano vince la medaglia d'oro al tiro a segno – fucile, pistola, piattello, tutto quello che si vuole – si può stare tranquilli: è uno di Cisterna. A Cisterna, inoltre, c'è la migliore scuola di pugilato di tutto il centro-sud, si chiama proprio "Accademia pugilistica", e ha un serbatoio inesauribile. Qualche anno fa un cisternese – Elio Calcabrini – arrivò al titolo europeo dei Pesi medi. Poi lo riperse contro Bouttier. Ma non era in perfette condizioni fisiche. Anzi. Quella sera gli era proprio preso un blocco renale, non ce la faceva a reggersi in piedi. Ma quando gli hanno detto che se non saliva sul ring perdeva la borsa, s'è fatto accompagnare fin sopra dal fratello. Riuscì a reggere ben dodici riprese – «Piuttosto moro, ma non cedo» – finché dall'angolo non gettarono l'asciugamano in mezzo al ring: «Basta, basta!»

«*Che séte fatto? Nantro po' e jó stennévo, mannaggia a voi*».

Elio Calcabrini si chiamava, e Jean-Claude Bouttier ogni tanto gli telefona ancora: «*Comment ça va, putain, mon Calcabrin?*»

«*Eh, mon ami! Tirémo a campà*».

È per questo che Giacinto dice che non vuole avere a che fare con i cisternesi. E per la verità non è l'unico. Non solo sui Lepini, ma soprattutto tra i Wasp della pianura.

Sono un po' bulli. Lanciare e raccogliere sfide – per lo più a parole, fortunatamente – non è solo un motivo d'onore: è il semplice modo di esistere. Con l'età gli passa. Ma da giovani è proprio un obbligo: un rito di passaggio. In tutte le balere e discoteche dell'Agro Pontino, quando arrivavano i cisternesi cominciavano le risse. Non parliamo dei campi di calcio: il Pro Cisterna giocava fisso in campo neutro.

Lo strano è però che l'indagato Luigi Imperiali – sia pure alto e grosso e di cotanto cognome – nelle descrizioni che ne danno dentro i bar e lungo il corso i suoi compaesani, risulta essere un cisternese assai anomalo: «*Chi, Luiggi?... Se vede no' cortéglio scappa*».

# 4

Martedì 27 febbraio, alle 12.30, i carabinieri convocano ad Agora, nella locale stazione, Di Cave Marcello di anni 51.

È il proprietario dell'oreficeria sita in via del Tempio di Minerva. Dice che «nel pomeriggio di sabato, verso le ore 18.00» si è presentato a bottega un ragazzo, da lui già conosciuto come "Manuele il napoletano", e gli ha fatto vedere una catenina. Era d'oro giallo. Completa di crocifisso – sempre d'oro – vecchio e di grosse dimensioni. Gli ha proposto di comprarla. Ha detto che gliela aveva lasciata il padre, ma gli servivano i soldi per pagare due mesi di affitto arretrato.

Lui accetta. La pesa: grammi 65,60. Gli offre 500.000 lire. Manuele insiste per averne di più. Lui è irremovibile. Manuele accetta. Gli dà i soldi. Manuele esce. Lui trascrive regolarmente l'operazione sui registri di carico dell'oro usato. Era la prima volta in assoluto che faceva affari del genere con Manuele.

Questo il sabato. La domenica sera invece, alle 18.50, dopo avere ascoltato la S. Messa nella chiesa di S. Tommaso, l'orefice è andato verso piazza Norbana, dove è arrivato alle 19.00 circa. Lì ha visto il Manuele – stava mano nella mano con la ragazza – che appena si è accorto di lui lo ha salutato. Dopo 15 minuti li ha incrociati di nuovo – sem-

pre mano nella mano – sulla strada del Tempio di Minerva, mentre stavano evidentemente tornando a casa. Manuele lo ha risalutato.

Erano allegri. Erano soli. Nessuno li seguiva. Spensierati. La ragazza non aveva nessuna borsa a tracolla e nemmeno lo zainetto.

«A.D.R. – Non sono più in possesso della suddetta catenina in quanto il lunedì, giorno di chiusura settimanale, mi
reco presso un grossista, e precisamente ieri sono stato a Latina a fondere l'oro permutato».

Sale sulla giostra la madre di Giacinto, Nardacci Anna: «Domenica sera, 25.02.96, mi sembra che era finita la trasmissione l'ELISIR su RAI3, quando ho sentito suonare il campanello». Erano il padre e il fratello di Loredana, i Proietti.

Lei s'affaccia alla finestra. Quelli chiedono se c'è Giacinto,
cercano Loredana. Lei gli dice che è uscito da poco: «Forse
è andato al bar». Dopodiché quelli se ne vanno.

Passa qualche minuto e torna Giacinto. Lei glielo riferisce. Lui prova a telefonare a Emanuele. Niente. Riattacca la
cornetta ed esce di nuovo.

Verso le 02.30 della notte – ma su questo orario non è sicura – «il signore che cercava la figlia ribussava al campanello di casa mia». Lei si riaffaccia al balcone e domanda che
è successo. «Questo signore mi diceva: "Hanno ammazzato mia figlia... Quando torna Giacinto vada in caserma", e
andava via. Ho notato che sulla sua autovettura vi era una
lunga scala».

Sui movimenti del figlio nel pomeriggio è netta: dopo
il pranzo è sceso nello studio. Alle 17.00 lei lo ha chiamato su, per il tè. Poi è risceso a studiare e non s'è più mosso.
Eccetto quando è tornato su a prendere l'accappatoio, per
farsi la doccia nello studio. Poi è risalito per cena ed è uscito alle 21.00 passate.

Anche il giorno seguente, davanti alla polizia di Stato di Cisterna, la madre di Giacinto ribadirà: «Poco dopo il termine della trasmissione televisiva ELISIR su RAI3, udivo suonare il campanello eccetera...»

Centra Nicoletta racconta ai carabinieri che domenica 25 febbraio era in macchina col suo ragazzo, Diomaiuti Domenico. Alle 18.00 sono andati da Cisterna a casa del nonno nel quartiere S. Valentino. Da lì sono venuti via alle 18.20. All'uscita della 167, nei pressi dello stop, hanno visto un tipo che chiedeva un passaggio. Si sono fermati, anche perché il suo ragazzo lo conosceva: era Luigi Imperiali.

Presolo a bordo, hanno chiacchierato un po'. Luigi ha detto che stava lavorando a Trieste e che era di passaggio. Era venuto a trovare i genitori per qualche giorno ed era andato a fare un lavoretto da un amico. Arrivati in corso della Repubblica è sceso. Saranno state le 18.40: «Chiedevo al mio ragazzo se lui aveva sentito il mal odore che questo tipo emanava, lo stesso confermava, ma non in modo eccessivo come me».

Valentini Riquinta, di anni 73, abitante in via della Fortuna 41 al piano terra, dice che nella tarda serata di domenica qualcuno ha bussato alla sua porta. Due volte. A distanza di un quarto d'ora una dall'altra. Questo qualcuno voleva sapere se lei avesse visto i ragazzi che abitavano nella casa di fronte. Lei, spaventata, non ha aperto. Ha risposto dalla finestra. L'orario doveva essere non prima delle 23.00. Ed era un uomo. Con cui ha parlato dalla finestra chiusa. Sentiva anche parlottare all'esterno, e quindi ha capito che l'uomo non era solo.

Martedì 27 febbraio è anche il turno della polizia di Stato, di interrogare Giacinto nel commissariato di Cisterna.

A loro dice di avere conosciuto Emanuele un paio di mesi prima dentro un bar. Da quell'incontro è nata un'amicizia;

hanno cominciato subito a frequentarsi assiduamente. Prima lo aveva già visto più volte in piazza o nei bar. Emanuele stava sempre con Astolfo Muratori, che vedeva in lui un appoggio morale, perché si sentiva emarginato da tutti.

Dopo che ebbero fatto amicizia loro due, Astolfo Muratori venne un tantinello allontanato. Rimase isolato ed ebbe un certo risentimento. Era diventato geloso. Sparlava sempre di lui: «*Non te fida' de chiglio*», pare dicesse in continuazione a Emanuele.

Ci fu una particolare circostanza in cui il comportamento di Astolfo fu quanto meno strano. Emanuele era già fidanzato con Loredana, ma aveva stretto anche un'altra relazione sentimentale con una ragazza di quattordici anni – o comunque minorenne – che abita poco prima di Doganella. Ebbene, Astolfo telefonò a questa ragazza – che dovrebbe chiamarsi Stefania – e le disse di stare attenta a Emanuele, che era un poco di buono e non faceva per lei. Questo a Giacinto lo ha confidato Emanuele, che gli ha detto pure che anche la madre di questa ragazza ci aveva provato con lui, «con delle avances a sfondo sessuale», ma lui era andato a letto solo con la figlia.

Giacinto stesso ha assistito a un incontro a Latina, davanti al bar Friuli, circa un mese prima. C'erano Emanuele, la madre di Stefania, una zia di Stefania e questa Stefania stessa. L'incontro doveva servire a chiarire il comportamento di Emanuele nei confronti di questa ragazza. La zia voleva far cessare la relazione. La madre era più accomodante e a un certo punto hanno litigato tra di loro. C'è stato pure un confronto diretto tra la zia ed Emanuele, quasi fisico. La donna voleva chiamare i carabinieri da un telefono pubblico, ma la madre si è intromessa e la zia ha inveito nei suoi confronti: «Allora tu e tua figlia siete due zoccole».

Durante il tragitto di ritorno Emanuele gli disse che tutta la storia era stata provocata da Astolfo Muratori. Il quale, peraltro, era stato incontrato da Giacinto poco prima di partire per Latina: «Dove vai?», e lui glielo aveva detto. Quello tentò in ogni modo di dissuaderlo. Gli disse pure che avrebbero potuto esserci dei problemi con il padre di Stefania, che non vedeva di buon occhio la relazione. Questo particolare lui non lo raccontò subito a Emanuele, ma glielo disse dopo, al ritorno. E quello si arrabbiò ancora di più. Comunque Stefania ha continuato a telefonare, ma Emanuele diceva che non gli interessava più.

Astolfo Muratori aveva avuto la disponibilità della chiave dell'appartamento di Emanuele. Durante la sua assenza per motivi di lavoro in Spagna, difatti, gli aveva fatto installare l'utenza telefonica fissa. Contratto intestato ad Astolfo stesso. Non a Emanuele, padrone di casa.

Emanuele lo prendeva spesso in giro. Gli diceva: «Ma quand'è che ti fai una ragazza?». Oppure: «Ciài trentadue anni, quando cazzo scopi?». Una volta Emanuele è andato a casa di Astolfo e ha visto che sotto il letto aveva parecchie riviste pornografiche. Allora giù: «A trentadue anni ti fai ancora le pippe, io da quando avevo quattordici anni che non me le faccio più». Ed era sempre questa musica anche quando alla televisione Astolfo Muratori si incantava sulle immagini pubblicitarie dei numeri erotici 144. E questo avveniva spesso, quando si incontravano. «In effetti Astolfo era un po' considerato lo scemo del villaggio».

Emanuele diceva che Astolfo Muratori, oltre ad essere un po' stupidotto, provava nei suoi confronti una forma di invidia e gelosia, perché lui era più fortunato e capace con le donne. In effetti questa cosa gliela faceva pesare molto. Una volta Astolfo si è lamentato con Giacinto di questa situazione, perché si sentiva troppo preso in giro, e ha detto testualmente: «Questo mi ha proprio rotto i coglioni».

Una sera di uno o due mesi prima, al bar Giovannino, Emanuele gli aveva fatto leggere una lettera. Aveva tirato fuori una carta dal portafoglio e gliel'aveva messa in mano. Era una lettera di Astolfo. Non ricorda esattamente le parole, ma diceva grosso modo che nella sua vita tutti lo avevano sempre preso in giro, non aveva amici, ma che aveva trovato in Manuele e Loredana, soprattutto in Loredana, degli amici, anzi un fratello e una sorella. Giacinto si è messo a ridere, ma poi si è meravigliato. Non credeva che potesse avere questi sentimenti e che fosse capace di esprimerli addirittura in una lettera, «con coscienza della sua condizione di emarginazione».

Astolfo, una volta, gli disse d'essersi invaghito di Loredana. Ma lo teneva nascosto. Disse proprio che «non voleva fare storie col napoletano». Anche Loredana lo canzonava e Astolfo riteneva che Emanuele fosse responsabile di alcuni danni alla sua autovettura, una Polo blu.

Un paio di settimane prima – precisamente sabato 10 febbraio – erano andati in un pub di nuova apertura a Latina Scalo con la Renault Clio di Giacinto. Erano lui, Emanuele, Astolfo Muratori e Loredana. Guidava Emanuele e Astolfo disse che l'elettrauto aveva trovato nel motore della macchina sua – la Polo blu – una sostanza bianca e lui aveva dei sospetti.

In quella occasione, tornando alla macchina, Loredana aveva chiesto sottovoce a Giacinto – visto che a guidare la Renault sua era di nuovo Emanuele – di potersi sedere lei davanti. Gli disse testualmente che con «questo mostro» – cioè Astolfo – dietro non ci voleva stare.

Emanuele poi gli disse – è sempre Giacinto che parla davanti alla polizia di Stato – che Astolfo voleva da lui un risarcimento di 120.000 lire. Glielo aveva detto sabato 24 febbraio, il giorno prima dell'omicidio. In pratica voleva 60.000 lire da Emanuele e 60.000 da Giacinto, poiché la macchina sua – la Polo blu – l'avevano usata assieme e secondo lui gliel'avevano rotta loro.

Quello stesso pomeriggio Emanuele era andato a Cisterna, al negozio Dream, a comprare un cellulare. Glielo aveva fatto vedere la sera, quando si erano incontrati, e gli aveva pure mostrato lo scontrino. Lo aveva pagato 350.000 lire. Quel giorno aveva intascato 200.000 lire dal lavoro e 500.000 dalla catenina. Con gli altri soldi ha pagato l'affitto.

«Ma non dovevi restituire i soldi al padre di Loredana?» – gli aveva chiesto Giacinto – «E non era meglio che qualche lira te la fossi conservata?», visto che era rimasto senza lavoro. La spesa del cellulare era sembrata un tantinello eccessiva a Giacinto, almeno in quelle condizioni.

Ma Emanuele aveva risposto: «Non ti preoccupare. Perché tanto poi mi devono rientrare dei soldi». Anche sul cellulare era stato chiaro: preferiva avere quello – che costava poco – anziché pagare 700.000 lire per la bolletta e le spese di utenza fissa. Utenza che era comunque intestata al Muratori: «Tanto poi paga Astolfo e chi se ne frega» aveva aggiunto.

Il contratto Telecom era intestato ad Astolfo Muratori perché nella casa che Emanuele occupava in precedenza aveva già un contratto del telefono intestato a sé. In quel periodo però Emanuele aveva ospitato un ragazzo sardo, che gli aveva creato qualche problema. Il sardo infatti aveva ospitato anche altra gente ed era arrivata una bolletta salatissima. Lui non l'aveva pagata, era divenuto moroso e la Telecom non gli avrebbe attaccato un altro telefono.

Giacinto infine ripete le cose già dette ai carabinieri: movimenti della domenica mattina, telefonate, gli appuntamenti di Emanuele con Luigi Imperiali, il tentativo di coinvolgerlo nella cenetta della sera, il suo diniego. «In un'occasione Manuele mi ha detto che Luigi gli aveva chiesto in prestito la casa per portarci una ragazza, e che lui si era rifiutato perché la ragazza sua, Loredana, aveva le chiavi di casa e avrebbe potuto entrare improvvisamente».

L'ultima volta che lo ha sentito è stato alle 13.30 di domenica 25 febbraio. Per telefono. Nel pomeriggio non lo ha più sentito. Fino alle 17.00 è stato nello studio, quando la madre lo ha chiamato per merenda. Poi è tornato giù. Alle

19.30 è riandato su a prendere l'occorrente per farsi la doccia ed è risceso. È risalito in casa alle 21.00 ed ha cenato. Alle 21.30 è uscito per recarsi in piazza, a piedi. È entrato nel bar di Raniero Collinvitti, ai giardini: «C'era gente che guardava una partita in televisione e non essendo interessato al calcio ho trascorso ancora pochi minuti in piazza e quindi sono tornato allo studio. Saranno state le 21.40, massimo le 21.50». Dal bar allo studio, a piedi, non ci vogliono più di cinque minuti.

Lì si è trattenuto fino alle 22.30. Poi è salito in casa, e la madre gli ha detto che erano venuti i Proietti. «Sono nuovamente uscito e mi sono recato a casa di Manuele. Il padre di Loredana era col figlio e stava lì, vicino a questa scala, a terra, quasi come se aspettasse qualcuno. Di ciò sono sicuro».

Proietti lo manda da Astolfo Muratori e quando torna è sulla scala, ma scende e fa salire lui: «Vedi meglio tu». Gli dà la torcia. Gli chiede se la finestra si muove e se gli riesce di aprirla. Avuta risposta negativa gli dice di rompere il vetro e di entrare. Giacinto nicchia. È perplesso. Suggerisce di aspettare ancora. Quello insiste.

«Mi ha detto che per un vetro non c'era problema e che al limite si chiamava il vetraio Pennini per ripararlo».

Il padre gli sembra tranquillo. Perfettamente normale. Il fratello di Loredana invece ha un atteggiamento di maggiore preoccupazione.

Gli passano un paio di pinze, ma non sono adatte a rompere il vetro, che è doppio. Allora il padre va a prendere una chiave inglese, e con quella Giacinto riesce a sfondarlo. Apre la finestra con qualche difficoltà, a causa dei vetri. È Proietti che gli suggerisce di togliere pezzo dopo pezzo i vetri rotti. «In verità mi sono posto la domanda perché il padre di Loredana abbia aspettato me per rompere il vetro ed entrare in casa, e non sia entrato lui da solo o quanto meno non abbia mandato avanti il figlio».

Segue la narrazione della scoperta dei cadaveri, che è la stessa fatta ai carabinieri.

In base a ciò che gli aveva detto il padre, Giacinto si era quasi convinto che potesse essere stato Emanuele ad uccidere Loredana. Tuttavia ha visto che anche lui, come Loredana, aveva delle ferite sul corpo, «anzi, preciso dei fori alla maglia sulle spalle». Su Emanuele non c'era tanto sangue. Su Loredana di più. Ha avuto netta la sensazione della freddezza e rigidità. Non ha toccato la ragazza.

Il padre – appena entrati nell'abitazione e ancora prima di scoprire i cadaveri – cercava un mazzo di chiavi: «Che c'è un mazzo di chiavi sul tavolino?», o qualcosa di simile. Gli ha anche chiesto se erano infilate dietro la porta, nella toppa.

Quando sono arrivati nella stanza ed hanno trovato i corpi, il padre non si è chinato sulla figlia. Ha detto solo: «Guarda sto bastardo che gli ha fatto, me l'ha ammazzata, l'avevo detto io di lasciarlo perdere; avevo detto che era un tipo strano». Secondo Giacinto era molto tranquillo. Manifestava solo un po' di rabbia nei confronti di Emanuele.

Tra Emanuele e Loredana qualche volta nascevano delle discussioni. Per un certo tempo si erano presi anche una pausa di riflessione, per vedere se il loro rapporto potesse continuare o meno.

In una occasione Emanuele andò a casa dei genitori di Loredana, a cena. Questo è stato a Natale 1995. A pranzo, il 25 dicembre, stava a casa sua, da Giacinto. E gli disse: «Stasera vado nella tana del lupo». Con la madre di Loredana andava d'accordo. Col padre no. Quel prestito di due milioni che gli ha fatto dopo Natale, Emanuele gli ha detto che è stata Loredana a farseli dare. «Manuele mi confidò che Loredana, quando era piccola, aveva subito una violenza in famiglia. Anzi gli aveva detto che quando era piccola il nonno, così mi pare di ricordare, aveva avuto delle attenzioni per lei. Voglio essere più preciso dicendovi che Manuele mi disse testualmente che Loredana era stata violentata».

Dopo il rinvenimento dei cadaveri il padre è sceso in cucina per chiamare i carabinieri. Non è più risalito. Lui è rimasto con il fratello di Loredana, finché il padre lo ha mandato incontro ai carabinieri per condurli sul posto. Ha incrociato prima l'ambulanza e gli ha indicato la strada. Ha accompagnato direttamente quello con la valigetta della rianimazione. Il padre stava ancora in cucina. «Con fare che mi metteva fretta» lo ha mandato di nuovo incontro ai carabinieri. Dopo pochi minuti è arrivata la gazzella. Anzi, diverse. Solo a lui è stato detto di aspettare fuori.

Il padre ha chiesto a lui e al figlio di andare a prendere la madre. La macchina di Giacinto però – la Renault Clio – era rimasta stretta tra altre vetture. Così il figlio è andato a farsi dare le chiavi della 500. Guidava Giacinto: «La madre non manifestava alcun sentimento. Durante il tragitto non piangeva né si disperava ed anzi si preoccupava per la mia guida».

La scala è stata tolta solo alla fine. Giacinto gli ha dato anche una mano per inclinarla e caricarla sul portapacchi della 500.

A lui poi è stato detto di andare in caserma, ma non c'era nessuno. Il padre non l'ha più visto. Allora è tornato a casa. La madre gli ha detto che verso le 02.30 era ritornato Proietti, che stava su una macchina che aveva sul tetto una scala. «Sembrava la macchina dei pompieri», ha detto la madre. E gli ha riferito il messaggio: appena tornato doveva andare immediatamente in caserma. «Ricordo che mia madre, in occasione della prima visita del padre di Loredana, non mi ha detto che aveva a bordo la scala dei pompieri».

Emanuele aveva a disposizione un coltello a serramanico, con la lama di circa dieci centimetri. «Ieri, dai carabinieri» – dice Giacinto alla polizia di Stato di Cisterna, martedì 27 febbraio – «mi è stato mostrato un oggetto simile». Emanuele aveva anche un coltello da cucina a seghetta, di grosse dimensioni, con cui qualche volta scherzava con Astolfo Muratori.

Mangiava sempre a casa. Cucinava da solo. Anche nei giorni di festa non andava mai a mangiare fuori, a meno che non ci fosse qualcuno che pagasse per lui. «Quando sono entrato in casa la sera della scoperta dei cadaveri ho avuto la sensazione che non ci fosse odore di cucinato e mi pareva che la cucina fosse rassettata. Lui di sera mangiava sempre la pasta ed usava cenare verso l'ora del telegiornale».

Giacinto ribadisce che lui con la droga non ha mai avuto niente a che fare.

## 5

Il Sindaco ha riunito il consiglio comunale in seduta straordinaria e ha dichiarato ai giornali e alla televisione: «Il paese è frastornato. Noi siamo una comunità pacifica ed ordinata, per natura aliena da ogni forma di violenza e intolleranza. La nostra è una storia millenaria di usi quotidiani solidali e di amicizia ad ogni livello, di pacifica convivenza giammai turbata. Mai si sono dati, a memoria di questa amministrazione, episodi di violenza. E non solo la particolare efferatezza, ma il solo essere del crimine stesso squarcia l'esistenza e l'anima della comunità come un fulmine a ciel sereno... Dobbiamo analizzare. Poiché la realtà è complessa e articolata. Dobbiamo valutare fino in fondo le ragioni, le cause e le concause di questo duplice delitto, che si profila chiaramente come un portato della modernità. Solo così ci sarà possibile recuperare le ragioni che stanno alla base della nostra convivenza. Abbiamo il dovere e il compito, e i cittadini sanno che lo assolveremo come sempre nel migliore dei modi, abbiamo il dovere di farci i conti. Fino in fondo. Con tutto quello che ne consegue».

Il sindaco è un compagno. Laureato. Impiegato del Genio Civile. Scrive poesie dialettali, e ha pubblicato un paio di libri che hanno vinto il *Premio Agora*. Viene dal Pci, poi Pds, Ds, Pd. Come in tutti i Lepini, le amministrazioni che si sono man mano succedute dalla fine del fascismo fino a poco tempo fa sono sempre state rosse, e naturalmente ad Agora – ma pure a Sezze e nel resto dei Lepini – era quasi impossibile trovare un vigile urbano o un usciere comunale che non fossero di sinistra. Chissà perché, ma ai non iscritti al Partito non è mai riuscito di vincere un concorso. Idem per le licenze. Se eri democristiano o peggio ancora fascio, non ti autorizzavano a maiolicare neanche il bagno: «C'è il vincolo delle Belle Arti». I parenti dei consiglieri hanno invece potuto fabbricare *ex-novo* a iosa anche scatoloni di cemento – con gronde in plastica e infissi di alluminio anodizzato – direttamente sulle mura poligonali o ciclopiche che dir si voglia.

Da piccoli ci mandavano in colonia ad Agora, da Latina, per respirare l'aria di montagna. Con le colonie dell'Avis. Ci alloggiavano nella scuola elementare, che era un edificio quasi nuovo, fatto dal fascio ad Agora Bassa. Era uno dei pochi fabbricati ad avere già l'acqua corrente ed essere collegato alle fogne. L'altro era l'ospedale. E forse il comune. Era il 1960, e tutta la rete la stavano facendo allora. La zona di Agora Alta non era ancora collegata. La gente faceva i suoi bisogni nel pitale, e la mattina passava un carrozzino a mano – quasi come quello del gelataio – tirato da un uomo che suonava la trombetta. La gente scendeva e ci scaricava i vasi – dentro il carrozzino ovviamente, non dentro la trombetta – oppure alla bisogna, di notte, li svuotava quatta quatta dalle finestre in strada.

Per l'acqua c'era una fontana in piazza Norbana. Le donne facevano la fila per riempire enormi conche di rame. Poi si ponevano sulla testa un cordolo di stoffa su cui poggiavano con leggerezza la conca piena – una quarantina di chili abbondanti – si mettevano le mani sui fianchi e partivano dritte con l'anfora in testa, equilibrio perfetto, su per i vicoli e le scalette. Parevano indossatrici e le mani sui fianchi ribadivano ancor più le vite strette e i bacini possenti che ondeggiavano – nel camminare – esattamente come il grande pendolo dell'orologio nell'androne della scuola elementare che ci ospitava in colonia: «*Tic-tac, tic-tac*».

Le lunghe vesti nere del costume popolare – lunghe assai più delle gambe, lunghe a coprire gli zoccoli di legno – ondeggiavano di qua e di là come bandiere. Erano donne giunoniche bellissime. Soprattutto a guardarle da dietro. Dal basso, noi bambini.

Non c'era una macchina in giro. Ma era pieno di somari, che andavano su e giù per le scalette. Tutti col basto sulla groppa. Carichi di fascine, sacchi colmi o botticelle. Le case di abitazione stavano tutte su, ai primi piani. Su quello della strada invece le stallette dei somari, le poche botteghe e le cantine. Quando le assistenti ci portavano a spasso tutti in fila – uno strazio per quegli scalini perennemente in salita, per noi di pianura; mai in discesa ci sembravano – era un continuo slalom tra le merde di somaro. Soprattutto quelle fresche, che sono quelle che ti sporcano. Quelle secche già semisfarinate – che lasciano intravedere il tessuto filiforme delle erbe – non danno fastidio. Hanno un che di simpatico come l'odore stesso immanente, diffuso, consustanziale. Profumo appunto, nemmeno odore.

E donne di tutte le età – dalle creature alle vecchie – sedute sulla strada in crocchio, su seggiole di paglia, a lavorare ai ferri o all'uncinetto. A parlare fitto in quel dialetto assai simile ancora al latino. A prestarsi le padelle, l'olio, il vino. A scambiarsi i piatti appena cucinati. In quelle che Max Weber pare chiami «tipiche relazioni di vicinato del vicolo lepino». E i ragazzini, nelle piazzette, a giocare a saltarello sulle campane graffite con un coccio sul selciato.

C'erano i lupi allora sui Lepini. Ogni tanto scendevano in pianura, come nel marzo del '56, quando fece quella grande nevicata che imbiancò per una settimana – con trenta o quaranta centimetri fino al mare – l'intero Agro Pontino. Mio cugino Alfio – che faceva il poliziotto a Latina ed era di piantone in Prefettura – stava tornando a casa in campagna a Borgo Carso, una mattina. Erano le prime luci del giorno e smontava dal turno di notte. Quando dall'Appia è svoltato sulla Pratolone con la moto, li ha visti proprio sul campo di zio Iseo, a meno di trenta metri dalla strada. Erano in due, un maschio e una femmina di ritorno da qualche spedizione. Trotterellavano tranquilli verso la montagna. Alfio s'è fermato. Gli hanno ringhiato. Lui ha estratto la pistola e gli ha sparato. Ma non li ha presi. Hanno solo accelerato leggermente il passo. Noi siamo stati tutta la mattina sul campo, a rimirare le orme dei lupi sulla neve. Ma erano tali e quali a quelle dei cani. Pare ce ne sia ancora più di qualcuno tra le macchie della Semprevisa e monte Lupone, nomen-omen. I pastori ogni tanto raccontano di pecore scannate.

I lupi più pericolosi però – a sentire i ragazzini di Agora – non erano questi, ma quelli mannari. Il nome viene da *lupus \*hominarius* e sono appunto uomini in apparenza normalissimi; a Priverno e Roccasecca li chiamano *lupinari*. Hanno pure moglie e figli. Ma nelle notti di luna piena divengono bestie; gli cresce il pelo lungo, gli artigli durissimi e le zanne. Si mettono a ululare e se trovano qualcuno lo sbranano. Poi di giorno ritornano normali. Ogni paese della montagna ne aveva qualcuno e l'unico modo di salvarsi – dicevano quei ragazzini – era arrampicarsi su una scala, perché il lupo mannaro non sa salire gli scalini. Ha paura solo dell'acqua, se riesci a buttargliene addosso un secchio sei salvo. Rinsavisce e non ti sbrana. I Lepini dicono che la licantropia non c'entri – «*chella è nn'atra cosa*» – i lupi mannari esistono davvero, almeno da queste parti, ed è meglio che gli stai alla larga.

Va però detto che per il resto di tutti gli altri lepini gli agoresi «sono matti». Ogni paese ha la sua nominata, sedimentata da secoli: il bassianese è furbo, il corese vuole avere sempre ragione, il terracinese è tutto suo, i sezzesi vogliono comandare; i sermonetani sono figli del principe, i privernesi come il prezzemolo, i normiciani ignoranti e chi s'è stufato di comandare a casa sua deve solo sposare una sonninese. I cisternesi infine sono tignosi e «*j'agoresi so' matti*». Hanno gli scatti di nervi.

Dicono sia per il tabacco. Si coltivava dappertutto, ma quello di Agora era proprio speciale. Buonissimo, aromatico, profumato. Ma dava un po' alla testa. Non so se si fosse imbastardito con qualche qualità di canapa (coltivavano anche quella, per uso tessile). Qualcuno sostiene invece che fosse stato attaccato da un parassita portato dal vento e che avesse qui trovato le condizioni ottimali per vivere e prosperare. Un fungo. Una micosi che s'attaccava alle foglie, che in effetti avevano una sfumatura bluastra in più, rispetto agli altri paesi. Una specie di fungo allucinogeno come quello di non so quale tribù dei Navajos.

Però adesso fumano solo Ms – gli agoresi, non i Navajos – anche se per gli altri lepini restano comunque «matti». Neanche coltivano assiduamente più la terra. Curano solo – a tempo perso, come secondo lavoro – gli ulivi e la vigna. Ma non piantano più grano, canapa e tabacco sulla montagna. Là ci pascolano solo le pecore oramai, e ci vanno a caccia. A lavorare vengono in pianura nelle fabbriche, gli uffici o i centri commerciali. Tutti i giorni. E la sera risalgono in paese.

Dal '60 al '65 deve essere cambiato tutto anche ad Agora. Altro che Rivoluzione francese. Nel '70, a vent'anni, ci sono tornato ad attaccare i manifesti per la campagna elettorale. Non c'era più un somaro. Solo macchine dappertutto. Non c'era più un odore; quel misto di sterco, sapone di casa ed alberi di fico che tu dicevi ad occhi chiusi: «Sono ad Agora». Niente adesso, lo stesso odore di niente che senti dappertutto.

Non c'è più una scalinata o una conca di rame. Non c'è più un selcio, una gradinata. Le macchine non ci potevano passare e allora hanno buttato ogni cosa. Hanno asfaltato dappertutto e se non ti sbrighi a scansarti ed infilarti di corsa nello stipite di una porta, la gente ti arrota come se niente fosse quando sale in prima – a tutta gallara – serpeggiando tra i vicoletti strettissimi, fatti ab origine a misura di somaro.

Hanno buttato via tutto, con somma fortuna delle imprese appaltatrici che hanno rivenduto a peso d'oro – per le ville dei nuovi ricchi di Roma e della piana – quei rarissimi selci di pietra bianca, perfettamente identici l'uno all'altro. Sembravano fatti con il calibro. Erano il vanto degli antichi scalpellini agoresi.

Due o tre scalinate sono rimaste. Non hanno tolto i gradini e non le hanno nemmeno asfaltate; ci hanno solo gettato sopra del cemento: una striscia di qua e una di là. Due piani inclinati. Belli grigi. Così le macchine ci possono passare tranquille, le poche volte che non sostano parcheggiate ovunque. Pure dentro il tempio di Minerva.

L'economia di vicolo però permane. «Sopravvive per un certo tempo al mutare del vicolo stesso», pare dica Carlo Marx: «Ma le relazioni umane hanno carattere assai meno vivace».

Tutte amministrazioni – come detto – di sinistra. Rosse, progressiste e proletarie, almeno per un altro po'. Ma noi della pianura ci hanno sempre guardato con sospetto. A tutte le riunioni in Federazione – Pci prima, Ds, Pds, Pd dopo – ci hanno sempre fatto pesare l'origine veneta e il fatto che da noi le destre e la Dc, erede diretta del fascio, prendessero sempre la maggioranza assoluta. Eravamo compagni di serie B. I veri rossi erano loro – gli autentici depositari della "linea" – rispetto a noi geneticamente contaminati dal fascio prima e dal "sistema consolidato di potere clientelare Dc" dopo. E lo restiamo tuttora, che la Dc non c'è più.

Ha ragione S. Agostino: «*Ex Adam traxit ergo reatum parvulus quia unus erat cum illo et in illo a quo traxit quando quod traxit admissum est*» che in pratica vuole dire che il peccato originale ce l'hai e te lo tieni. Puoi mettere al mondo pure centomila figli – ed altrettanti loro – ma non c'è niente da fare, il tuo peccato originale lo trasmetti per intero, ipso facto, a tutti quanti: «*Quia unus erat cum illo et in illo*», poiché eri una cosa solo con lui ed in lui quando peccò. Ma se ognuno di noi è sempre Adamo – tale e quale nel bene e nel male – così il figlio di Wasp è sempre Wasp e loro Apache. Tanto per non generalizzare.

Noi siamo arrivati l'altroieri. Loro stanno qui da migliaia d'anni, prima ancora che si formassero le paludi. Prima di Romolo e Remo. Dove dopo hanno infatti costruito Roma non c'era ancora niente, solo quattro capanne nel punto in cui gli etruschi guadavano il Tevere. Un'osteria e niente di più, mentre sui Lepini c'erano già le città con le case ed i muri di pietra. Agora è molto più antica di Roma, come attesta lo stesso nome greco. Gli antichi elleni bazzicavano queste parti quando ancora gli etruschi nemmeno esistevano. Figuriamoci i romani.

Nell'*Odissea* a un certo punto compare una certa Circe, donna stupenda che fa invaghire alla perdizione Ulisse. Non lo ammalia però con la sola bellezza e le arti erotiche. È una maga con poteri magici e perversi che – dopo avere usato i suoi amanti – li trasforma di norma in porci. Tutta la sua corte oramai ne è piena: maiali, cinghiali e porcastri che sgrufolano di qua e di là. Ulisse si salverà a stento.

Secondo la leggenda questa Maga risiedeva qui, sul promontorio del Circeo, e imperava sulla piana e sui Lepini. Ma più che una leggenda è una certezza. Non il fatto che fosse Maga e tramutasse i cristiani in porci. Bensì il fatto che Ulisse – o per meglio dire i mercanti-pirati micenei da cui ebbe origine il racconto – sia venuto a sbattere qui e per un motivo o per l'altro ci sia rimasto impigliato per più tempo con le corna.

Sul promontorio c'era *Circei*, città potentissima ai suoi tempi. La cinta di mura dell'acropoli – tutta a pietroni a incastro enormi come ad Agora e Norba, con la faccia esterna levigata a puntino per impedirne l'arrampicata – la cinta biancheggia tutt'oggi sul monte: a strapiombo sul mare da una parte, a sovrastare la piana e la palude dall'altra.

Ora è chiaro che i micenei debbono avere avuto un qualche intoppo dalle nostre parti, se Strabone, il più grande geografo dell'antichità, scrive che ai suoi tempi – pressappoco la fine del I secolo a.C., dopo più di mille anni dai fatti di Ulisse – sopra *Circei*, in cima al promontorio, c'era ancora un santuario di Circe con un altare ad Atena, dove veniva mostrata ai visitatori «una tazza che sarebbe appartenuta ad Odisseo». E quando sono tornati a casa il racconto è andato avanti da solo, di bocca in bocca sino all'orecchio di Omero, aggiungendosi da sé stesso man mano – spontaneamente – qualche nuovo episodio. Così è arrivato alla Maga e ai maiali, che in realtà magari non erano che tutti quei porci e cinghiali che brulicavano allora in palude. E brulicano tuttora sui monti Lepini, dove in mezzo a ogni fratta e ogni macchia ci sono regolarmente più porcastri che formiche.

Il fatto è però che qui c'era gente ancora parecchio prima che i micenei spuntassero la prima volta sia a Creta che a Micene. C'era l'uomo di Neandertal, che cacciava e raccoglieva bacche e radici in Agro Pontino tra le prime paludi e le grotte sulla montagna, dove allevava i piccoli e spaccava la selce. Coi frammenti costruiva le punte per le sue lance, i coltelli, le guerre. Duecentomila anni fa e pure più.

Tutta la piana ne conserva le tracce. Ad ogni aratura – dai campi – affiorano le armi di pietra e i suoi strumenti utensili: i raschiatoi, i bulini. Così come nelle grotte e gli anfratti sui Lepini e sul Circeo.

Carlo Alberto Blanc – un paleontologo – poco dopo la bonifica fascista scoprì nell'Arnalo dei Bufali, sotto Sezze, pitture rupestri: graffiti verniciati con ocra che rappresentano omini stilizzati. In una cavità carsica sul monte Carbolino – un po' più su di Agora – parti di scheletro neandertaliano.

Nel 1939 venne ritrovato da un elettricista in un riparo sotto il Circeo – la Grotta Guattari – un cranio completo di *Homo sapiens neanderthalensis*, che fu la scoperta più importante, secondo Blanc. Il cranio stava sul paleosuolo della grotta e aveva intorno un cerchio di pietre. Cerchio non casuale, ma fatto ad arte. Dall'uomo. Il cranio era in mezzo – al centro del cerchio – e viene datato a 51.000 anni fa. Il forame occipitale – la base su cui si innesta la colonna vertebrale – risultava essere stato allargato da qualcuno, in antico, a colpi di selce o di bulino.

La scoperta fu importantissima. È il primo fatto cruento del nostro territorio, di cui si inizi ad avere notizia, e diede a Blanc la fama internazionale, poiché era la conferma – anche se altri segnali erano già venuti da similari ritrovamenti in Francia – che l'uomo di Neandertal praticava riti di sepoltura e aveva sicuramente, quindi, vita organizzata e credenze religiose. Il cerchio di pietre è il classico «cerchio magico» e l'allargamento del foro occipitale era propedeutico ad estrarre il cervello e poterlo mangiare. Antropofagismo religioso – cannibali – cinquantunomila anni fa.

Quando moriva qualcuno di valore – più spesso un familiare, ma anche un nemico coraggioso – i parenti ne mangiavano le carni. Soprattutto il fegato e il cervello, che si riteneva fossero le sedi della saggezza e virtù militari. E così – ingerendone il cervello, il fegato, il cuore o il midollo – le virtù e l'anima stessa del defunto trasmigravano nei vivi e non andavano più perse. Restavano per sempre all'interno del gruppo, nel ghenos.

L'etnologia insegna che l'antropofagismo religioso è una pratica assai diffusa. Le società cosiddette primitive hanno continuato a praticarlo fino a ieri. Dovrebbero esserci alcune tribù dell'Amazzonia che lo praticano tuttora. Ma l'intero sistema delle credenze religiose e culturali delle società civili cosiddette moderne parte da lì. Tutti – noi per primi – lo abbiamo semplicemente sostituito con simboli e ritualizzazioni tipo l'eucaristia: «*Hoc est enim corpus meum*».

Secondo gli studiosi l'uomo di Neandertal si sarebbe estinto. Scomparso dalla sera alla mattina – o quasi – soppiantato dall'*Homo sapiens-sapiens* che saremmo noi. Lui era basso – tra un metro e trenta e un metro e cinquanta – ma all'epoca era basso anche il *Sapiens-sapiens*.

Non riusciva a stare dritto come noi, camminava un po' storto. Aveva la fronte sfuggente e le ossa sopracciliari pronunciate. Tutte all'infuori. Era bruttino e dicono che si sia estinto completamente, anche se tipi così se ne incontrano continuamente tra la folla. Sulla metropolitana a Roma. O a Milano. Ma soprattutto in giro per i paesi dei monti Lepini. Chissà, magari Ulisse la storia di Polifemo e della Maga Circe l'ha colorita partendo da qui.

In riferimento però a questo primo grave fatto cruento di cui si sia avuta notizia nell'intero nostro territorio – e cioè il rito cannibalico o antropofagico-religioso scoperto da Carlo Alberto Blanc nel 1939 ed operato ai danni del cranio di un povero uomo di Neandertal a Grotta Guattari sotto il Circeo, non si sa se dopo un sacrificio umano o meno, e poi deposto dentro un "cerchio magico" di pietre cinquantunomila anni fa – è doveroso ed opportuno ricordare che qualche anno prima dei fatti di Agora si era tenuto un convegno internazionale di studi a Sabaudia, su questo famoso Cranio del Circeo.

Una scienziata svedese aveva appurato che la Grotta Guattari – dove era stato ritrovato il cranio – non era in antico che una tana di iene, le quali come loro abitudine ci si portavano le carogne trovate in giro, per potersele mangiare in santa pace. Poi le ossa restavano lì – ammucchiate una sull'altra – in una sorta di grande immondezzaio.

Un altro scienziato americano invece – dopo avere analizzato il cranio in tutti i modi, pure coi raggi laser – aveva scoperto, secondo lui, che il buco non è stato nient'affatto allargato dall'uomo: «Quale antropofagismo religioso? Sono state le iene, punto e basta» e tutti gli scienziati italiani gli hanno dato ragione. Anzi. Si sono messi a strillare più forte degli altri: «So' state le iene! So' state le iene!»

Solo un vecchio allievo di Blanc aveva provato a dire: «E

il cerchio magico di pietre? Il cerchio non può mica averlo fatto una iena».

«Ma che cerchio e cerchio?» si sono sbellicati quelli là. «Le pietre attorno al cranio ce le ha messe Blanc», hanno fatto capire. Gli scienziati.

Io però non sono d'accordo. Loro dicessero quello che gli pare, ma per me resta ancora tutta quanta in piedi – vera più del sole – la teoria di Blanc.

Il sindaco di Agora comunque ha concluso: «L'attendibilità delle istituzioni e dello stato democratico è fuori discussione. L'autorità giudiziaria e le forze dell'ordine facciano fino in fondo il loro compito, senza guardare in faccia a nessuno, con la consapevolezza che è assolutamente necessario restituire sicurezza in tempi brevi ai cittadini. L'amministrazione comunale, in uno con la comunità tutta, attende con serena fiducia l'espletamento e l'esito delle indagini».

# 6

Mantovano Antonio, di anni 27, conosceva personalmente Emanuele. Loredana di vista. Emanuele era un tipo estroverso ed affabile con tutti. Socievole. Non lavorava. Gli piaceva la musica. D'estate cantava nei piano-bar. Anche canzoni che componeva da solo. Una volta ha cantato pure a Telelazio. Due o tre mesi prima ha lavorato in Spagna come manovale, con una ditta di Agora che tratta pavimenti industriali. Attualmente lavorava qualche volta con la tappezzeria Mancini. Gli risulta che Emanuele e Loredana fossero fidanzati, poiché li vedeva girare per Agora mano nella mano.

L'ultima volta che li ha visti assieme è stato proprio domenica 25 febbraio, quando è accaduto l'omicidio. Li ha visti per un attimo dentro il bar Raniero, in via S. Tommaso. Era prima di pranzo. Lui stava giocando a carte con tre amici. Poteva essere mezzogiorno e mezzo.

Conosce bene anche Giacinto. Lo conosce da parecchio tempo: «È un giovane misterioso, introverso, molto silenzioso. Ha un aspetto fisico non bello a vedersi». Si veste sempre con una giacca o un giubbotto blu scuro, non elegante. Quando veniva al bar non partecipava alla vita di gruppo. Si isolava. Molto spesso se ne andava senza neanche salutare. Però si documentava, seguiva le vicende del mondo, leggeva i giornali. Quando parlava di politica esponeva molto bene le cose, ed era capace di attirare l'attenzione di tutto il bar.

Non gli risulta che abbia mai avuto una ragazza. O almeno lui non lo ha mai visto parlare con qualcuna: «Nell'ambiente giovanile è noto che Giacinto consumava cocaina e fumava spinelli. Prediligeva soprattutto la cocaina. Mi risulta personalmente perché anch'io qualche volta ho fumato lo spinello e una volta ho "pippato" cocaina per curiosità». Quella volta fu proprio Giacinto a offrirgliela. Gli seccò la gola e dovette bere coca-cola. Altri dicono che se ci si beve qualche alcoolico è meglio, perché alza lo spirito. Ripete che ad Agora sono in molti a sapere che Giacinto spacciava cocaina.

Ma Giacinto, Loredana ed Emanuele non facevano esattamente parte del suo giro di amici. Una volta sola è andato in discoteca al Tecariba a Latina, prima di Natale, con Giacinto e Emanuele sulla macchina di Giacinto. Al ritorno venne con loro pure Fabrizio Valenti, che fa il barista al bar Giovannino. Quella sera, con loro, non c'erano ragazze. E nemmeno Loredana. All'interno della discoteca lui se ne è stato per conto suo. Giacinto e Emanuele stavano davanti al bancone delle bevande. Ogni tanto li vedeva. Quando sono usciti, questo Fabrizio gli ha chiesto un passaggio per tornare ad Agora, dove abita proprio vicino casa sua.

Qualche tempo addietro aveva sentito dire da Giacinto che un giorno, per gioco, insieme ad un suo amico aveva dato fuoco a un cane verso la strada della Madonna della Valle. Il cane era rimasto vivo. Giacinto raccontava che, sempre per gioco, faceva le punture di vino o alcool ai gatti e li gettava contro il muro. Con tali punture gli occhi degli animali cambiavano colore: «Diceva di avere fatto queste cose quando era piccolo... penso che volesse fare del protagonismo».

Carano Filippo, invece, di anni 23, conosceva Emanuele da cinque o sei mesi. L'amicizia, nei primi tempi, era stata abbastanza stretta. Poi è intervenuto un disaccordo. Emanuele gli aveva proposto un lavoro nell'ambito del volontariato, con l'Aido, ma contrariamente ai patti gli aveva pagato solo la giornata del volantinaggio e non quella della raccolta, «in quanto i soldi che mi spettavano per la raccolta delle beneficenze li tratteneva lui».

Emanuele aiutava spesso Loredana a fare i compiti, ma il padre non vedeva di buon occhio la relazione. Anzi la osteggiava. Glielo ha detto lui, anche se «era un ragazzo che non amava parlare della sua vita. Emergeva dai suoi discorsi la voglia di custodire qualche segreto». Tra le poche cose che gli ha detto, c'era questo ricordo della sua condizione di figlio adottivo, e qualche problema che forse ha avuto nel passato. In giro più persone dicevano che Emanuele avesse avuto cattive frequentazioni, sia a Napoli sia a Cisterna.

Emanuele svolgeva lavori a carattere saltuario. Oltre a fare il tappezziere faceva il manovale, l'operaio e il volontariato dell'Aido. Qualcuno in giro diceva che questi lavori fossero una copertura. Effettivamente si dedicava anche alla musica, e forse per questo aveva molto successo con le donne.

Dibenedetto Tommaso di anni 42, celibe, risiede ad Agropoli (Salerno) insieme alla sorella Carmela di anni 35, coniugata con Di Spirito Filippo di anni 38, fratello naturale di Emanuele.

Dibenedetto Tommaso riferisce che domenica, tra le 15.00 e le 15.45, ha ricevuto una telefonata da una voce femminile. Erano grida di disperazione. Hanno urlato diverse volte: «Aiuto». La telefonata è cessata di scatto.

Poi tra le 18.00 e le 18.30, «prima che iniziasse il programma sportivo 90° MINUTO», lo ha chiamato la madre di Loredana, che voleva sapere se la figlia ed Emanuele fossero ad Agropoli. Lui rispondeva di no e che Emanuele era venuto ad Agropoli circa un mese prima. Tra le 23.30 e le 24.00 la signora ha telefonato ancora. Ha detto che «Emanuele unitamente alla figlia si erano suicidati anzi si erano sparati».

Dibenedetto Carmela però, sorella del suddetto, dichiara espressamente: «Mio fratello è sempre ubriaco, confonde le cose e non si ricorda niente. È semialcolizzato e arteriosclerotico». Domenica pomeriggio non ha telefonato nessuno. Ha telefonato soltanto la mamma di Loredana tra le 20.30 e le 21.00, tante volte sapessero qualcosa, visto che non riuscivano a trovare la figlia. Poi ha richiamato intorno a mezzanotte, «per dire che era successa una disgrazia».

Ferraro Rosa di anni 60, residente a Cisterna. Attualmente vive con il fratello, Ferraro Paolo, che ha problemi di salute. Suo fratello ha adottato Emanuele all'età di tre anni, in un istituto di Napoli. Fino a vent'anni è vissuto a Napoli con lui e la moglie. Quando la moglie se ne è andata si sono trasferiti a Cisterna, a casa sua, nel settembre 1992. Emanuele è vissuto lì fino al febbraio 1994, momento in cui si è allontanato senza fornire indicazioni sul nuovo indirizzo.

In tutto il periodo in cui è vissuto con lei si è dimostrato insofferente di ogni disciplina familiare. Aveva un carattere esuberante e non era disposto a rispettare nessuna regola di condotta. Aveva amicizie che la zia assolutamente non gradiva, e continuava a frequentarle anche se lei aveva cercato di farglielo capire in ogni modo: «Il rapporto con l'istruzione è stato un disastro. Qualsiasi istituto a cui si è iscritto non ha portato mai a compimento gli studi». Ha cambiato tre scuole.

Lei gli trovò un lavoro da operaio in un ombrellificio di Cisterna, in attesa di un posto migliore. Ma anche questo lavoro è durato poco. Appena guadagnava un po' di soldi si licenziava. Lo stesso ha fatto per altri lavori. Lei continuava a dirgli di trovarsene uno duraturo, ma lui nel febbraio del 1994 si è allontanato da casa. Da quel momento ha perso ogni contatto con il nipote.

Mentre stava ancora a casa sua era venuta a sapere che si era fidanzato con una ragazza di Cisterna, di nome Silvana.

Lei gli aveva detto che non era quello il momento di iniziare un rapporto di fidanzamento, «e con la massima calma gli feci capire che non mi era gradita la presenza della ragazza, anche perché lui era solito interrompere le relazioni amorose ed intraprenderne di nuove, dimostrando una certa superficialità anche nei rapporti affettivi».

Non è in grado di fornire indicazioni circa le amicizie del nipote, in quanto lei non le ha mai condivise: le considerava poco affidabili e quindi non ha mai permesso che i suoi amici mettessero piede nella sua abitazione.

Di quello che faceva Emanuele non è mai stata a conoscenza, e lui non si è mai confidato con lei su nulla: «L'ultima volta che ha telefonato ha parlato con mio fratello e gli ha detto che momentaneamente era stato assunto in sostituzione di un operaio, presso un tappezziere di Agora, sino a quando questi non avesse fatto rientro». Il fratello gli ha consigliato di cercarsi un posto fisso a Latina, presso qualche altro tappezziere, poiché era molto esperto in questo lavoro, per averlo già fatto quando stava a Napoli. «Non diceva mai la verità, fingeva sempre, parlava raccontando storie. Noi lo chiamavamo l'attore».

Ferraro Paolo, fratello della suddetta e padre adottivo di Emanuele: «Era tanto buono. Nessuno lo ha mai capito. Era come un bambino. È colpa mia che mi sono ammalato».

Briganti Paolo di anni 20 dice che Emanuele – prima di aprire la porta – si assicurava sempre che si trattasse di persona a lui nota. Luigi Imperiali invece, «che abita a Cisterna, aveva la fama di non essere molto normale, in quanto spesso faceva discorsi senza senso».

Magno Michele, anche lui di anni 20, ricorda che due anni e mezzo prima Emanuele si era fidanzato con una sua amica, Manciocchi Silvana, residente a Cisterna. All'inizio del loro rapporto Silvana aveva 15 anni. Nell'estate del 1994 il rapporto si incrinò, poiché Emanuele aveva clandestinamente stretto un'altra relazione con una tale Ornella. Silvana scoprì la tresca e si lasciarono. Dopo un po' di tempo si rimisero insieme. A giugno 1994 Emanuele, per una serie di incomprensioni con la zia, si trasferì ad Agora. Prima di questo però disse pubblicamente che non era ben visto dal padre di Silvana. E se questi avesse continuato a opporsi, lui l'avrebbe messa incinta per poterla sposare.

Manciocchi Silvana, di anni 17, dichiara di avere conosciuto Emanuele nell'agosto 1993 alle giostre, a Cisterna. Da allora fino al giugno 1995 è stata la sua ragazza. I suoi genitori ne erano a conoscenza. Erano consenzienti.

Emanuele si trasferì ad Agora «in quanto non andava più d'accordo con la zia». Prese un appartamentino sempre ad Agora Alta, vicino al tempio di Minerva, per poi trasferirsi nell'abitazione in cui lo hanno ucciso. Prima che si lasciassero, lei e i genitori andarono anche a fargli visita. Una volta «mio padre gli portò un pezzo di ricambio del suo acquario». Era il giugno 1995.

Pochi giorni dopo si sono lasciati. Lei si era stancata. Ed anche lui non sembrava più interessato. Ha saputo successivamente che si vedeva con un'altra ragazza, Loredana, e l'ha anche conosciuta. Li incontrò alla fermata del pullman e Emanuele gliela presentò. Lo ha visto l'ultima volta a ferragosto 1995: «Ho appreso l'altra mattina dal giornale radio che era stato ucciso insieme a Loredana».

Pellizzoni Mirella, di anni 22, conosceva da tre anni Proietti Loredana. All'inizio uscivano assieme. Ora erano un paio d'anni che non si frequentavano più. L'ha vista l'ultima volta in compagnia di Emanuele. Era sabato scorso, alle 18.00 circa, a Cisterna, nei pressi del negozio di elettrodomestici Dream.

Due anni fa Loredana – quando era fidanzata con tale Pellicelli Roberto di Doganella – le aveva confidato che «aveva avuto un rapporto sessuale con lui violento cioè contro la sua volontà». Loredana non sapeva cosa fare. Lei le consigliò di lasciarlo. Loredana le riferì che quel Roberto aveva precedenti penali, poiché aveva già violentato una prostituta.

Anche lei sa che Emanuele aveva avuto molte ragazze, tra cui una certa Silvana di Cisterna, «che aveva capelli lunghi e neri». Con questa aveva avuto una lunga relazione.

«A.D.R. – Non sono in grado di riferire se Manuele frequentasse una donna con un bambino». Sa solo che durante il servizio militare, o quando lavorava fuori Agora, aveva avuto una ragazza che era rimasta incinta e lui era scappato subito via da quel posto. Emanuele non ha mai parlato di figli suoi. La sua casa era frequentata da molta gente di Cisterna, di Agora e Velletri: «Non era un tossicodipendente, ma fumava degli spinelli oltre che a ubriacarsi qualche volta, a suo dire per dimenticare qualcosa».

Cimicchi Cristina di anni 18 conosce Proietti Loredana dai tempi dell'asilo. Ultimamente – oltre a frequentare il 4° anno di ragioneria nella stessa classe, a Cisterna – uscivano anche insieme. Fino ad un paio di anni prima Loredana usciva con una certa Mirella, con cui un giorno è andata a fare un giro in macchina con dei ragazzi. A un certo punto si sono separati e Loredana – rimasta sola col suo ragazzo, tale Roberto – veniva da questi violentata. Avendolo conosciuto tramite Mirella, Loredana si arrabbiò con lei. Ritenendola responsabile ruppe l'amicizia sia con Roberto che con Mirella: «Nella stessa circostanza mi confidò che da piccola era stata violentata pure in famiglia». Cimicchi Cristina non sa però dire se sia stato il nonno o qualcun altro: Loredana lo disse e basta, mostrando di non volerne parlare ulteriormente.

Successivamente Loredana si è fidanzata altre due volte, ma per brevi periodi; non più di cinque mesi l'una. In data

9 febbraio 1995 invece hanno conosciuto Emanuele, e tra loro tre è nata subito una forte amicizia. Tra lui e Loredana questa amicizia è divenuta amore. Si sono fidanzati l'11 settembre 1995. Il loro rapporto nei primi mesi era perfetto.

A novembre 1995 Emanuele è andato in Spagna per lavoro. Poi è tornato. Dopo quasi un mese sono iniziati i litigi e «Manuele cominciò anch'egli a confidarsi con me». Lei faceva da paciere.

Due settimane fa hanno fatto un'altra litigata. Loredana diceva che Emanuele preferiva gli amici a lei: stava sempre con Giacinto. Il sabato sera usciva sempre con lui.

Ultimamente Emanuele le aveva confidato di avere iniziato ad assumere sostanze stupefacenti. Del tipo cocaina. La prendeva ogni sabato. Giovedì 22 le ha riferito di avere perso di nuovo il lavoro e di essere rimasto con sole 250.000 lire. Pertanto il sabato successivo è rimasta sorpresa quando le ha detto di avere regalato un anello d'oro e un mazzo di fiori a Loredana, di essersi comprato un cellulare e di avere pagato l'affitto e le bollette. «I soldi dove li hai presi?», gli ha chiesto, ma Emanuele l'ha guardata come per dire di farsi gli affari suoi e ha aggiunto: «Presto me ne debbono arrivare altri».

Ha visto insieme Emanuele e Loredana l'ultima volta domenica mattina. Le hanno dato appuntamento per il pomeriggio al bar Giovannino, in piazza Norbana, tra le 17.00 e le 18.00. Ma non si sono presentati. Lei non ha dato peso alla cosa, poiché anche in precedenza s'erano comportati spesso così.

Cipolla Adalciso di anni 22, residente a Cisterna, li ha visti invece sabato, tra le 17.30 e le 18.00, mentre era nella macchina di un suo amico e stavano facendo benzina al distributore che sta tra il ponte della ferrovia e la Madonnina, a Cisterna, poco dopo il Dream. Emanuele e Loredana hanno chiesto loro un passaggio per tornare ad Agora, poiché avevano perso il pullman. Il suo amico ha detto che non poteva portarli fin là, ma solo davanti al Coin. Così hanno fatto.

Durante il tragitto Emanuele era tutto contento perché aveva appena comprato un telefono cellulare. Lo aveva preso al Dream. Costava 480.000 lire e aveva dato un acconto di 150.000. Il resto lo doveva pagare nei due mesi successivi. Hanno lasciato la coppia alla fermata del pullman.

Pacini Violetta, di anni 36, non ricorda che suo cognato Astolfo Muratori le abbia mai confidato un suo sentimento nei confronti della ragazza a nome Loredana, «che mi risulta essere stata uccisa, così come ho appreso dal telegiornale». In alcune occasioni – ma così, genericamente – gli ha dato consigli di prudenza e pacatezza, in riferimento a sentimenti che potessero apparire seri ma tali magari non erano: «Astolfo fondamentalmente è un buono, un ragazzo di sani sentimenti, un semplice, e vive delle cose piccole».

Non le risulta che faccia uso di stupefacenti. Non le risulta che abbia mai avuto una ragazza. Lei non conosce il povero ragazzo che è stato ucciso. Sa però che la suocera qualche volta gli ha offerto il pranzo. «A.D.R. – È la prima volta che apprendo dalla vostra voce che mio cognato abbia trovato un biglietto di minaccia attaccato al portone dell'abitazione. E aggiungo pure che mia suocera, ove avesse sentito una cosa del genere, me ne avrebbe parlato».

Effettivamente di recente Astolfo ha portato la macchina dall'elettrauto, per la riparazione di un guasto relativo a problemi di benzina. Non conosce l'ammontare della spesa, ma non crede che sia superiore alle duecentomila lire. C'erano dei residui nel filtro della benzina e bisognava farlo spurgare, altrimenti non affluiva carburante. Astolfo non ha mai detto che il guasto era stato cagionato intenzionalmente e non ha mai detto, quindi, di nutrire sospetti su chicchessia.

Fino al 1994 Astolfo ha aiutato in macelleria. Poi quando suo marito ha rilevato in proprio l'esercizio istituendo una ditta individuale, lui si è tirato indietro da una ipote-si di collaborazione che gli era pure stata prospettata. Domenica scorsa, 25 febbraio, suo cognato Astolfo è stato per tutta la giornata – a partire dalla mattina – con suo marito in campagna, per dare il concime e il verderame alle piante di olivo. Tutti e due sono tornati per pranzo, ma poi sono riandati in campagna, fino a poco prima di cena, intorno alle 19.00, o giù di lì.

Astolfo aveva un attacco di lombosciatalgia. Era sofferente. Dopo cena è andato a letto: «Mi pare che la mamma della ragazza morta ha telefonato a mia suocera, per chiedere se Astolfo avesse visto Manuele. Non ricordo l'ora, ma era domenica sera, piuttosto tardi».

Di nuovo De Simone Fortunata in Proietti di anni 48, madre di Loredana, ma davanti alla polizia di Stato di Cisterna: «Mia figlia conosceva questo Manuele da un po' di tempo». All'inizio le aveva detto che era solo un amico. Sia suo che di Cristina. Era una persona che sapeva ascoltarla. Così diceva Loredana. Si scambiavano notizie personali, anche sulle ragazze e i ragazzi con cui avevano avuto in precedenza delle relazioni. Lui le aveva detto di una certa Silvana e lei di un certo Fabrizio e anche – forse – un certo Roberto.

Poi ha saputo dalla figlia che qualcosa era cambiato, con questo ragazzo. A Natale – avendo Loredana detto che questo giovane era solo – ha chiesto a lei e suo marito se poteva venire a cena. Non a pranzo, poiché Manuele era già stato invitato da un amico. Da quel momento «mio marito ha cominciato a sospettare che tra Manuele e Loredana vi fosse qualcosa di più di una semplice amicizia». In effetti vedeva in giro per casa anche qualche fiore in più, che Manuele regalava di tanto in tanto a Loredana.

Effettivamente il marito prestò due milioni a Emanuele. Ma si convinse a dare questi soldi «solo dopo parecchie insistenze di Loredana», che era sempre triste e chiedeva di dare una mano a questo ragazzo che aveva bisogno. In realtà non era per niente entusiasta, e tanto meno del prestito, «dal momento che Manuele non dava particolari garanzie ed anzi mio marito vedeva che Loredana soffriva».

Esclude nella maniera più assoluta che Loredana abbia mai subito maltrattamenti o violenze in famiglia. «Ho letto su alcune riviste che talvolta i padri sono gelosi nei confronti delle figlie», ma nella loro famiglia è stata impartita un'educazione assolutamente normale. Qualche volta è volato uno scappellotto. E anche lei, un anno e mezzo fa, essendo Loredana rientrata in ritardo, le ha dato uno schiaffetto. «Io sono profondamente innamorata di mio marito», anche se come in tutte le famiglie ogni tanto c'è un piccolo screzio, che comunque non turba l'armonia.

Ribadisce che domenica hanno pranzato assieme alla comare, che è di Norma. Il marito è andato a prenderla verso mezzogiorno. Esclude, però, che nella mattinata abbiano litigato, né lei né altri per nessunissima ragione: «Nella nostra famiglia regna la più assoluta tranquillità e armonia». A pranzo, domenica, hanno mangiato dei cannelloni col sugo, della carne al sugo con salsicce e della frutta. Oltre ai cannelloni, la figlia ha mangiato una sola salsiccia, ma non sa dire se abbia tolto la pelle. Era una salsiccia a grana grossa. E dei mandarini.

Dopo pranzo, «dopo avere visto un po' del programma QUELLI CHE IL CALCIO», il marito si è messo a riposare. Verso le 18.00 hanno riaccompagnato la comare a Norma. Al ritorno si sono fermati presso la casetta di campagna – ove possiedono una specie di garage e risultano ancora anagraficamente residenti – a lasciare la macchina grande, una Fiat Regata. Per andare in giro per Agora, infatti, il marito preferisce la macchina piccola, la Fiat 500.

Sono arrivati in paese. Erano le 19.00. Volevano prendere della pizza. Ma in pizzeria, per la gente che c'era, non ci si poteva proprio entrare. Allora lei ha detto al marito di lasciar stare e sono tornati a casa. «Ribadisco che non c'è stata alcuna lite a casa nostra verso le 12.30 di domenica».

Il marito s'è messo alla ricerca di Loredana alle 20.15 circa. Non era particolarmente contento della frequentazione con Emanuele, poiché vedeva che la figlia soffriva. Comunque diceva che erano «amoretti», qualcosa di passeggero a cui non bisognava dare peso. È maresciallo dei carabinieri in congedo. Fino a quattro anni fa comandava la stazione carabinieri di Roma-Magliana. Prima ha fatto servizio a Frascati. Si è congedato per avere raggiunto i limiti di pensione nel 1990. Possiede una pistola ed ha una regolare licenza di porto d'armi.

Loredana ogni tanto fumava qualche sigaretta, «ma escludo nella maniera più tassativa che facesse uso di stupefacenti». Naturalmente lei, come madre, si interessava ai piccoli segreti della figlia e ogni tanto frugava tra le sue cose. Ma non ha mai trovato niente di sospetto.

Quando Loredana è uscita di casa domenica pomeriggio aveva con sé uno zainetto, che non è stato rinvenuto. All'interno c'era una trousse per il trucco e poche altre cose personali. C'erano anche 5.000 lire che le aveva dato lei prima di uscire. Aveva pure i documenti, il codice fiscale ed un mazzo di chiavi di casa loro – portone, cancello e portoncino – e le chiavi del suo ragazzo, che le servivano per curare l'acquario.

Loredana non teneva nessunissimo diario. Ne è sicura. «Mia figlia non mi ha mai detto di aver avuto rapporti intimi con Manuele ed anzi per sua assicurazione presumo che fosse vergine. Escludo e ribadisco che mia figlia giammai ha avuto violenze di alcun genere».

Dice di avere appreso dai carabinieri che Giacinto è un tipo poco raccomandabile. Se suo marito lo avesse saputo non si sarebbe certamente rivolto a lui. Dopo i fatti e dopo la scoperta dei cadaveri sono andati prima a posare la scala e poi alla caserma dei carabinieri: «Non siamo andati in nessun altro luogo e non ci siamo recati da nessuno».

La scala sulla macchina è stata ricaricata dal marito e dal figlio. Non c'era nessun altro, lì, ad aiutarli a mettere la scala sulla 500. Proprio nessuno. Ne è sicura: «Nell'andare via non abbiamo danneggiato alcun oggetto». Oggi pomeriggio, quando la polizia è venuta a prenderla, lei ha telefonato ai carabinieri e ha parlato con il colonnello, che le avrebbe detto di non andare assolutamente insieme ai poliziotti.

«A.D.R. – Perché vi fate tante questioni perché mio marito è venuto in questo Ufficio armato di pistola? Chiunque va in giro armato. Mio marito va in giro armato perché nella sua carriera ha fatto tantissimi arresti e poteva esserci qualcuno che ce l'aveva con lui».

Felici Rosa, di anni 45, comare dei Proietti. La loro amicizia è di lunghissima data e trascorrono molto spesso la domenica insieme. Così è stato il 25 febbraio. Hanno mangiato alle 13.30. C'erano rigatoni al sugo e due cannelloni a testa come primo piatto. Poi della carne al sugo, «credo spezzatino», con contorno di broccoli. «Per i ragazzi, cui non piaceva la carne al sugo, del pollo in padella e della frutta». Ricorda benissimo che a Loredana piacevano molto le salsicce, ma quel giorno non c'erano. Ne è sicura. Conosce Loredana e Michele da piccoli: «Li ho cresciuti» e a Loredana aveva fatto da madrina alla cresima. Con la figlioccia aveva un buonissimo rapporto. Affettuoso. Anche se Loredana non aveva l'abitudine di lasciarsi andare a troppe confidenze. Ricorda però che era molto serena.

Dopo pranzo, verso le 15.30, Loredana è uscita, dopo avere salutato tutti. Lei, la signora Proietti e il maresciallo si sono messi a chiacchierare del più e del meno in cucina. Poi il maresciallo Proietti si è messo a guardare la televisione, «credo le partite», e si è addormentato sulla sedia della cucina. Lo ricorda molto bene: «In effetti il maresciallo zappa la terra e spesso è talmente stanco che quasi si addormenta mentre mangia».

Ha dormito quasi un paio d'ore, poi si è svegliato e le ha detto: «Comare andiamo, che ti riaccompagniamo». Saranno state le 17.00 o le 17.30. Lui «è stato sempre un carattere piuttosto rigido e direi un po' severo ed era un pochetto geloso dei figli, specie della figlia, come è giusto che sia per tutti i padri». Non sa nulla di cosa pensassero i genitori di questo fidanzato. Sapeva che c'era uno che si chiamava Manuele, ma in casa loro ne ha sentito parlare una volta in tutto. E di passaggio.

È sicura che quel pomeriggio non ha telefonato nessuno. Né alle 16.00 né ad altro orario. Ne è sicura perché hanno un solo apparecchio telefonico: in sala, dove stavano loro, su di un mobile vicino al televisore. Se avesse suonato se ne sarebbe accorta. Il ragazzo, Michele, è uscito di casa poco dopo la sorella: verso le 16.30 o le 17.00.

«A.D.R. – Sono sicura che a pranzo non ci fossero piselli. Loredana ha mangiato solo i cannelloni che le piacevano tantissimo.

A.D.R. – Non ho mai visto piangere la madre di Loredana né per gioia né per dolore».

Baroni Giancarlo, di anni 24, alle 16.05 di domenica era all'interno del bar Beautiful, sito in Agora Bassa, piazza Pozzo Magno. È certo dell'orario riferito poiché era uscito alle 16.00 esatte dalla sua abitazione, che si trova a trecento metri dal bar, presso cui era andato in macchina.

È entrato e ha preso un caffè. Mentre si accingeva a giocare ad un videogioco ha notato la presenza di Loredana. Stava facendo una telefonata con l'apparecchio pubblico, installato proprio in prossimità dei videogiochi. Loredana però non stava parlando con nessuno. Lui allora, scherzando, le ha chiesto: «Non ti risponde?»

«No, non mi risponde», ha sorriso lei. È rimasta alcuni

minuti in attesa. Poi ha riagganciato la cornetta ed è uscita dal bar. In modo normale. Senza assumere particolari atteggiamenti.

Non ricorda esattamente come fosse vestita. Di sicuro aveva dei pantaloni e uno zainetto della Invicta, «mi pare blu». È uscita dal bar non più tardi delle 16.20. Si è allontanata da sola. Senza utilizzare alcun mezzo di trasporto.

Nei giorni seguenti ha appreso – da voci che circolano in paese – che lo stesso pomeriggio Loredana avrebbe fatto l'autostop all'altezza dell'ospedale, dove sta il ponte detto di Silla. È inoltre a conoscenza che la signora Lina – quella che ha il frutta e verdura in via del Foro – l'avrebbe vista effettuare l'autostop nel punto riferito, dove per consuetudine i giovani del paese chiedono i passaggi per raggiungere Agora Alta. A questo ponte di Silla, dal bar, ci si arriva a piedi in soli cinque minuti. «Sempre per sentito dire ho saputo che Loredana avrebbe ricevuto un passaggio da tale Cellacci Andrea, persona di circa 31 anni. Penso che svolga la professione di panettiere».

Barricco Luca, di anni 24, domenica 25 febbraio tra le 16.30 e le 16.40 era nel bar Raniero, in via S. Tommaso ad Agora Alta. Era all'esterno, sulla porta d'entrata del bar, e stava parlando con due amici. La sua attenzione a un certo punto è stata richiamata da Loredana e Emanuele, che conosceva di vista. Si trovavano a una decina di metri da lì, seduti sul muretto perimetrale dei giardini: «Mentre chiacchieravo coi miei amici, per qualche minuto ho continuato a constatare la presenza della coppia». Finché li ha visti lui, non si è avvicinato nessuno e i due sembravano andare perfettamente d'amore e d'accordo. Si scambiavano le solite effusioni degli innamorati.

Li conosceva di vista. Lui frequenta anche un altro bar, provvisto di karaoke. E in quest'altro bar veniva spesso anche Emanuele, specialmente le sere d'estate, poiché gli piaceva cantare con il karaoke: «Faceva quasi da intrattenitore dei clienti». Il locale era il bar della Società Operaia, che si trova in Agora Alta, in piazza Norbana.

Non ricorda se avessero borse od altro al seguito.

Franceschi Omero, di anni 35, vive ad Agora dalla nascita e si sposta solamente per raggiungere Roma per motivi di lavoro. Tutte le sere, però, ritorna in paese: «I miei compaesani sono da me tutti conosciuti più o meno personalmente».

Domenica, tra le 17.30 e le 17.45, si trovava davanti al bar Philadelphia, in piazza Norbana, Agora Alta. Ha notato i due ragazzi che, mano nella mano, passeggiavano dirigendosi verso la via S. Tommaso. È sicuro senza ombra di dubbio che si trattasse di Emanuele e Loredana perché – come detto – il paese è piccolo e lui conosce tutti quanti: «Così come sono sicuro che rammento che gli stessi sono passati vicino ad un equipaggio della polizia di Stato che era fermo nella piazza in quel frangente». I ragazzi avevano un'aria tranquillissima.

Faggiani Alessandra, di anni 45, verso le 19.30 era in Agora Bassa, davanti a Pizzaland, la pizzeria che sta in piazza Pozzo Magno. Mentre stava aspettando che il marito acquistasse la pizza, ha notato l'arrivo della signora Proietti, madre di Loredana, da lei conosciuta di vista. Si è messa a fare la fila anche lei. Per comprare la pizza.

Pochi istanti dopo è arrivato il marito, Proietti Carmine, anche questi conosciuto di vista: «In modo visibilmente agitato, si avvicinava alla moglie e gli (sic) diceva di andare via, prendendola per un braccio, la conduceva presso la sua autovettura sulla quale salivano e si allontanavano». Ricorda che la macchina era una vecchia 500.

Valenti Fabrizio, di anni 22, svolge saltuariamente la professione di barista. Lavora presso il bar Giovannino di Agora Alta, in piazza Norbana. Dice che domenica, mentre era al lavoro, alle 22.30 è entrato nel bar il fratello di Loredana. Non ne ricorda il nome, ma lo conosce benissimo: ha 15 o 16 anni. Gli ha chiesto, «vistosamente preoccupato», se avesse visto la sorella e il suo ragazzo. Lui gli ha risposto negativamente e ha chiesto pure al titolare del bar, Fiaschetti Giovannino. Pure lui ha detto di no. Il ragazzo è uscito e si è allontanato frettolosamente. Apprendeva subito dopo da altri avventori che il ragazzo era stato accompagnato dal padre, che lo aveva aspettato fuori.

Dopo una mezz'ora – verso le 23.00 – si è presentato Giacinto, e anche lui gli ha chiesto se avesse visto Manuele e Loredana. Lui ha risposto di nuovo di no. Il titolare del bar, invece, ci ha riflettuto di più. E si è ricordato di averli visti entrare un paio di volte durante il pomeriggio. Non ricordava però l'ora precisa. Giacinto ha chiesto pure di Astolfo Muratori ma lui dalle 20.40 – quando aveva attaccato a lavorare – fino a tutte le 23.00 non aveva visto nemmeno questo.

Giacinto gli ha detto che il padre di Loredana stava cercando la figlia: «Mentre mi riferiva questa cosa era estremamente nervoso e visibilmente preoccupato, cosa che percepimmo io ed il titolare e di cui non riuscimmo a darci una spiegazione». Era la prima volta che lo vedeva in quelle condizioni.

Poi racconta che circa un mese prima era davanti al bar, chiuso quel giorno per riposo settimanale. Era con un gruppetto di amici: «Ci trovammo a parlare dei comportamenti omosessuali che era solito assumere Giacinto». In particolare Bottoni Valerio – suo ex compagno di scuola – gli riferì che più volte gli aveva offerto della marjuana «in cambio di un rapporto orale consistente nel ricevere il pene in bocca». Aggiunse inoltre che anche Emanuele si era prestato a questo genere di scambio, «infatti Giacinto era solito prendere il pene in bocca».

Lui personalmente, però, non è a conoscenza se Emanuele e Giacinto fossero dediti ad altre pratiche omosessuali. Aggiunge infine che martedì o mercoledì scorso Emanuele aveva ricevuto una catenina d'oro del peso di trenta grammi da Giacinto, e avrebbe dovuto rivenderla. Non sa dire a chi fossero destinati i proventi, se a Giacinto o a Emanuele.

I carabinieri vanno a cercare Bottoni Valerio, di anni 22, il quale riferisce che Giacinto era già noto in città per essere un dichiarato omosessuale. A lui ha fatto, nel tempo, diverse e ripetute proposte. Di tanto in tanto lo avvicinava e gli chiedeva se poteva avere con lui un rapporto sessuale «di tipo orale, dove lui era la parte passiva».

La prima volta è stato in macchina. Nella macchina di Giacinto. Con l'andare del tempo è arrivato ad avere con lui rapporti sessuali orali due volte a settimana. In diverse occasioni Giacinto avrebbe voluto cambiare tipo di rapporto ed avere un rapporto anale, «dove io ero sempre la parte attiva e lui la parte passiva». Ma si è regolarmente e rigorosamente rifiutato. Anche se Giacinto è arrivato a offrirgli la somma di lire 30.000, purché lo sodomizzasse.

Lui è stato incrollabile: nell'anno no. «Pertanto ho continuato a vedere Giacinto e ad avere con lui rapporti sessuali del tipo orale, dove il predetto all'atto del raggiungimento della mia eiaculazione trattava (sic) il mio liquido seminale in bocca per ingoiarlo». Tutti i rapporti sessuali sono stati del tipo descritto.

A volte, però, si stufava delle insistenze di Giacinto. Ma questi lo convinceva con la scusa dell'hashish: dopo i rapporti sessuali, difatti, Giacinto tirava fuori gli spinelli e si facevano una sacrosanta fumata. Tutto questo è avvenuto per circa un anno, e alla fine Giacinto tirava sempre fuori la roba. Da otto mesi ha interrotto ogni rapporto con lui, «poiché era diventato troppo insistente al punto che arrivava addirittura sotto casa a prendermi».

Giacinto gli avrebbe raccontato di avere avuto rapporti con altri ragazzi di Cisterna e di Velletri, ma mai con qualcuno di Agora. Qui si chiude il suo racconto ai carabinieri.

Lo stesso Bottoni Valerio passa poi al vaglio della polizia di Stato e la musica è pressappoco la stessa: conosce Giacinto da circa tre anni, un anno e mezzo fa erano in macchina insieme. C'era anche un altro amico di Giacinto, di nome Maurizio. Sono andati verso località Cerqueta e si sono nascosti in una campagna. Hanno fumato una canna, preparata da Maurizio. Dopodiché entrambi gli hanno vanamente proposto di avere rapporti sessuali.

Da qui in poi Giacinto non lo ha lasciato più in pace. Lo cercava dappertutto, anche a casa sua. Poi una volta, un anno fa, è passato a prenderlo e lo ha portato verso il monastero vecchio. Ha iniziato a toccargli le parti intime. Ha abbassato lo schienale. Gli ha fatto un "pompino".

I rapporti si consumavano sempre nella macchina di Giacinto, una Renault Clio di colore blu, sia di giorno che di sera. Ripetutamente gli ha proposto rapporti anali, offrendogli 30.000 lire. Ma ha sempre rifiutato. Qualche volta si era quasi fatto convincere, ma considerato che si iniziava sempre «col pompino, io mi appagavo e cambiavo idea».

Ogniqualvolta si appartavano – ma «prima di iniziare ad avere rapporti intimi» – fumavano uno spinello, oppure sniffavano cocaina. Sia le canne che la cocaina venivano preparate da Giacinto. Faceva le "strisce" di coca sul libretto di circolazione, che prendeva dal portaoggetti del cruscotto. Si serviva sempre della custodia di una cassetta dello stereo.

«Mentre consumavamo il rapporto Giacinto mi toccava per tutto il corpo, cercando di convincermi a fare lo stesso con lui, ma io solo le prime volte lo toccavo. Oltre al rapporto orale, a Giacinto piaceva molto succhiarmi i capezzoli, leccarmi tutto il corpo in particolare il petto e l'addome, inoltre a volte mi baciava sulle labbra». Il suo attaccamento era diventato morboso. Lo cercava troppo assiduamente. Lo assillava. Però due volte a settimana aderiva alle richieste.

La storia è durata un anno. Dieci mesi fa s'è confidato con la sorella Samantha. Lei ha consigliato di lasciar perdere, perché era drogato e quindi, «considerato che il nostro tipo di rapporto comportava il contatto orale e spermatico, rischiavo di contrarre una qualche malattia».

Questa volta – siamo davanti alla polizia – Bottoni riferisce che Giacinto gli avrebbe detto di avere avuto rapporti sessuali completi con ragazzi di Agora, Cisterna e Velletri. Ma lui non li conosce. Ricorda però che durante un rifornimento di carburante al distributore della Erg, sito sulla strada per Cisterna, s'era fermato un ragazzo con una Tipo bianca. Giacinto gli ha detto di avere avuto con lui rapporti sessuali. Tali rapporti si erano interrotti a seguito del fidanzamento del ragazzo della Tipo bianca.

Manuzio Gianna, di anni 20, domenica, come di consueto, si è recata in piazza Norbana rimanendovi fino alle 19.30. Poi è rincasata. Saranno state le 19.35.

A meno di trenta metri da casa sua ha incontrato i ragazzi uccisi, che conosceva di vista. Stavano all'incrocio tra via della Fortuna e via Garibaldi, davanti alla macelleria. Non ha dato alcun peso alla cosa e – non avendo confidenza con loro – è passata dritta senza fermarsi. Emanuele aveva un telefonino in mano e stava componendo un numero.

Manuzio Gianna ha fatto ancora pochi metri ed è entrata in casa. È sicura che si trattasse di domenica, perché sabato era la festa di una sua amica ed è rimasta a cena fuori: è tornata a casa tardi. Ricorda di avere visto i due anche la mattina della domenica, in piazza, verso le 12.30. Erano dentro i giardini, con altri ragazzi.

Il 1° marzo, venerdì, Giacinto ammette: «Sì. Facevo e faccio saltuariamente uso di sostanze stupefacenti». In particolare precisa di fare uso esclusivamente di cocaina. Afferma però, «con assoluta certezza», di non essere omosessuale. Non ha mai avuto alcun tipo di rapporto sessuale con altri uomini.

È di nuovo il turno di Fabrizio Valenti, il barista: questa volta di fronte al Giudice sostituto procuratore della repubblica. Conferma tutto quello che ha già detto prima e che aveva saputo davanti al bar, un mese fa, da Bottoni Valerio. Lui era capitato per caso nella discussione. Il Bottoni «che, come chiede la S.V., è persona normale anche se un po' sempliciotta, si vantava di questa cosa perché avendo Giacinto i capelli piuttosto lunghi, mentre gli faceva un rapporto orale gli sembrava una donna e per lui era come se glielo facesse una donna».

Bottoni gli disse espressamente che anche Emanuele aveva ricevuto stupefacenti da Giacinto, in cambio di rapporti dello stesso tipo. Naturalmente lui non può dire se tutto ciò risponda a verità, «poiché tali informazioni le ho ricevute casualmente dal Bottoni».

«Effettivamente ho saputo che Emanuele, la settimana prima, stava cercando di vendere una catenina d'oro che aveva ricevuto da Giacinto». Spesso vendeva oggetti rubati che gli passava Giacinto. Questa voce l'ha sentita in più occasioni. Ricorda in particolare che un suo amico, Ferdinando Amoroso, aveva avuto un rasoio elettrico da Emanuele, che a sua volta lo aveva avuto da Giacinto.

«Effettivamente non vorrei sbilanciarmi in valutazioni che non mi competono», ma deve dire che, per quello che ha visto, Giacinto non gli sembrava una persona tanto a posto. Quando parlava con lui faceva sempre discorsi molto strani. Ricorda in particolare che per un certo periodo Giacinto stava lavorando con un'azienda agricola e lo sfruttavano parecchio. Questo, secondo lui era giusto. Nella sua visione il mondo andava in questo modo e un domani, in una diversa situazione, sarebbe stato lui a sfruttare gli altri. Così diceva Giacinto.

Era anche solito colloquiare a tu per tu con gli amici con un registratore nascosto addosso. Li istigava a parlare male delle loro ragazze. E registrava. Poi faceva sentire la registrazione alle ragazze, per farle litigare coi suoi amici.

Tagliavino Maurizio, di anni 26, ha conosciuto Giacinto quattro o cinque anni fa ed è suo amico intimo, ma non è a conoscenza di specifici particolari della sua vita personale e delle sue eventuali tendenze. Anche se qualche volta in piazza, per scherzo, Giacinto si è vantato di avere compiuto atti vandalici.

Due o tre anni fa ha spaccato la panchina dei giardini. Un'altra volta ha detto di essere andato in montagna e di avere portato con sé il cane di un barista di Agora Bassa: «Effettivamente diceva di avergli dato fuoco. Raccontava inoltre che a 14 anni faceva gli esperimenti sugli animali. Squartava i gatti. Li tagliava». Anche le lucertole – sempre da piccolo – le prendeva e le tagliava, oppure faceva loro delle iniezioni d'acqua con le siringhe: «Non ricordo perfettamente se tagliava i gatti e faceva le siringhe alle lucertole o viceversa».

Le cose che ha riferito e di cui si vantava Giacinto non lo hanno mai turbato particolarmente, poiché le diceva quando erano insieme ad altri amici. Lo faceva per vantarsi e scherzarci sopra. Non ha mai pensato che Giacinto fosse una persona anormale.

Anche lui – Maurizio Tagliavino – qualche volta ha fatto uso di cocaina e hashish. Qualche volta anche insieme a Giacinto: «Devo tuttavia aggiungere di non aver avuto contezza in alcun modo di sue tendenze omosessuali».

Remiddi Luigi domenica 25 febbraio, alle ore 22.20 circa, era al bar Giovannino: «Ricordo bene l'ora in quanto stavo vedendo la partita di calcio». Uscendo dal bar ha visto Giacinto che camminava a piedi. Era tranquillo. Stava da solo in piazza Norbana.

Altro giro per Astolfo Muratori, che dichiara di conferma-
re tutto ciò che ha già detto in precedenza. Precisa anche di
essere certo che Giacinto venne a casa sua e parlò con sua
madre alle 21.00. Le chiese se era in casa. Di questo è certo.
Ricorda che Giacinto contestò alla madre che davanti casa
c'era la macchina. E la madre replicò che era uscito a piedi.

Dopo mezz'ora telefonò la mamma di Loredana e anche
a lei fece dire che non c'era: «Preciso che io sono abituato a
collegare tutti gli avvenimenti ai programmi televisivi, di
cui sono assiduo spettatore... la mamma di Loredana telefonò quando stava per cominciare il film NOI SIAMO AN-
GELI e Giacinto era venuto 20-30 minuti prima, potrei sba-
gliare anche di un quarto d'ora».

Luparelli Celeste, proprietaria del bar Giovannino, sostiene che Giacinto è noto negli ambienti giovanili come piccolo spacciatore di droga. A quanto le risulta non ha mai avuto relazioni o flirt con ragazze di Agora.

Conferma di avere visto Emanuele e Loredana tra le
18.30 e le 19.00 di domenica. Sono arrivati che si tenevano
per mano. Manuele l'ha salutata come sempre: «Ciao Celeste». E sono andati a giocare ai videogiochi. Lei si era appena messa alla cassa: potevano essere le 18.45 al massimo.
Manuele indossava un giubbotto tipo bomber scuro, quello che portava sempre.

Palombi Paolina, di anni 55, abitante in Agora Alta, via Garibaldi 156 (strada che incrocia via della Fortuna), domenica verso le ore 17.00 o 17.30 o 18.00, ma «non posso essere
precisa perché non abbiamo dato peso alla cosa», era fuori
della porta, sulla strada, a parlare con alcune vicine.

Ha visto un giovane sui 25 anni, più alto dell'ufficiale di
polizia giudiziaria che la sta interrogando – maresciallo Pe-
stalozzi, che è alto un metro e ottanta – vestito di nero. Veniva dal lato monte della strada. Andava verso valle. Porta-

va un sacchetto per l'immondizia in plastica, di colore nero, pieno di roba. Il sacchetto era gonfio. Il giovane si è fermato vicino ai bidoni dell'immondizia, ma non ve lo ha gettato dentro. Se lo è portato al seguito, andando via. Era un forestiero. «Abbiamo discusso di lui dopo che era passato perché ci aveva colpito il particolare del sacchetto di immondizia».

Una sua amica, Piccoli Anna, aggiunge che il giovane si era proprio fermato vicino ai bidoni dell'immondizia. Ne aveva aperti uno o due e vi aveva poggiato il sacchetto sopra. Poi ci aveva ripensato, lo ha ripreso ed è tornato indietro una decina di metri, verso via Della Valle, dove c'è un grosso bidone. Ma neanche lì ha buttato il sacchetto.

Il giovane era sicuramente un forestiero. Una delle loro amiche si è spaventata: aveva un aspetto cupo, con gli occhiali neri. «Ho saputo che un vicino di casa che abita di fronte e si chiama Cesare ha visto lo stesso giovane la domenica per la strada. Il signor Cesare mi ha anche detto che il giovane veniva dalla parte dell'abitazione delle vittime».

I verbalizzanti danno atto che l'abitazione delle vittime è posta a circa cento metri a monte del luogo dove si trovavano sedute a discutere le donne suddette.

# PARTE SECONDA

# 1

Per i carabinieri non ci sono dubbi: «Il quadro è completo. È stato Giacinto».

Ci arrivano dopo cinque giorni e il 2 marzo, sabato, lo incriminano formalmente ed arrestano.

Sui giornali il giorno successivo ci sono le foto, mentre passano continuamente le immagini su tutte le televisioni. Quando escono dalla caserma di Latina in piazza della Libertà – per portarlo al carcere – ci sono centinaia di curiosi, fotografi e operatori che si malmenano e spintonano.

La foto che ha fatto però epoca – venduta a 2 milioni con sopra scritto «Il mostro» – è quella che lo ritrae tutto spaurito dentro la gazzella dei carabinieri.

Quando s'era affacciato dalle scale della caserma Vittoriano Cimarrusti e aveva visto tutta quella ressa che gli si faceva addosso, Giacinto Sangiovanni aveva pensato che lo volessero linciare. Già è piccolino di suo, ma nella foto sta ancora più rattrappito, affogato in mezzo ai suoi capelli lunghi. A fianco a lui c'è il maresciallo di Cisterna, alto, grosso, corpulento, coi baffoni spioventi alla messicana e con le sopracciglia nere e tutte folte.

Sorride al fotografo – mentre Giacinto ha gli occhi bassi e vorrebbe solo scomparire – sorride a bocca larga, col buco nero dell'incisivo superiore che gli manca. Gli tiene un braccio sulle spalle e se lo stringe addosso come un figlioletto. Una Madonna col bambino. Solo che è in borghese e di primo acchito – quando guardano la foto sul giornale – tutti pensano che il mostro sia lui, il maresciallo di Cisterna, esattamente come nell'omonimo film con Gassman e Tognazzi.

Quando la gazzella parte con le sirene spiegate verso il carcere di via Aspromonte, Giacinto tira un sospiro di sollievo: «In un modo o nell'altro, almeno è finita».

Quella sera Cisterna è in festa. Non perché arrestino lui, ma perché hanno sbancato il botteghino del lotto. Centinaia di persone avevano giocato il terno fisso: 77 (l'assassinio) e 17 e 23 (l'età delle vittime), regolarmente usciti nella mattinata sulla ruota di Roma.

Lui è da domenica notte che vede solo divise di carabinieri. All'inizio s'era quasi divertito – non fosse stato per il pensiero di quei poveracci che erano morti – con tutta quella gente attorno a lui, a prestargli l'attenzione che nessuno gli aveva mai dato. I primi giorni non era nemmeno indagato, era solo persona a conoscenza di fatti. Testimone. Anzi, consulente dei carabinieri.

Quando non erano loro ad andarlo a prendere sotto casa, era lui ad alzarsi dopo sole quattro ore di sonno e a correre in caserma: «Allora? Ci sono novità?»

Era una specie di superinvestigatore a cui ogni tanto – rinchiusi in una stanzetta – quelli prospettavano le nuove ipotesi: «Che ne dici, potrebbe essere andata così? Oppure è stato Tizio insieme a Caio?»

Era diventato la mascotte dei carabinieri. Tutto il giorno insieme a loro, che lo scarrozzavano sulle gazzelle da Agora a Cisterna al comando di Latina – avanti e indietro – perché il caso era grosso e non poteva certo essere lasciato in mano al maresciallo di Agora.

Quello – quando la domenica notte era arrivato sul luogo del delitto e ci aveva trovato il medico del pronto soccorso chino sul corpo del povero Emanuele – aveva ripetutamente strillato: «La lametta! Dotto', cerca la lametta!» perché pensava davvero si fosse suicidato.

Continuava a insistere e voleva spostare i cadaveri per cercarla, anche dopo che il dottore s'era spazientito: «Ma che lametta? Qua ci stanno duecento coltellate».

Per gli agoresi però non è una novità, l'acume del loro maresciallo: «*Tutte le vote che va' pe 'nna stupidaggine, se tè da fa' no' verbale coménza a suda'. Po' se tira 'n capo e dice ca tè da fa'. A ùrdimo ghiama jo' brigadiere e glio' fa fa' a isso*» (Tutte le volte che vai per una fesseria, se si deve stendere un verbale comincia a sudare. Poi si dà delle manate in testa, dice che ha un sacco da fare e alla fine chiama il brigadiere e lo fa stendere a lui). È più che naturale quindi che siano subentrati gli altri: i marescialli di Cisterna e di Latina, gli ufficiali, il capitano, il maggiore, il colonnello. Tutti appresso al delitto di Agora. Tutti appresso a Giacinto.

In una settimana verbalizzano più di duecento deposizioni, senza contare quelle che ha fatto per suo conto la polizia di Stato del commissariato di Cisterna. Fra i due – polizia e carabinieri – ufficialmente c'è collaborazione, come dicono del resto tutti i giorni su ogni giornale di tutta Italia. Ma in realtà e senza troppi complimenti c'è un sordo ringhiare continuo, che si interrompe solo – sporadicamente – quando s'azzuffano a morsi per la via. Ad Agora e in Italia.

Ad Agora, comunque, interrogano a raffica. Vanno a sentire tutti quanti. Girano per le strade a due a due e fanno domande pure alle cagne che incontrano. Su indicazione di Giacinto vanno subito a prendere di petto le ex e i parenti naturali di Emanuele, come tutti gli ex della povera Loredana. Nessuno di loro però c'entra niente. Hanno tutti alibi di ferro, con centinaia di persone che li hanno visti a migliaia di chilometri di distanza.

I primi giorni quindi per Giacinto sono baci e carezze. Poi però la musica cambia. Continuano a coccolarlo e farlo mangiare insieme a loro – a soli a soli o in compagnia – sia i marescialli che il capitano o il colonnello. Ma lui man mano s'accorge che il cerchio – come si suole dire – si va stringendo. Gli sguardi hanno oramai un doppio senso, come le domande che gli fanno. «Dove vorranno arrivare?» pensa Giacinto, e non capisce mai se scherzano o fanno sul serio.

Ritornano sui suoi verbali con noncuranza, gli fanno notare le contraddizioni: «Tu dici che non hai potuto sentire Proietti, quando è venuto a casa tua, perché sei stato sotto la doccia per un'ora, dalle 20.30 alle 21.30. Una doccia di un'ora, Giaci'? Ma nemmeno un minatore...»

Oppure: «Prima dici che non hai mai visto una droga in vita tua, poi escono marjuana e cocaina? Che altro, Giaci'?»

Alla fine lo mettono in mezzo: «Confessa, sei tu l'assassino!»

«Io?»

«Sì, confessa che ti conviene. Noi ti diamo una mano con il giudice che è amico nostro. Diciamo che è stato un raptus, che eri incapace di intendere e volere e ti facciamo dare l'infermità mentale. Vai qualche anno in un ospedale psichiatrico, ti infiliamo in biblioteca e poco dopo esci. Se invece non confessi ti condanniamo uguale perché le prove sono schiaccianti, ma vai a finire all'ergastolo in galera e lì sono affari tuoi. Tu non hai idea di cosa gli fanno, a quelli come te, gli altri carcerati».

«Ma quali prove? Perché dovrei essere stato io?»

E qui pare che i carabinieri abbiano cominciato ad incazzarsi: «Perché sei frocio. Eri innamorato di Emanuele, anzi avevi una relazione con lui e per le sue prestazioni lo pagavi in denaro, gli procuravi la droga, lo aiutavi in tutti i modi. Ma Loredana non voleva e glielo aveva detto chiaro a Emanuele: o me o Giacinto. Lui aveva scelto lei e te lo aveva fatto già capire. Ma quell'anellino che il giorno prima Emanuele ha regalato a Loredana è stato l'elemento che ti ha fatto scatenare. Era andato addirittura a rubare per fare un regalo a lei, e tu non ci hai visto più: con tutto quello che avevi fatto per lui... Ti sei sentito tradito e quella sera sei andato a casa e sei salito sopra insieme a lui. Lei è rimasta giù. Avete acceso il registratore ad alto volume per non farle sentire cosa vi dicevate. Lui è andato in bagno. Tu salendo hai preso di nascosto il suo coltello a serramanico in cucina. Lui in bagno, mentre si lavava le mani, ti ha detto che dovevate interrompere la relazione. Tu hai insistito. Hai provato a accarezzarlo. Lui ti ha rifiutato ancora. Lo hai scongiurato. Niente da fare. T'è venuto il raptus e lo hai colpito. Lui ha provato a difendersi con il braccio, finché è caduto e gli hai dato le altre coltellate sulla schiena. Lei s'è insospettita dell'assenza e del trambusto. È venuta su. Tu stavi ancora addosso a lui e hai dato qualche coltellata pure a lei, ci sono tracce di sangue sul tappetino del bagno. Poi è scappata in camera. L'hai inseguita. Con lei eri ancora più arrabbiato che con lui: era lei che ti aveva tolto l'oggetto del tuo amore. Hai infierito con tutte quelle pugnalate sulla faccia perché volevi proprio annullarla, cancellarne l'esistenza, come se non fosse mai venuta al mondo, mai esistita. Il tutto dev'essere durato un quarto d'ora. Poi il raptus t'è passato. Sei tornato calmo, freddo, e hai organizzato la fuga. Per i vicoli stretti e bui sei arrivato a casa. Ti sei cambiato. Fatto la doccia in fretta, hai preparato un fagotto con la roba sporca e sei andato a buttarlo da qualche parte, senza che nessuno ti vedesse. Dopo sei tornato. È per questo che Proietti alle 20.30-21.00 non t'ha trovato a casa: stavi in giro a sistemare tutto. Dopo sei andato là, e hai fatto finta di non sapere niente».

«Voi siete matti. Io non c'entro», non fa che ripetere Giacinto. E si incazza soprattutto quando gli dicono che è frocio. Tutto il resto passi, ma di quello non vuol sentire parlare: «Io non sono mai stato frocio. Io vado con le donne».

Loro insistono: «Lo sanno tutti. Lo dicono tutti a Agora che sei frocio».

«Non è vero. Io vado con le donne. Fatemeli vedere quelli che lo dicono. Chi sono st'infami?»

«Bottoni!» e gli leggono le deposizioni. Tutte intere.

Lui all'inizio dice soltanto «Questo è matto», specie nel punto in cui parla del liquido seminale e delle carezze sui capezzoli. «Questo è matto, questo è matto», ripete in continuazione Giacinto. Poi, quando arriva al punto che coi capelli lunghi gli sembrava una femmina, Giacinto sbotta a ridere: «Ma questo è matto per davvero».

«Hai poco da ridere, Giaci'...» lo avvertono i carabinieri.

«Ma questo è un mezzo deficiente», insiste lui: «Chiedetelo a tutto il paese: è un sempliciotto handicappato. Noi lo prendevamo sempre in giro. S'è inventato tutto».

Ma i carabinieri non mollano. Insistono. Per loro è tutto chiaro: delitto efferato, producibile solo da un movente passionale degradato e deviante, quale è appunto quello omosessuale. E il colpevole è qui, un colpevole che più deviato e degradato non si può: drogato, omosessuale, con più che probabili tare genetiche – visto che anche lui è figlio di N.N. abbandonato dalla nascita – violento, sadico e maniaco fin da piccolo, che bruciava i cani e torturava i gatti e le lucertole; e per di più è pure brutto.

Lo tengono sotto pressione per dodici ore di fila. Fanno i turni tra di loro senza una sosta e senza avvocato, poiché formalmente lo stanno sentendo solo come teste e non come indagato. Alternano i momenti di relax – in cui lo trattano bene e con dolcezza, promettendogli assistenza e sconti di pena se confessa – a momenti di tensione e di minaccia.

Lui dopo dirà d'essere stato anche picchiato: «M'hanno proprio menato». Un maggiore gli avrebbe dato una botta sulla nuca, facendogli sbattere il muso sopra la scrivania. Ci ha sbattuto coi denti – dice – tanto che la pelle delle labbra gli è penetrata tra gli interstizi producendogli una ferita nella parete interna del labbro inferiore, che gli ha fatto male per diversi giorni. Ne ha fatto vedere la cicatrice anche al giudice istruttore, che non si sa però se l'abbia verbalizzato e non si sa nemmeno perché non abbia chiamato il medico legale. Dice inoltre che non era stata l'unica botta ricevuta. Il maggiore Rosolini lo schiacciava sulla scrivania. Gli si era seduto addosso. Gli si era messo a cavalcioni. Gli stringeva il collo tra le cosce.

Naturalmente i carabinieri smentiscono nel modo più assoluto: «Mai toccato nemmeno con un dito». E oltre a tutto il resto lo hanno pure querelato per calunnia.

Per quanto mi riguarda non so cosa dire. Quando lui me l'ha raccontata ho storto un po' la bocca. Mi avesse detto un maresciallo ci avrei anche creduto, ma il maggiore Rosolini – uno che ha fatto l'Accademia, che ha studiato anche alla Sorbona – mi sembrava un po' strano.

«No, no! M'ha menato proprio Rosolini» insisteva Giacinto.

Il colonnello dei carabinieri dice che nelle loro caserme – «Almeno in tutte quelle dove sono stato io» – non è mai stato menato nessuno. «Magari dopo un conflitto a fuoco può scapparci uno spintone o una manata, per sfogare la tensione. Ma come metodo d'indagine, per strappare una confessione o ottenere un'informazione, assolutamente no. Ho sentito qualche chiacchiera a suo tempo, quand'ero giovane. Ma adesso no, è contro la legge».

Anche il commissario della polizia di Stato di Cisterna conferma: «No. Nei commissariati di polizia non è stato mai menato nessuno. Almeno in tutti quelli dove sono stato io».

Il Ministro dell'Interno pure: «In Italia, polizia e carabinieri non hanno menato mai nessuno per estorcere informazioni. Sono cose da terzo mondo. Non ho mai sentito parlare di episodi del genere, se fosse accaduto qualcosa lo avrei saputo. In Italia c'è il più assoluto rispetto delle leggi e del cittadino. Casco proprio dalle nuvole, è la prima volta che lo sento».

Io non so che dire. Ho provato a chiedere ai miei compagni della Fulgorcavi, a quelli che – per una ragione o per l'altra – hanno avuto a che dire con la legge e che gravitano, o hanno gravitato, attorno alla malavita. «Menano in questura?», ho chiesto.

«E come non menano?» hanno detto tutti quanti. Coccione – furto d'auto e roba varia, ma solo in gioventù – m'ha fatto un sorrisino di compatimento, quasi fossi mezzo scemo: «Ma se non ti menano non parli! La polizia è polizia. Se non può menare, che polizia è?»

Pare che tutta Italia sappia che nelle questure menano. Specie alla squadra Mobile, specie ai delinquenti abituali. Solo qualche volta ci capita di mezzo qualcuno che non c'entra, ma – come si dice – per il bene di tutti che vuoi che sia il sacrificio di uno solo? E pure i carabinieri menano, anche se un po' meno delle squadre Mobili.

Io ripeto a chiare note che non è il pensiero mio – nella maniera più assoluta! – è solo quello che diceva la gente in Fulgorcavi e in tutta Agora. Io giuro che non ho nessunissima difficoltà a credere ai carabinieri e che Giacinto menta: non lo hanno mai menato e quella cicatrice sotto il labbro, che ha fatto vedere a me, può essersela procurata in chissà quali e quanti modi.

Fatto sta che dopo dodici ore di questo trattamento – parlo degli interrogatori serrati ovviamente, non delle botte; ci mancherebbe altro – in cui le docce fredde si alternavano a quelle gelate, Giacinto dice: «M'avete convinto. Sono disposto a confessare. Però voglio vedere il giudice e l'avvocato».

Loro tirano un sospiro di sollievo: «Be', vediamo prima quello che hai da dire».

«Fate voi. Io non mi ricordo».

Il maggiore esce con una scusa e dopo poco torna; s'è infilato addosso uno di quei marchingegni che usano loro per registrare le conversazioni a distanza. Giacinto naturalmente non lo sa e registrano parte della conversazione. Questa è tutta roba che non avrà alcuna rilevanza al processo, e già il giudice delle istanze preliminari del Tribunale delle Libertà non la prenderà in considerazione, poiché estorta irregolarmente e senza la presenza degli avvocati. Pare però che la trascrizione di questa "confessione" registrata sia stata fatta vedere e leggere ai giornalisti; il segreto istruttorio, del resto, in Italia è sempre stato un concetto assai elastico. I carabinieri la definiranno, più precisamente: «Un conato di confessione».

Un conato come uno sforzo di vomito a vuoto, in cui uno si sforza, si sforza, ma non gli esce niente. I giornali locali acquisiranno però da questo conato granitiche certezze sulla colpevolezza di Giacinto: «Ha confessato. Non avrà valore per il processo, ma è certo che ha confessato e da qui non ci si schioda».

Chi l'ha sentita davvero dice che la registrazione non è poi così perfetta. Anzi, pare si senta solo Giacinto e poi fruscii e basta. Quello che gli dicono loro – quello che gli domandano – non si sente mai. Sempre disturbato e coperto. Si sente lui, ma nemmeno tutto: solo quello che può metterlo nei guai.

«È davvero strano il mondo della tecnica», commentavano ad Agora: «Questi oggi sono capaci di mettere le cimici in un bar e di registrare pure una puttanata a tre chilometri di distanza, se gli serve nella guerra tra giudici e politici. Ma per Giacinto, dentro la stessa stanza, si sente solo quello che gli pare a loro».

Resta comunque che Giacinto dice ai carabinieri che è disposto a confessare – «Ma davanti al giudice» – e insieme si mettono a vedere cosa deve dire.

Loro vogliono qualche particolare in più: «Dove hai preso il coltello, dove lo hai colpito prima, cosa hai fatto quando è arrivata lei?»

Lui: «Non mi ricordo».

«Come non ti ricordi? Dai, su: qualche particolare e dettaglio in più bisogna raccontarglieli al giudice, se no non ci crede».

«Ma se io racconto troppi particolari», ha un lampo Giacinto, «se io ricordo tutto bene, dopo finisce la scusante del raptus come avete detto voi, e diventa premeditazione e mi danno l'ergastolo». Non fa una piega.

I carabinieri chiamano il giudice e l'avvocato difensore. E dicono ai giornalisti: «Siamo a una svolta». «Non ti posso dire di più», confidano a un cronista di fiducia, «ma sappi solo che abbiamo già pronto lo champagne».

Appena vede il giudice – e soprattutto il suo avvocato – Giacinto risorge come Lazzaro dalla tomba: «Non è vero niente, non volevo confessare. Io non ho niente da confessare perché non ho fatto niente. Glielo ho detto solo perché era l'unico modo per vedere l'avvocato; quelli mi stavano mettendo in croce, non ne potevo più e l'unico modo di farli smettere era questo». Così dice lui. A posteriori.

I carabinieri sostengono che ha confessato, che voleva confessare, che era crollato: «Non avrà valore ma ha confessato. Era un conato di volontà. Un tentativo di volersi liberare la coscienza. Erano conati veri. Poi davanti all'avvocato s'è ripreso e li ha repressi».

Vai a capire come è andata. Nella trascrizione della registrazione – per quanto monca e piena di fruscii – resta il fatto che ammette di essere stato lui.

Se è colpevole, il discorso dei carabinieri non fa una piega. Ma non fa una piega però nemmeno il suo, se invece è innocente. E non solo per le botte – e anche lì soltanto lui e il maggiore sanno davvero come è andata – e per la pressione di dodici ore di interrogatorio.

Coccione ad esempio – quello della Fulgorcavi – disse: «Dopo dodici ore sotto la squadra Mobile, pure tu confessi di avere violentato la Madonnina del duomo di Milano, anche se a Milano non ci sei mai stato. Come Kafka».

«Kafka... Hai letto Kafka?»

«No. Ma ne ho sentito parlare da Emilio Fede l'altra sera al TG4. Ha detto che secondo un altro, mi pare Dostoevltzin, ogni colpa va in cerca del suo castigo. Con Kafka invece è il castigo che cerca la sua colpa. Non ho capito bene, ma mi piace».

È pressappoco come quando a scuola spariva a qualcuno l'orologio e il maestro – dopo avere chiuso per bene la porta – risaliva sulla cattedra: «Adesso non esce più nessuno. Io guardo in tutti i banchi e le cartelle. Finché non salta fuori l'orologio restiamo tutti qui».

Questo orologio – sia chiaro – non lo avevo preso io, ma tutte le volte sudavo freddo e tremavo, nel terrore che per chissà quale potenza arcana venisse trovato addosso a me.

Può essere scattato un meccanismo di questo genere in Giacinto, sempre ammesso che sia innocente. Lui dice che a un certo punto lo avevano quasi convinto, con la storia del raptus. Ma non lo dice sui verbali, dove invece rimarca che è stata una tattica per spezzare quel maglio: «Non ho mai avuto alcuna intenzione di confessare. Io non sono stato e su questo non ho mai avuto il minimo dubbio. Gliel'ho detto solo per far arrivare l'avvocato». Sui verbali.

A me invece: «Con la storia del raptus mi avevano imbambolato. Dicevano che tu dopo non ricordi niente, che hai avuto una specie di sdoppiamento e dentro di te è uscita un'altra persona che s'è impossessata del tuo corpo, un'altra persona con cui tu in condizioni normali non hai niente da spartire. Lui fa quello che deve fare, in quel lasso di tempo, e dopo si riacquatta dentro di te, senza che tu ricordi niente. Se è così, che ne so che non posso essere stato pure io? ho pensato in quel momento».

Del resto è proprio così che sui Lepini s'immaginano i raptus: lo sdoppiamento. Il corpo se ne va per conto suo, dominato da un'altra personalità. E quando ritorni in te – padrone del tuo corpo – non solo non lo rifaresti mai, ma nemmeno ricordi qualcosa. È solo così che si spiegano i peggiori delitti, compresi quelli d'altri tempi: «*Ranuccio se sdoppié e accise i fii. Checca se sdoppié e se itté aglio pozzo*».

Nicola della Fulgorcavi raccontava di un amico suo – Pasquale – che fin da ragazzino, a scuola, ogni volta che si giocava e scherzava diceva: «*Guarda ca te spanzo*», e faceva il gesto di tirare fuori il coltello. Poi era cresciuto, aveva messo su famiglia e teneva le pecore in montagna. Come tutti gli agoresi era grande cacciatore e abilissimo con le bestie, sia da vive che da morte. Da vive ad accudirle, da morte a prepararle per mangiare. Il suo forte erano le *"mazze"*, gli intestini. Come sapeva sciogliere e pulire lui le budella del maiale, per le salsicce, o quelle di pecora o di vacca, per la trippa, non lo sapeva fare il migliore macellaio. Aveva oramai quaranta o quarantacinque anni ed era sempre allegro, gioviale. Forse un pochino permaloso. Ma nessuno lo aveva mai visto litigare seriamente con qualcuno. E quando si vedeva con gli amici, e bevevano qualche bicchiere e qualcuno lo sfotteva, lui continuava a dirgli: «*Guarda ca te spanzo*», e rifaceva il gesto di tirare fuori il coltello.

Qualche anno fa deve essersi sdoppiato, come dicono loro: «*E s'à tirato de fori le mazze*», ovvero l'intestino. S'è aperto l'addome col coltello. Ha fatto un taglio dritto, neanche troppo lungo, ma profondo e preciso meglio di un chirurgo. Poi ha aperto la ferita, ha ficcato dentro le mani e s'è tirato fuori un pezzo di budella di una ventina di centimetri. Lo ha tagliato. Sotto e sopra. Poi lo ha pulito all'esterno. Lo ha inciso col coltello e lo ha aperto. Lo ha pulito per bene dentro e fuori e lo ha steso a fianco a sé a sinistra, mentre a destra s'era fatto il grumo melmoso del sangue e della merda. È andato avanti una mezz'oretta. A tagliarsi pezzi di budella lunghi venti centimetri: tirava fuori, tagliava il pezzo, poggiava il capo della corda verso l'ombelico per non dover fare fatica a ricercarlo dopo, apriva il pezzettino, lo puliva ben bene e lo metteva sopra il mucchietto a fianco, e poi ripigliava il capo, tirava, e ricominciava l'operazione. Non so a cosa pensasse mentre puliva le *mazze* – forse solo a compiere bene ogni gesto – ma certo non doveva provare alcun dolore, se no avrebbe smesso: «*S'jéva sdoppiato, te dico: se tagliéva le mazze come se fossero de 'nn'atro*». La moglie lo ha trovato dopo mezz'ora. Col mucchietto di budella a fianco. Che tagliuzzava contento.

Tutti si sono meravigliati che non se ne sia andato. Lo

hanno salvato per un pelo. Stava crepando dissanguato. E adesso campa con cinque metri di budella in meno: «*Guarda ca te spanzo, guarda ca te spanzo, e alla fine s'à spanzato isso*».

Nicola andò a trovarlo all'ospedale il giorno dopo, mentre era ancora con un piede di qua e l'altro di là. Ma come lo ha visto, gli ha detto dal letto: «*Ngi la pòo fa' a sarvamme, Nico': so' fatto no lavoro, fatto troppo bbe'!*»

## 2

Sulla presunta identità di raptus e sdoppiamento però, il Penalista – un vero principe del Foro, un presocratico, un sofista; un uomo d'altri tempi ottuagenario, signorile; non esercita quasi più se non in grandi processi e va sempre in giro in Porsche, con splendide superfighe massimo venticinquenni – il Penalista dice che non è così: «Questo al massimo è ciò che può credere Giacinto. O un poliziotto». Ovviamente lui – quando parla di poliziotto – non intende specificatamente un agente della polizia di Stato, bensì tutti quelli che fanno quel mestiere: poliziotti, carabinieri e giudici istruttori. Pure guardie di finanza, forestali e vigili urbani, quando si mettono a indagare: investigatori in genere.

Il Penalista sostiene che il raptus è un'altra cosa, che non ha a che vedere con lo sdoppiamento di personalità, che attiene alla schizofrenia.

La doppia personalità inoltre non è che sbuchi all'improvviso – una tantum – e poi ritorni da un'altra parte. È un elemento con cui il poveraccio fa i conti per anni ed anche la vita intera. Ma non capita comunque mai che la mano destra non sappia – o dimentichi – quello che ha fatto la sinistra.

Su tutto questo concorda pienamente anche Sommacampagna, il mio analista: «Come lei del resto sa già benissimo per conto suo», con quel suo sorrisino enigmatico che non so mai se mi ha fatto un complimento – alludendo alla mia sterminata cultura e intelligenza – o se ha invece voluto insinuare che io lo sappia per esperienza diretta.

Il raptus è un'altra cosa: «È la nuvola rossa» dice il Penalista. E non intende il capo indiano. «Il cervello viene offuscato da una nuvola rossa. Non vedi nient'altro. Vedi solo rosso. Rosso come il sangue».

Cadono tutti i freni inibitori, i vincoli e le regole che ti hanno insegnato da bambino. Cade tutta l'educazione, la civiltà. Diventi istinto puro. Quello che ti va di fare lo fai, senza pensarci sopra; perché non è – dice il Penalista – che alle persone normali non venga mai voglia di uccidere. A tutti, prima o poi, questa voglia viene. Per un motivo qualunque: per una presunta ingiustizia subita, per storie di corna o perché t'hanno aumentato le tasse.

Ma la gente normale questi desideri li reprime. Al massimo ci si crogiola un po' in fantasie ad occhi aperti, ma non gli viene l'idea di farlo per davvero; poiché uccidere non sta bene, non si fa. E soprattutto c'è il rischio di andare in galera.

Se l'ingiustizia subita è stata troppo grossa, allora uno si limita a sognarsi per qualche notte di riempire di botte l'avversario. A me è capitato con una professoressa della Sapienza, che mi trattò da pezzente all'esame. Ancora adesso qualche volta sogno che la ficco sotto con la macchina. Con la mia mitica 850 Sport Coupé. Avrebbe dovuto prendere appunti – invece di bocciarmi – poiché ne sapevo più di lei. Ma proprio per questo, forse, si fece rodere. Così nel sogno – dopo che l'ho ficcata sotto – mi fermo e scendo dalla macchina. Lei è ancora viva e starnazza, mentre ne escono, da sotto il cofano, la sola testa e le braccia. E continua a strillare, come all'esame: «Dilettante! Vada alla CORRIDA! Questo non è I DILETTANTI ALLO SBARAGLIO». Io la tiro per i polsi e la trascino tutta fuori. Da sotto la macchina. Sull'asfalto. E poi la prendo a calci nei fianchi.

«Ognuno di noi può essere un assassino», dice il Penalista: «Tutti, in determinate condizioni, possono perdere il controllo e arrivare ad uccidere».

«Io no», ho detto sicuro.

Lui: «Ne è certo? Nemmeno per proteggere i suoi figli? Non dico sua moglie, ma i figli... Per altri, possono assumere valenza totalizzante anche cose diverse. Magari banali, ma che loro esagerano e divengono questioni di vita o di morte. Irrinunciabili. E ogni successiva azione che si mette in campo è perfettamente logica, consequenziale, razionalissima. Solo il punto di partenza era sbagliato. Tutto il resto è giusto. Sacrosanto. Ma invece di andare al Polo Nord sei andato a quello Sud. Dia retta a me: l'uomo è una bestia» – e questa è una cosa che mi pare d'avere già sentito da qualche altra parte – «Siamo bombe potenziali d'una violenza inaudita. È la civiltà, ovvero il processo di civilizzazione, che reprime questa violenza. Ma tenga presente che la civiltà non ha più di sei millenni, mentre noi stiamo su questo pianeta da più di due milioni di anni, nel corso dei quali siamo sopravvissuti a forza di violenza. Siamo macchine costruite a questo scopo, sappiamo fare bene solo questo. E quei milioni d'anni di consumata violenza stanno tutti nei nostri cromosomi – e nei nostri riti – molto più dei pochi anni di civiltà e di buona educazione. Basta quindi un niente per riportarceli alla memoria e tornare alle vecchie abitudini. Che sono quelle, ripeto, che conosciamo meglio».

Siamo tutti potenziali assassini – secondo il Penalista – e gli scrittori più degli altri. Dice difatti che la suprema forma di sublimazione della violenza sia la scrittura: «Ne siete pieni fino all'orlo, solo che la deviate verso la parola. Violentate la lingua. Date corpo ai peggio incubi e agite per interposta persona. E poi mi scusi, ma il processo di produzione artistica non viene proprio definito raptus creativo?»

Sommacampagna annuisce: «Tutto vero» e cita Freud ma soprattutto Jung, e gli archetipi dell'inconscio collettivo. Poi aggiunge: «Ma che lo dico a fare?», sempre con quel sorrisino di prima sulle labbra.

Allude, credo, a un episodio che mi è scappato di bocca e gli ho raccontato in una delle prime sedute. Sarà stato il '72 o '73. L'episodio, non la seduta. Ero poco più che ventenne. Facevo il geometra ed era un periodo che m'erano capitate delle lottizzazioni; abusive, ovviamente. Andavo tutti i giorni in campagna a misurare e picchettare i terreni. A volte però capitava che la punta dei picchetti – preparata dal falegname – si rompesse ed era quindi necessario rifargliela lì per lì, altrimenti non si conficcavano sotto i colpi di mazzetta. Per questo mi portavo sempre appresso, dentro la macchina, un'accetta. Insieme alle paline, la stadia, il livello e la fettuccia.

Un pomeriggio ero in piazza insieme a Dario e avevamo appuntamento con gli altri al bar Friuli. Giriamo e rigiriamo con la macchina senza trovare un parcheggio. Alla fine, un po' più avanti del cinema Giacomini, proprio dietro il palazzo in stile littorio dove c'era allora la sede dell'Inps, vedo uno che sta uscendo dal parcheggio a pettine: col muso addosso al marciapiede e col bagagliaio in mezzo alla strada. Mi fermo un po' più avanti, per farlo uscire e non intralciare le macchine che dall'incrocio voltavano a destra, verso di noi. Ho il motore acceso, e la retromarcia innestata. Tengo il piede sulla frizione, pronto a tornare indietro e infilarmi. Quello aspetta, tergiversa, viene avanti un passetto alla volta, perché c'è stato all'improvviso un afflusso di traffico. Alla fine ce la fa: esce con tutto il retro in mezzo alla strada, si ferma, mette la prima, gira, mi sorpassa e se ne va. Io do un'occhiata al finestrino, vedo altre macchine che sopraggiungono ma comincio piano piano ad arretrare. Arriva una Simca all'improvviso e si infila tutta sparata dentro il mio parcheggio.

Spengo la macchina. Era un Fiat 850 Sport Coupé, l'ultima versione coi doppi fari davanti: in terza prendeva i centoventi e se avesse avuto la quinta volava. Sull'autostrada bruciavo i Giulia 1300 Alfa Romeo. Giuro. Era bianca e ci avevo messo una striscia rossa che correva sulla sinistra – dal paraurti anteriore a quello di dietro – sopra il cofano e il tettuccio. Era una macchina cattiva.

Sommacampagna dice che prima o poi ne dovremo riparlare: «Bisogna approfondire: questa macchina è sicuramente una presenza fantasmatica importante. Dobbiamo capire di quali elementi simbolici è portatrice nell'intero immaginario del suo inconscio». Per me è solo la macchina che avevo una volta.

Comunque spengo. Scendo. Vado dietro. M'infilo vicino alla Simca. Quello sta ancora dentro, col motore acceso. Spegne e fa per scendere. Io gli dico calmo calmo: «Guardi che c'ero prima io».

«Non mi pare. Qui era vuoto».

Era un uomo di mezza età. Sotto la cinquantina. Coi capelli brizzolati. Come me adesso. Ma era un po' più piccolo, un po' più basso. E tranquillamente si volta a chiudere con la chiave lo sportello di quella maledetta Simca Mille giallo-oro metallizzata.

Resto calmo: «Guardi che c'ero prima io. Stavo proprio lì, stavo facendo marcia indietro. Era un pezzo che lo avevo adocchiato».

«E perché non ci si è messo?», ha fatto quello. Con l'aria proprio di coglionarmi. Mi ha quasi scavalcato e ha cominciato a camminare verso la Prefettura.

L'ho trattenuto per un braccio e ho cominciato a strillare: «Se ne deve andare! Il posto è mio».

«E che se l'è comprato?» ha detto. E non mi ha filato proprio. Mi ha schivato, tentando di ripartire per i fatti suoi.

Ho fatto un salto. Un salto solo – scavalcandolo io, adesso – fino alla mia 850. Ho aperto lo sportello, reclinato il sedile, presa l'accetta dal tappetino posteriore e tornato con un altro balzo sul cofano della Simca. Velocissimo. Una frazione di secondo. Manco Flash o Nembo Kid.

Dario – che era sceso pure lui – è sbiancato. Ha fatto quasi per venirmi incontro. Ma lui dice di avermi visto brandire quell'accetta proprio come nei film di Toro Seduto – o Nuvola Rossa, che è più azzeccato – e si è fermato.

Mi sono fermato pure io. A due metri dal nemico. E debbo avergli di nuovo urlato: «Guardi che se ne deve andare. Quel posto è mio».

Ma non credo che lui m'abbia sentito. Lui mi : .a solo osservato arrivare e – ancora prima che cominciassi a parlare – ha spalancato gli occhi, s'è voltato, ha riaperto la macchina, è entrato, ha messo in moto e se ne è andato di corsa. Per mia fortuna. Ma pure la sua.

«Il raptus è una nuvola rossa», ripete il Penalista: «Non ti controlli, sì. Ma dopo te lo ricordi. Ha voglia lei, se se lo ricorda, mica è come i traumi della prima infanzia».

Io a dire la verità continuo ad avere dubbi. Tutti i miei amici che hanno avuto un incidente stradale, difatti, dopo non ricordano niente. Si risvegliano all'ospedale magari due o tre giorni più tardi e ricordano con precisione tutti i gesti che hanno compiuto in quel fatidico pomeriggio nei minimi dettagli: il caffè, la benzina, la sigaretta accesa e perfino il minerva che hanno buttato dal finestrino. Ma da qui in poi c'è il buio assoluto. Non ricordano la strada, la curva, la macchina che li precedeva, lo scontro. Niente. Qualcuno non ricorda nemmeno d'essere salito in macchina. «Che è successo? Dove mi trovo?», non hanno fatto che chiedere. Aggiungendo pure: «Io stavo a casa a guardare la televisione».

Sommacampagna dice che l'inconscio, quando abbiamo vissuto momenti estremi di dolore e paura, a volte rimuove completamente i ricordi. Li cancella fisicamente dalla memoria. Non ci stanno più. Proprio come se uno battesse il

tasto *Canc* sulla tastiera, poiché ricordarli sarebbe come ri-
viverli: ne soffriremmo troppo. E allora l'inconscio ci pro-
tegge. Non può valere pure per il raptus?

Ancora. Aldo Manajslovich del Consiglio di fabbrica Fulgorcavi, detto Camparisoda, sulle pagine culturali del notiziario sindacale *Lavoratori gomma Fulc*, gennaio 1996, dice:

"Giorni fa, su *Repubblica*, è uscita una corposa recensione ad
una enorme monografia di Eskin su Simenon, l'inventore
del commissario Maigret. A un certo punto, trattando del
capitolo «L'arte e la vita» e della frenesia scrittoria di Simenon, si riporta un brano de *La vieille*: «La sera in cui mia madre ha avuto una sincope mi trovavo sola con lei. Sono corsa per le strade, senza fiato, e rivedo ancora le due grandi
finestre con le tende color écru dietro le quali s'indovinava
una vita misteriosa». Per Eskin è altamente improbabile che
una donna che corre angosciata nella notte arrivi a notare
particolari come il colore delle tende nelle finestre illumina-
te. «Colpa della fretta con cui scriveva Simenon», conclude.
    Ora (prosegue sempre Manajslovich), a parte il fatto che
noi non abbiamo la più pallida idea di cosa sia il color écru,
non è che ci interessi molto nemmeno di Simenon. Quello
che invece ci interessa è l'approccio dei critici. Perfino Atti-
lio Momigliano, nel commento alla *Mirra* di Vittorio Alfieri.
    *Mirra* è una tragedia in versi ed è la rivisitazione di un
mito greco: la principessa Mirra ama suo padre, ma non esattamente di amor filiale; lo ama e lo brama di un amore incestuoso, di cui peraltro sente per intero la colpa. Respinge
quindi e reprime questo perverso sentimento, fino al punto di accettare uno sposo che la porterà lontano: lontano da
ogni tentazione. Ma proprio sul punto di partire cede, e confessa il suo amore al padre, che la guarda inorridito e non
vuole credere alle sue orecchie: *«Che vuoi tu dirmi? Oh! qual
terribil lampo, / da questi accenti! Empia tu forse?»*

Già morta di vergogna, Mirra non vede altra soluzione che la morte vera: strappa dal fodero la spada al padre e si trafigge.

«*Figlia! Oh! che festi? il ferro...*» esclama il padre.

«*Ecco,... or... tel rendo*» risponde lei. E Momigliano denuncia, in questi versi, l'arresto e la perdita dell'ispirazione.

Sentenzia: «Frase più ingegnosa che grande. È un espediente decoroso: ci aspettavamo di più. La risposta alla reticenza del padre, «*Ecco,... or... tel rendo*» potremmo, forse con un po' di severità, dirla ridicola; certo è inutile».

Per i critici, quindi, quando sta succedendo qualcosa di tremendamente drammatico e per lei epocale, la gente sta tutta proiettata sulla drammaticità di quell'epos – se la sta vivendo fino in fondo – e non ha certo il tempo di perdersi in quisquilie e particolari del tutto marginali, quali il guardare le tende o avere la pretesa di rendere al legittimo proprietario il brando con cui ci si è appena scannati.

Ne consegue perciò – per i suddetti critici – che chi inverosimilmente presume di rappresentare la gente in questo modo, non si comporta da artista bensì da fesso. E questo è un nodo storico della letteratura italiana, almeno a partire da Petrarca: è vero solo ciò che è verosimile e che soprattutto sta già nei libri precedentemente letti o studiati. Tutto quello che non c'è, non vale o non esiste.

Purtroppo per loro però, la realtà supera spesso la fantasia, e questa non è una recente scoperta – come pure qualcuno crede – fatta da Pippo Baudo o Maurizio Costanzo. Ma sta nella *Poetica* di Aristotele del IV secolo avanti Cristo.

Francesco De Sanctis – un fesso che di arte se ne intendeva – diceva: «Datemi il vero» e il vero è, per l'appunto, che la gente in carne e ossa si attacca ai particolari, quando si trova nelle peste. Ci si aggrappa come gli alpinisti ai chiodi, per non perdere l'aggancio alla roccia del reale e venire travolti dagli eventi. L'unica salvezza per la ragione – esattamente come i relais di protezione dei circuiti elettrici – è comportarsi irrazionalmente. Contro l'enormità dell'evento che sta sbancando la nostra esistenza, ci aggrappiamo ai dettagli in un tentativo estremo di recupero della normalità; allo stesso modo – anche se apparentemente antitetico – in cui pare si dimentichino le fasi cruciali di un incidente stradale o di altro nefasto ricordo (bravo Manajslovich!). O rimuoviamo, o normalizziamo. A noi sembrerebbe perfino banale.

Una decina d'anni fa, inoltre, c'era il povero Piero Gavotti che stava morendo di leucemia. Lui lo sapeva, tanto che gli ultimi giorni – ogni volta che noi poi venivamo via dall'ospedale – ci salutava proprio: «Chissà se domani mi ci trovi».

Aveva trentacinque o trentasei anni ed erano tre mesi che combatteva con il male: anche tre o quattro trasfusioni di piastrine al dì. Avevamo fatto appello a tutte le fabbriche per trovare i donatori. Fatto sta che era allo stremo. Ma proprio l'ultima sera – andati a trovarlo – a un certo punto disse triste: «Sto angosciato per Falcao».

«Eh?» facemmo noi. Era il periodo in cui l'AS Roma di Viola tentava oramai di disfarsene.

E lui dal serio e addolorato si mise a ridere: «Ma tu guarda se con quello a cui ho da pensare io, mi debbo stare pure a preoccupare di Dino Viola e di Falcao».

Stefano Valiani invece lavora ancora insieme a noi. Ha cinquantacinque anni, secco, moro moro, scuro scuro; tanto che tutti lo chiamiamo Zingaro, anche se è un veneto rovigotto. Sono trent'anni che lavora in Fulgorcavi, non è mai mancato un giorno e sgobba davvero come un negro: più c'è fatica da fare e più lui si diverte. Solo quando facciamo il turno di notte, ogni tanto s'appisola – magari in piedi – perché di giorno non dorme mai. Fa il secondo lavoro: da trent'anni, dopo otto ore in fabbrica se ne fa altre otto in campagna. È uno specialista di cocomeri. Li pianta, li coltiva, li commercia. Commercia anche quelli degli altri, e quando è la stagione fa il mediatore.

Qualche anno fa – saranno stati i primi di giugno; il caldo

già picchiava ed in campagna i cocomeri imberbi reclamavano acqua a gola spiegata – s'è sentito male in fabbrica. Un dolore al petto. Aldo Mannarelli lo ha portato in infermeria, dove hanno capito subito che era infarto e con l'ambulanza lo hanno spedito all'ospedale. Sembrava andato. Un infarto devastante. Tutta la fabbrica già piangeva.

Aldo Mannarelli – che era salito sull'ambulanza insieme a lui e gli era sempre rimasto attaccato addosso – s'è fatto coraggio: lo ha lasciato più di là che di qua ed è andato ad avvisare la moglie. Ha aspettato che quella si preparasse, l'ha riaccompagnata all'ospedale e dopo un'ora e mezza o due di altra attesa, glielo hanno fatto finalmente vedere, a lui e alla moglie.

Stava steso tutto nudo, con i fili attaccati addosso e i monitor che suonavano come la banda comunale. Ma l'unica cosa che ha detto alla moglie – appena lui li ha visti – è stata: «Ahò, ricordati d'annaffiare i cocomeri!»

E di storie simili – ai critici – ne potremmo raccontare quante ne vogliono".

Così parlò Manajslovich, detto Camparisoda.

# 3.

Comunque hanno carcerato Giacinto. Lo hanno ingabbiato e la gente ha pensato: «*Mo' 'ngno recacciano più*».

Il pubblico ministero aveva sposato in pieno la tesi dei carabinieri. È un giudice giovane, d'assalto. Ha fatto la gavetta in Calabria contro la 'ndrangheta. È uno di quei giovani pretori che c'erano andati volontari laggiù, quando tutti gli altri si mettevano in mutua e scappavano perché i picciotti calabresi – tra sequestri, racket delle estorsioni e narcotraffico – erano diventati padroni del territorio e avevano preso la deprecabile abitudine di far saltare in aria giudici e poliziotti. Il nostro c'era andato volontario, e dopo tre o quattro anni di quella trincea – in cui tutti sostengono che s'è comportato da eroe e che gli varrà come pedigree per una sicura e prorompente gloriosa carriera – lo hanno rimandato qua.

È secchetto, smilzo, dimostra sì e no una trentina d'anni. S'è fatto la plastica al naso. I suoi intimi, però, dicono che non se l'è fatta per motivi estetici, ma perché respirava male. È gracile. Pare un niente. Ma lo regge la tigna: è peggio di un cisternese.

Abita ancora alle case Gescal sulla via del Mare, a Latina, insieme alla madre, che da quando è cominciata questa storia sembra Alba Parietti. La televisione ha intervistato anche lei: «Ecco la madre del giudice antimafia che ha scovato il mostro», ha detto Emilio Fede. E tutti la riveriscono al mercato, l'aspettano sotto l'androne, le chiedono pareri sul delitto. *Novella 2000* ha fatto un paginone in cui lei racconta nei minimi dettagli come il figlio da bimbo ciucciasse il biberon e che – soprattutto – quando giocava a guardie e ladri ha sempre fatto il poliziotto. Uomo della legge fin dal seggiolone. Una sola volta lo ha beccato che faceva il ladro, ma gli ha dato un sacco di botte.

Dicono sia inflessibile: «Ha preso tutto dalla madre». Se si convince che sei innocente stai tranquillo. Ma se solo gli viene il più piccolo sospetto, sono affari tuoi. È capace di ri-girarti come un pedalino, è capace di stare gli anni sopra i verbali a ripassarsi in testa le inchieste notte e giorno, a seguire fino all'estremo ogni ipotesi e variante, anche le più disparate, finché non trova un appiglio o una crepa nella tua anima. Allora ci si infila e sei fatto: non ti molla più.

Il Penalista dice che non c'è da meravigliarsi. Non è affatto un caso limite o un Guinness della magistratura. Sono tutti così i giudici istruttori. Sono inquisitori.

Diverso è quando stanno nel collegio giudicante: lì guardano le carte, i verbali, tutto il procedimento che qualcun altro ha preparato. Ascoltano i testi e poi giudicano; dal di fuori, potremmo dire. Il loro esclusivo compito, previsto come tale dalla legge, è ricercare la verità processuale attraverso le sole carte di quel mazzo – solo con quello possono giocare – quelle e nessun'altra, né una in più, né una in meno. Non possono – e non debbono – tenere conto di nient'altro.

Quando invece fanno i giudici inquisitori, sono loro a formare il mazzo. Sono i creatori del processo – creatori proprio di un universo compiuto – e sono portati dalla natura stessa del lavoro a voler ricercare quella che, secondo loro, è la verità assoluta, la verità che solo Dio conosce. È da questa poi – da questo mazzo – che il collegio giudicante dovrà estrarre e redigere la verità processuale.

Loro quindi a volte si sentono invasati, plenipotenziari

di Dio, che hanno a tutti i costi da svelare e rivelare la sua verità, trovando chi ha violato la legge. Il compito che hanno davanti è obbiettivamente immane: qualunque indagine – anche la più stupida – è complicatissima ed ogni cosa, ogni elemento, può prestarsi a cento diverse interpretazioni. Non c'è mai una deposizione che concordi o delle questioni che collimino alla perfezione. Se si prendesse come indizio ogni contraddizione e la si dovesse scandagliare fino in fondo – attraverso anche il numero infinito delle ulteriori incoerenze che verrebbero inevitabilmente a delinearsi – il procedimento si vanificherebbe. Sarebbe una dissezione all'infinito. Ma la dissezione all'infinito è una strada che può portare solo all'inferno o al manicomio, dice Benedetto Croce. Può farla solo Dio – appunto – e nessun altro.

Allora?

Allora non hanno altra via che sceglierne dall'inizio una e seguirla fino in fondo. Eliminare – senza più pensarci – tutte le contraddizioni o stranezze che possono condurre da un'altra parte, stante il fatto che nessun testimone può essere completamente chiaro ed affidabile: «Tutti possono avere comportamenti o percezioni non sempre razionali. È più che normale e giustificabile».

Solo sulla strada che si è prescelta, invece no. Lì ti scavano fino alla settima generazione e anche la sassata che hai tirato con la mazzafionda da ragazzino, può divenire a tuo carico un grave elemento di prova: «Visto? Già quella volta con la mazzafionda avrebbe voluto uccidere. Non gli è riuscito allora e lo ha fatto oggi, ma il cieco istinto della violenza bruta era già dentro di lui». Il segno premonitore che cinquant'anni dopo avresti ucciso. Poi stai bene tu, a dire che sei innocente.

«A volte imboccano la strada giusta», dice il Penalista, «e allora la Verità di Dio diventa pure la verità processuale. Ma a volte no, e allora il delitto rimane impunito o, peggio ancora, lo paga qualche innocente. Innocente di quel reato specifico, sia chiaro, non in assoluto, poiché innocente del tutto non lo è nessuno. Ognuno di noi è colpevole di qualche cosa».

Fatto sta che il giudice istruttore non ha il minimo dubbio. Ha seguito passo passo il lavoro dei carabinieri. Si fida del colonnello come del meglio amico suo. Fanno una coppia investigativa d'eccezione che – ad onor del vero – ha già dato ampi risultati in tutte le inchieste degli ultimi tre o quattro anni.

Col commissario della polizia di Stato di Cisterna, invece, ha rapporti cortesi. Ma niente di più e nessuna grande inchiesta alle spalle. Nessun colpo grosso. Solo una rapina a un'oreficeria, dove presero i banditi in una settimana. Ma gli amici del giudice hanno sempre detto che era stato tutto merito suo.

Comunque Giacinto è alle strette: non sono solamente le lucertole, l'omosessualità e la cocaina a farne un mostro dichiarato. Pure il fatto che nei primi giorni stava sempre appresso a loro, facendo finta di collaborare. Tanto è vero che – alla fine del verbale per la richiesta di convalida dell'arresto – il pubblico ministero scrive: «Con indubbia freddezza e lucidità, e in modo in vero perfido, il Sangiovanni Giacinto, nell'immediatezza del fatto, indicava ai verbalizzanti una lunga serie di possibili moventi, addossando sospetti su Muratori Astolfo, Proietti Carmine e Imperiali Luigi al fine cinico di depistare le indagini». Vai a collaborare: se hanno preso la strada tua, diventa un elemento di prova in più, contro di te.

Lo ingabbiano sabato 2 marzo, sei giorni dopo l'omicidio. Lo portano a via Aspromonte e lo registrano. Quando stanno già chiudendo la cella, un maresciallo fa: «Ferma un po'... Ma tu hai le scarpe sporche di sangue!» e gli sequestrano le scarpe da tennis.

Lui si rimette a dire: «Ma è una settimana che le porto... E poi certo, io comunque sono entrato sul luogo del delitto e lo sapete pure voi: li ho scoperti io i cadaveri, insieme a Proietti. Me le sarò sporcate là». Niente da fare. Gli sequestrano le scarpe, che verranno affidate al Cis.

Giacinto dice che in carcere è entrato in depressione. Non aveva voglia di fare niente. Né leggere, né altro. Era spaventato: «*A écchi non me recacciano più*» e cercava di non pensare a niente, di dormire e basta. Dice anche che si sentiva morire di vergogna, perché pensava che tutti, in paese, fossero oramai convinti che l'assassino fosse lui: «*Jò mostro pe' ddavero*».

Poi l'avvocato gli ha detto di no, gli ha detto che quasi tutto il paese lo considerava innocente e che pure don Angelo, alla predica, ne aveva preso le difese. Allora Giacinto gli ha scritto una lettera dal carcere – dopo tre anni che non gli rivolgeva la parola – e così ha messo nei guai pure il prete.

Sì, perché nella lettera – lunga tre pagine – ha scritto: «Tu m'hai difeso, dopo tutte quelle cose infami e orribili che io ho detto su di te, e di cui solo adesso mi vergogno come un cane. Ti chiedo perdono, e chiedo perdono a tutti quelli che ho offeso e giuro che da questa storia uscirò migliore».

Don Angelo ha fatto vedere la lettera ai giornali, come segno di ulteriore ravvedimento di un ragazzo che, come aveva detto in chiesa: «È un ragazzo normale, che avevamo emarginato solo per i nostri pregiudizi, per qualche comportamento un po' sopra le righe, ma che hanno tutti i ragazzi della sua generazione. È troppo comodo buttargli la croce addosso: bisogna che le autorità cerchino in qualche altra direzione».

Ma c'è un'altra e precedente lettera che don Angelo aveva già passato ai giornali – a tutti i giornali, in conferenza stampa – una lettera che gli aveva mandato Emanuele il napoletano, la povera vittima. Gliel'aveva scritta intorno a Natale e anche questa era una lettera di scuse. Gli chiedeva solo scusa, però, d'avergli detto delle bugie. Come suo solito, anche a don Angelo aveva raccontato d'essere figlio di nobili periti in un incidente, e solo in un secondo momento d'essere stato abbandonato. «E questi sono peccati veramente veniali», dice il prete: «Anzi, non sono nemmeno peccati». Emanuele, poi, gli chiedeva scusa di avere perso di nuovo il lavoro e lo pregava di cercargliene un altro. «L'ho sempre aiutato. Qualche volta con un po' di soldi, qualche altra trovandogli lavoro. Ma lui era così: non faceva in tempo a trovarli che poi se li perdeva».

Quello che colpisce nella lettera di Emanuele è la scrittura. Uno s'aspetta – dal quadro che gli si è oramai costruito in mente – un testo caotico e disordinato, sgrammaticato, con storpiature e caratteri storti e magari pure un foglio sgualcito, pieno di macchie e cancellature. Invece no. La lettera è ordinatissima, quasi raffinata. Non c'è una virgola fuori posto, i congiuntivi tutti giusti e gli aggettivi quasi ricercati. La scrittura è più che graziosa: nitida, uniforme, rotonda. Leziosa, quasi femminile.

La lettera che invece lo ha messo in mezzo ai guai – quella ricevuta da Giacinto – don Angelo non l'ha data a tutti i giornali. L'ha data a uno solo, in esclusiva. E gli altri si sono incazzati, soprattutto il quotidiano locale – peraltro legatissimo ai carabinieri e al giudice antimafia – che è andato giù duro: «Come fa codesto prete ad assolvere prima dei giudici uno che ha pure confessato, e ad insinuare di converso sospetti sopra qualcun altro, perfino la famiglia della povera uccisa? E quali sono queste cose infami e orribili che Giacinto aveva detto su questo prete? Sono forse le stesse che ripete tutto il paese? Vogliamo saperle».

La verità è che don Angelo non è amato da tutti. O meglio, è amatissimo da quelli che lo amano; ma è odiatissimo da tutti gli altri, i quali vanno in giro dicendo ciò che diceva a suo tempo Giacinto: «Don Angelo è frocio».

Io non so se sia omosessuale o no. Tutti gli agoresi a cui ho chiesto, dicono di sì. Ma tutti per sentito dire. Non ne ho trovato nessuno a cui abbia fatto proposte di persona. E comunque a me non interessa: anche se lo fosse sarebbero affari suoi. La colpa vera è che è sezzese e questo gli agoresi non glielo possono perdonare.

I sezzesi – o per meglio dire, i setini – sono famosi e famigerati in tutti i monti Lepini perché vogliono comandare. Consigli di fabbrica, società ciclistiche, sindaci di tutto l'Agro Pontino: a capo ci stanno sempre i sezzesi. Perfino alla Corale San Marco. Se il sezzese non comanda, non c'è pace; ed è una storia antica, che parte da lontano.

Tito Livio racconta che nel 341 a.C. – tra la fine di un'altra guerra coi volsci e l'inizio della seconda guerra sannitica – le oltre 60 città latine federate con Roma fecero una specie di assemblea generale per conto loro (VIII, 4-5). «È ora di farla finita con lo strapotere di Roma», dissero i Pretori di quell'anno: «Siamo un solo esercito quando andiamo in guerra, una federazione sola, un popolo solo. Ma tutti gli anni comandano sempre i consoli di Roma. Adesso basta. Se vogliono che restiamo ancora insieme, un anno comandino loro e un anno noi con i pretori nostri. E questo è l'anno che tocca a noi».

«Bene. Bravo. Bis», fanno tutte le città latine: «Ma adesso chi glielo va a dire a Roma?»

«Ci andiamo noi» fanno i pretori di quell'anno – Lucio Annio di Setia e Lucio Numizio di Circei – e partono tra gli applausi.

Arrivano in Campidoglio davanti al Senato.

«Che volete?» chiedono i romani.

«Mo' te lo dico io» e Lucio Annio di Setia parte tutto impettito con la sua tiritera, pancia in fuori e l'indice sollevato arrogante per aria, proprio come Franco Tulli in Consiglio di fabbrica: «*Tamquam victor armis Capitolium cepisset*» (VIII, 5, 2), come un vincitore che con le armi avesse conquistato il Campidoglio.

Il console romano Tito Manlio Torquato si arrabbia e gli dà uno spintone. Lucio Annio Setino inciampa nel gradino e comincia a ruzzolare per le scale, mentre Tito Manlio pare si sia messo a strillare: «*Num iste a Setia Romam ad imperan-dum venit?*», ma questo viene da Sezze a comandare a Roma?

Secondo Tito Livio fu proprio Giove che – per la proter-via della richiesta – non ci poté vedere più: scagliò un ful-mine a ciel sereno e beccò Lucio Annio Setino sui due pie-di. Lo inchiodò morto sull'ultimo scalino. Ancora adesso le guide ci fanno sempre soffermare le comitive dei turisti giapponesi: è possibile vederne la macchia nera impressa al negativo sopra il travertino. Una specie di sacra Sindone.

«*Num iste a Setia Romam ad imperandum venit?*» pare si sen-ta ancora rimbombare di notte, da sopra i cieli, quando pas-sa per caso da quelle parti un sezzese.

Così è don Angelo – un boss – ma a fin di bene, dice la Curia. Forse non molto democratico; nel senso non – natu-ralmente – d'essere un fascista; ma nel senso di voler sem-pre avere ragione lui, anche se si parla solo di calcio, e non di dottrina. Ma è un organizzatore d'eccezione: mette in piedi i viaggi a Lourdes, il volontariato, le spedizioni di as-sistenza all'estero. Le sue organizzazioni parrocchiali sono un vero esercito, macchine inarrestabili della carità. Ma il suo diretto controllo s'estende dappertutto e soprattutto sui soldi non c'è verso – con lui – di fare gestioni allegre, e for-se è questo che non gli perdonano i più.

Ma i giornali lo hanno messo in croce. Lo hanno perse-guitato. I carabinieri lo hanno interrogato per otto ore. Il giudice pure. E tutti i giorni, sul quotidiano locale, c'era la foto sua: «Il prete chiacchierato», «Il prete sotto torchio». La-sciando sempre intendere: «Il prete è frocio, anche se non si può dire. Ma chissà che ha fatto con quei ragazzi». Tanto che pure a me, alla fine, m'era venuta voglia di chiudere il libro così: «Li ha ammazzati il prete».

Ma non è stato lui. Anche se Giacinto, a questo punto, io non so ancora se sia colpevole o innocente.

I carabinieri e il giudice dicono che non ha un alibi. Anzi. Tutto il suo presunto alibi si reggerebbe sulla madre – pure con qualche contraddizione però – ma soprattutto su ciò che dice lui, che è in netto contrasto con quanto asseriscono invece i Proietti, i parenti della povera Loredana.

Loro sarebbero passati a casa sua tra le 20.30 e le 21.00, ma lui non c'era. Avrebbero parlato con la madre. Dove stava allora Giacinto? Che stava facendo? Lui dice che c'era: «Non vi ho sentito: stavo a fare la doccia nel mio studio». Dalle 20.30 alle 21.30. «Una doccia di un'ora?» si chiedono gli inquirenti, e vanno a misurare il boiler che risulta da 10 litri. L'acqua calda per loro non può durare più di 10 minuti. Secondo il suo avvocato il boiler è da 50 litri e – mischiata bene con quella fredda – l'acqua intiepidita può durare molto di più. Ma per Giacinto "doccia" è solo un modo di dire: «È un insieme di cose: sentire musica, asciugarmi, lavarmi, fare le flessioni e un po' di esercizi. Che male c'è?». E a dire il vero anche le vecchie del paese – «*Ci végno jé dai carabbigneri a dìccilo*» – sostengono che pure da piccolo stesse le giornate in bagno, tanto che la madre lo sgridava: «*Me sprichi la luce!*»

A me quello che pare strano è che un ragazzo di quell'età passi tutta la domenica pomeriggio – compresa la sera – a studiare sui libri. «Tenevo un'interrogazione l'indomani», dice Giacinto. Ho capito, ma a me pare strano. Restare cinque o sei ore sopra i libri richiede un'attitudine allo studio e una capacità e continuità di concentrazione, che mal si attagliano a uno che non è riuscito a finire il ragioneria. Si è fermato al quarto – a diciotto anni – e ha ricominciato a studiare a venticinque, alla scuola per infermieri. Non pare nemmeno uno che – al di là dello scolastico – abbia ulteriori o assidue frequentazioni con i libri; anche se questo, naturalmente, non può bastare per sbatterlo in galera. Almeno credo, anche se il mio vecchio professore Mario Scotti sarebbe stato di diverso avviso.

Lui dice però che il ragioneria lo ha dovuto interrompere perché in quegli anni i suoi si stavano separando e il padre poi se ne andò di casa. Lui rimase sbalestrato, cosa del resto comprensibile: anche lui era stato abbandonato da piccolo, appena nato, dentro un cassonetto a viale dei Parioli, a Roma. Poi aveva avuto la fortuna d'essere adottato e di trovare amore in una nuova famiglia. Ma sul più bello gli si è sfasciata pure questa. Il padre è andato a vivere con un'altra. A Cisterna. Colpi della dea Fortuna. Quella di Agora.

Dicono che abbia la psiche disturbata: «Isolato, quasi emarginato, faceva discorsi strani e da piccolo ammazzava le lucertole». Tutto vero e comprensibile anche questo: è stato fino a sei o sette anni in un orfanotrofio e non deve essere stato facile. Non ha avuto una mamma che gli preparasse le pappine e un papà che lo facesse giocare con l'orsacchiotto. Il ricordo più vivo che ha di quel periodo – dice – è di una sera che avevano tardato ad addormentarsi, in camerata. Al buio giocavano a tirarsi cuscinate. Debbono avere fatto casino e la mattina – al momento di lavarlo – la suora lo ha sgridato e gli ha premuto le mani sul viso, come se volesse stritolarglielo. Gli schiacciava il sapone sopra il naso e glielo ha fatto mangiare. Il sapone. Dice che ancora adesso ne risente il sapore.

Poi ha trovato questa nuova famiglia che lo ha adottato. È arrivato ad Agora. Ha avuto finalmente una mamma ed un padre che sembravano amarlo per davvero. È vissuto in paese. È andato a scuola. Ha visto gli altri ragazzini. È cresciuto come tutti gli altri. Ma la socializzazione – lo stare insieme e partecipare degli altri – per lui non è stata evidentemente un diritto naturale: è una cosa che gli è arrivata per colpo di culo. E questi colpi – come si sa – come arrivano così passano. C'è sempre un'alea e una precarietà che incombono.

Resta comunque che milioni di ragazzi – che hanno sempre avuto entrambi i genitori e tutto l'affetto di questo mondo senza avere mai visto un orfanotrofio nemmeno da lontano – hanno gli stessi e identici problemi. Milioni di ragazzi – ma pure di adulti – hanno difficoltà di rapporto con gli altri. Eppure non ammazzano nessuno. Anzi, milioni di questi finiscono per fare i poliziotti, i carabinieri, i giudici e perfino gli analisti o i penalisti.

«Faceva discorsi strani, specie in politica» hanno detto alcuni, e la cosa mi ha incuriosito. Certo in un paese come Agora – dalle tradizioni rosse e *populares*, in cui ancora adesso i ragazzi fanno il pendolo ogni pomeriggio dalla parrocchia di don Angelo alla Casa del popolo dell'Arci e dell'ex Fgci – sostenere che lo sfruttamento dell'uomo sull'uomo è più che giustificato, anzi è sacrosanto e giusto, doveva apparire un tantinello strano.

«Ma erano gli stessi discorsi che faceva il povero Manuele» dice lui: «La vedevamo allo stesso modo quasi su tutto, forse per il fatto che avevamo la stessa storia. Perché gli uomini non sono tutti uguali: ci sono quelli più intelligenti e quelli meno. Prenda caso: c'eravamo noi, io e Manuele, e c'era Astolfo Muratori oppure Bottoni, un altro un po' allocco. E noi li pigliavamo per zimbelli, ci divertivamo appresso a loro». Gli uomini non sono tutti uguali, chi è più intelligente e può conquistare il mondo lo deve fare, anche approfittandosi un poco degli altri: «Noi, tra di noi, ci dicevamo che eravamo tra i furbi... Io, vede, sono un po' berlusconiano» e questo sarebbe stato sì per me – ma credo anche per Scotti – un motivo sufficiente a sbatterlo in galera. Ma non per ritenerlo colpevole di omicidio, anche perché a fare questi discorsi erano allora – ma mi sa pure oggi – almeno in trenta milioni, solo in Italia. Di cui tanti facevano i poliziotti o carabinieri.

Da piccolo dava fuoco ai cani, ammazzava i gatti e seviziava le lucertole. Certo non è una roba da libro Cuore. Ma chi è senza peccato?

Solo i bambini che vivono in città – dentro una stanza di quattro metri quadri e non hanno mai visto un animale – possono non avere mai infierito. Ma tutti quelli che hanno odorato la campagna hanno peccato qualche volta. Io non ho dato fuoco e non ho ammazzato gatti solo perché non m'è mai riuscito di prenderli. Ma sassate sì, e con la mazzafionda agli uccellini.

Oggi sono un animalista convinto, perché se c'è scintilla divina in me e in tutti gli altri esseri umani, non può non esserci anche nel cane e nel filo d'erba. E tremo al solo pensiero di quel che accade – nelle sterminate città moderne e dentro i cubicoli delle famiglie per bene, che votano pure ambientalista – a quei poveri cristi di criceti dentro le gabbiette, a girare come forsennati e farsi venire l'infarto sopra le rotelle, trastullati tra uno stretching e l'altro da «quei criminali che sono i bambini» (parola del Penalista). Per non parlare degli scarafaggi o delle pasticche Raid contro le zanzare. Milioni di persone hanno usato – e il dramma vero è che usano ancora – violenza sugli animali. Ma non tutti hanno poi ucciso esseri umani. Anzi, milioni di questi hanno finito per fare i poliziotti.

Giacinto oltretutto nega: «Non è vero che davo fuoco ai cani, lo dicevo per vantarmi» e anche il vezzo di raccontare palle è cosa assai diffusa, soprattutto tra i giovani. Ma se tutti quelli che raccontano palle – e parlo solo di quelli che conosco io – fossero automaticamente degli assassini, l'Agro Pontino sarebbe spopolato. Terracina e Velletri in primis. Non parliamo di Cisterna.

Giacinto è uno che mente, questo è sicuro. Prima ai carabinieri dice che non ha mai visto una droga in vita sua, poi incalzato ammette: «Sì, qualche spinello». Alla fine: «Va bene: cocaina».

«Chissà quante altre ce ne ha raccontate» dicono gli inquirenti che, per esempio, non credono affatto che lui e Luigi Imperiali non si conoscano: «Non può essere. Questi debbono conoscersi benissimo». E tornano sull'alibi, sulla doccia, sul suo continuo ricordarsi a puntate: «Man mano che gli ponevamo altre domande e lo incalzavamo, lui aggiustava la posizione, modificava la versione, rettificava il tiro alla bisogna. Mente. E la menzogna è un chiaro indice di colpevolezza».

Non ne sono convinto. O almeno non sono convinto appieno. Uno può mentire per tanti motivi, pur non essendo colpevole. Uno può pure – al limite – non fidarsi per preconcetto dei carabinieri. Averne paura come quando, in macchina, vedi la gazzella da lontano, e pure se sei sicuro che hai tutto quanto a posto, cominci a irrigidirti e a sperare che non ti fermino, poiché tutti – almeno in Italia – sono fermamente convinti che se ti fermano, e hanno voglia di incastrarti, qualche cosa te la trovano sempre.

Ammesso quindi per ipotesi che sia innocente del duplice omicidio, Giacinto almeno la droga ce l'aveva, a gravargli la coscienza. Almeno di questo era colpevole e aveva paura che potessero incriminarlo. Così ha cominciato a negare. Poi aggiungici che è un trovatello abbandonato e tanta fiducia nel prossimo e nell'autorità non deve averla mai avuta.

Sommacampagna – lo psicanalista – sostiene che nel nostro rapporto con lo stato e l'autorità, tutti proiettiamo quello avuto a suo tempo con i rispettivi genitori: «È per questo che lei, che si è sempre ribellato a suo padre, ha fatto per anni il sindacalista e ancora adesso ha paura che il suo editore la freghi sui diritti d'autore». E se dello stato, dei carabinieri e di qualunque altra forma venga ad assumere man mano il concetto di autorità, continuo a non fidarmi io che pure ho avuto un padre, figuriamoci Giacinto che il suo lo ha abbandonato sulla via. È naturale che appena veda profilarsi un carabiniere da lontano, cominci ad inventarsi bugie.

«Nega tutto!» dice sempre Coccione, sia che parli della polizia, della moglie, del capoturno o del sindacato: «Nega sempre. Qualunque cosa, tu nega».

La cocaina? Quello è un dato di fatto. Quando lo hanno intervistato a CHI L'HA VISTO, la giornalista ha letto dal verbale tutto il brano sulla cena che avrebbe dovuto avere luogo quella sera. E subito dopo ha chiesto in diretta, a Giacinto: «Ma insomma, a questa cena, se ho capito bene, non è che mangiavate. Voi dicevate cena per modo di dire, in effetti intendevate chiaramente che era un festino a base di cocaina. Dovevate sniffare...»

«Sì, un po'», ha scrollato le spalle sorridendo Giacinto.

«È proprio così?» ha insistito la giornalista.

«Sì, è così», ha risorriso Giacinto. Ha riscrollato le spalle e ha gesticolato un pochino allargando le mani, come a aggiungere: «Che male c'è?»

Lo zoom s'è staccato da lui ed è corso sulla giornalista – in primo piano – che subito s'è rivolta al pubblico, con la faccia lunga lunga: «Avete capito? Questi parlavano di farsi la cocaina come noi di un bicchiere di vino».

Ora a parte il fatto che è provato scientificamente che in tutto il mondo continua a fare molti più danni l'alcool – vino compreso – che la droga, i fatti stanno proprio così. Ciascuno magari pensa – anche se è stato contento quando s'è venuto a sapere che il figlio del vicino era un tossico – che la droga riguardi solo le grandi città. O meglio ancora i soli quartieri degradati delle grandi città, o solo stazione Termini: «Vuoi che arrivi pure nei paesini di montagna, piccini piccini, fatti ancora a misura d'uomo?». Ma adesso ci stanno le macchine e dai paesini piccini piccini ci si mette un minuto a arrivare in città. E in quei paesini piccini piccini – non parliamo di Agora, con quella storia delle foglie di tabacco a macchie blu – fino a quarant'anni fa era pieno di osterie in cui la gente si ubriacava e si dava di coltello, molto più d'adesso, esattamente come a Trastevere o alla Ghisolfa.

Le statistiche sono chiare e rivelano che una percentuale oscillante tra il 20 e il 25 per cento dei giovani – dai 16 ai 30 anni – ha fatto o fa uso di droghe pesanti. Basta farsi i conti: sono milioni. Ma non tutti uccidono, anzi. Alcuni di questi – è matematico – fanno a buon bisogno i giudici e perfino i penalisti.

Lo stesso Sigmund Freud era cocainomane e pure Sommacampagna – ci giurerei – qualche volta sembra avere l'occhietto troppo vispo (qualche altra invece, mentre parlo si addormenta. Io gli racconto i più segreti fatti miei e lui si appisola, con l'espressione tipo: «Che palle...» Allora faccio rumore con la sedia per svegliarlo. Lui si tira su, fa finta di avere ascoltato e alla fine si fa pagare uguale).

Droghe pesanti, abbiamo detto. Ma per le statistiche i giovani tutti – indistintamente tutti – fanno abitualmente o hanno fatto almeno una volta uso di droghe leggere: hashish, marijuana o pasticchette varie. Altro che devianze o ragazzi anormali: Giacinto e tutti i suoi compagni di Agora sono molto più normali di quello che ci aggrada. E se le statistiche sono vere, questo significa che è più che sicuro – basta mettersi il cuore in pace – che quel figlio di puttana che sta sbracato in cameretta sua facendo finta di studiare mentre voi andate a lavorare dalla mattina alla sera e se solo gli dite qualche cosa vi strilla «Uffa, papà» e si rivolge con la faccetta da santarellino appicciato al muro alla madre chiedendo aiuto, che la madre puntualmente gli concede prendendone le difese e facendovi sentire una testa di rapa, quel figlio di puttana conosce la droga meglio di voi. Per esperienza diretta.

Sommacampagna dice che odio i giovani perché li invidio. Li invidierà lui. Li odio perché mi sorpassano con la macchina e mi fanno le corna. Se non scatto subito al verde al semaforo, mi suonano dietro col clacson. Mi urlano: «A vecchio!» e se ne approfittano perché ho i capelli bianchi ed ho fatto l'infarto. Avessi vent'anni di meno rimetterei l'accetta sotto il sedile.

Resta comunque che la droga non può essere il movente di questo delitto. Può essere – questo sì – un elemento aggiuntivo, un qualcosa che aiuta. Ma non l'agente primo e nemmeno il movente. Non può pensarsi ad un assassino che uccida solo perché in preda alla cocaina o perché avanza dei soldi o per uno sgarro di spaccio. Le cifre che escono dai verbali sono da ridere: cento, duecentomila lire; non di più. Non si uccide per questo, e con tutte quelle coltellate.

Può essere un elemento che aiuta. «La cocaina ti dà coraggio», dice Giacinto: «Quando la prendi ti senti un dio. Dopo però ti senti a pezzi. Non sei più buono a nulla». Alla grande euforia dopo l'assunzione, la cocaina alterna forti stati depressivi – quando poi l'effetto svanisce – che non corrispondono all'immagine di un Giacinto iperattivo e presente a sé stesso in tutte le fasi successive al delitto e continuativamente per giorni. Sempre a contatto coi carabinieri, sempre pronto a trovare risposte. A meno che non continuasse a sniffare ogni cinque minuti pure dentro le caserme loro.

La cocaina può aiutarti però a fare qualcosa che ti frullava già in mente da un pezzo, ma che a freddo non avresti mai avuto coraggio di fare, come nel caso del Canaro che era una vita che subiva il suo persecutore. Fece il piano, attirò il nemico nella gabbia per i cani della sua bottega e si riempì di cocaina, poi lo torturò per tutta la notte, prima di dargli il colpo di grazia. Ma non uccise perché aveva preso la cocaina; prese bensì la cocaina per uccidere. Così è nel delitto di Agora. Chi ha ucciso può anche avere assunto sostanze stupefacenti, ma non sta lì il movente: doveva essere uno già molto incazzato da prima.

Giacinto aveva una relazione omosessuale con Emanuele? O aveva comunque una relazione di tipo morboso, che può avere fatto scattare un raptus di gelosia? Questo è ciò che dicono i carabinieri e il giudice. Dicono pure che lo aiutasse, che gli desse dei soldi.

«Che male c'è? Eravamo amici» risponde Giacinto.

«E lei dava soldi a tutti i suoi amici?» ha chiesto il giudice.

«No, che c'entra. Ma lui qualche volta aveva bisogno».

«Ma c'è tanta altra gente che ha bisogno... Perché aiutava solo lui e non aiutava invece tutti quanti?» ha rifatto, furbo, il giudice.

«Che c'entra. Io mica sono la Caritas... Io aiutavo lui perché era mio amico».

Ecco, secondo me fin qua non c'è niente di strano. A me i miei amici m'hanno aiutato un sacco di volte. Ed un sacco di amici. Penso a Dario, a Pippo, a Palude. Eppure non mi hanno mai fatto una pippa, e tanto meno io a loro. Neanche Andrea Contini o Fabrizio Leccabue. Ci sono milioni di persone, a questo mondo, che hanno la strana abitudine – tra amici – di darsi una mano. A un certo Di Pietro prestarono anche centinaia di milioni – oltre a una Mercedes – e su questi prestiti Berlusconi disse di tutto. Disse ogni cosa che si poteva dire: corruzioni, tangenti, bustarelle, concussioni. Ma solo per l'appunto di coito orale, non parlò mai.

Sommacampagna però: «Si è mai chiesto perché delle persone che lei non ha mai visto e di cui non ha mai saputo nulla in vita sua, uno a prima vista le sta simpatico e un altro antipatico?»

Io ho risposto «No», semplicemente. Anche se avrei voluto dirgli che a me, a prima vista, la gente sta tutta antipatica.

Lui ha continuato: «Faccia mente locale. Non le è mai capitato di vedere uno all'improvviso e di dire questo mi sta simpatico, oppure questo mi sta proprio antipatico?»

Ho detto «Sì. Adesso che ci penso sì», se no era capace di andare avanti le ore.

E lui tutto contento: «In base a quale motivo? Per quale ragione? Lei non sapeva assolutamente niente di nessuno dei due: in base a quale motivazione ha operato queste scelte?»

Io ho fatto un gesto come per dire «Fai tu».

«Sessuale. La sua scelta è stata sessuale» ha detto lo psicanalista.

«Me cojoni» ho mormorato soltanto, lì per lì. Ma dentro di me ho pensato: «È ora che cambi analista».

Lui è andato avanti per tutta la seduta, con la storia che in ogni essere umano c'è una parte di omosessualità. Così come gli ormoni: tutti hanno sia ormoni maschili che femminili. Poi l'assetto generale e dominante dipende dalle percentuali in cui siamo strutturati. Non c'è niente in natura che sia solo bianco o solo nero. È tutto grigio. Magari dalle diverse tonalità, ma sempre grigio. La realtà è miscuglio e tutti i contrari convivono assieme. Ti porti sempre dentro tutto quanto: bianco e nero, maschio e femmina, bene e male. E con quest'ultima associazione non voglio assolutamente dire che maschio sia bene e femmina male; in ogni caso è un'associazione che ha fatto lui, Sommacampagna.

Nell'infanzia e prima adolescenza le due pulsioni – etero ed omosessuale – sono costantemente presenti. L'individuo ci fa i conti sia sul piano strettamente ormonale che su quello ambientale. Influiscono educazione, fobie, compagnie, prime esperienze e – soprattutto – rapporto equilibrato o meno con i rispettivi genitori. Man mano che matura, se tutto va bene si delinea la scelta che varrà per la vita. Scelta che non è però operata dal cosiddetto io razionale – cioè quello che crediamo o che vorremmo essere – bensì dall'intero io, determinato da quel complesso di inconscio e di conscio in cui quest'ultimo, il consapevole, non è che la minima parte.

L'io è in realtà un magma di cose che non controlliamo e neanche lontanamente sospettiamo. Spesso non ci riesce di spiegarci e comprendere la ragione vera di atti e comportamenti – e soprattutto fantasie estreme – che pure ci vengono istintivi. Ne siamo spaventati e li reprimiamo – o almeno ci proviamo – ed essi allora a volte irrompono nei nostri sogni, anche se poi li dimentichiamo.

Non solo non è stato l'io razionale – ripete Sommacampagna – ad operare le scelte, ma lui anzi a volte si rifiuta di accettarle ed ingaggia, con l'intero io e con le sue scelte, lotte titaniche di opposizione e repressione che conducono alle varie forme di nevrosi.

C'è gente – maschi e femmine – che si sposa e mette al mondo figli. Poi però s'accorge che in fondo in fondo – ma per davvero – voleva cambiare sesso e si fa operare. E finalmente riesce a campare un po' più tranquilla.

C'è gente che la vita gli si ribalta: erano convintissimi che gli piacesse solo l'altro sesso. Poi però finiscono in condizioni di segregazione: in carcere o collegi; imbarcati sulle navi o nelle spedizioni militari di una volta; dove non c'è più una donna in giro, ma solo uomini dalla mattina alla sera; o viceversa, nel caso delle donne. Ma la libido – in un modo o nell'altro – fa sentire la sua pressione e così s'innamorano del compagno di cella, specie se giovane o efebico.

Anche quando la scelta eterosessuale è netta e incontrovertibile – per tutta la vita, diciamo – una piccola quota di omosessualità permane al fondo del nostro magma. Parziale e marginale, ma permane. E si manifesta a volte solo per farci dire: «Questo mi sta simpatico», oppure «Quello antipatico». Innocuamente.

I guai veri – ripete Sommacampagna – arrivano quando l'io razionale non ci vuole stare, quando rifiuta le scelte e le pulsioni vere della sua esistenza; quando uno, magari, ha dentro di sé una forte pulsione omosessuale che richiede di esprimersi, ma lui la rifiuta, la reprime. Si chiama proprio omosessualità repressa o latente, che deriva dal latino *lateo*: nascondersi, celarsi. Ed è la stessa radice di latitante e ladro (*latro*: anche predone, bandito, brigante). Uno la reprime perché se ne vergogna, perché gli hanno insegnato che è male. A volte il processo di repressione è totale: l'io razionale è proprio convinto di essere un altro e che a lui la questione non lo tocchi assolutamente. Anzi, nella vita pratica è proprio uno che più incazzato non si può, contro i froci. Anzi, più uno è incazzato contro i froci – omofobo – e più c'è da sospettare che sia un omosessuale represso.

Ma questa repressione dà origine a un conflitto permanente, dentro la personalità. È un conflitto che richiede la massima attenzione da parte dell'io razionale. Una continua vigilanza e una tensione totale – oltre che totalizzante – poiché, come si sa, più si prova a coprire le pentole e più queste bollono. L'omosessualità repressa crea un ingorgo continuo: o c'è una valvola di sfogo, o prima o poi la pentola a pressione scoppia.

Sommacampagna dice che è il caso di tantissimi poeti e letterati. La scrittura per lui è una sublimazione della libido e – nello specifico – dell'omosessualità: «Prenda Petrarca!», e io ho fatto un salto sulla sedia.

«Petrarca? Che c'entra mo' Petrarca?»

«È evidente che Laura era un Lauro, abbia pazienza. Era il marito di Laura, dia retta a me. Che non a caso era anche un marchese De Sade, progenitore di quello famoso. È una tensione innaturale, quella di Petrarca. Un amore normale, a prima vista e non consumato, non può reggere e motivare una produzione artistica di quasi cinquant'anni. Ma un amore perverso, o che almeno il suo io giudica tale, sì. E poi ci faccia caso: la parola tematica che ricorre più spesso in tutto il *Canzoniere* è proprio vergogna».

Sono rimasto zitto. Che dovevo dire? Anche perché il sospetto m'era già venuto pure a me. Ma poi ha continuato: «Prenda Cicerone...»

«Pure?» ho fatto io.

«È più che evidente che era innamorato di Marco Celio. Dia retta a me, si legga gli atti: Catilina non ha fatto nessuna congiura. Era di estrema sinistra, sì, ma stava ancora dentro le istituzioni, era ben lontano dalla lotta armata. È stato Cicerone che ha fatto il colpo di Stato insieme a Catone Uticense. Ha fatto ammazzare tutti i catilinari e ha spinto Catilina stesso verso il baratro, solo perché era geloso. Catilina la sua omosessualità se la praticava tranquillamente, e altrettanto tranquillamente s'era portato a letto Marco Celio. È questo che ha fatto andare ai matti Cicerone. Se ci fosse andato a letto pure lui, non sarebbe successo niente. Magari la repubblica starebbe ancora in piedi».

«Sì, e i sezzesi comandavano a Roma» ho detto lì per lì. Quando però sono uscito ci ho ripensato: Catilina non aveva tutti i torti e Cicerone – soprattutto – non è mai stato tanto simpatico neanche a me. Mi ha sempre fatto pensare a Giulio Andreotti, forse perché erano tutti e due ciociari: Cicerone di Arpino e Andreotti di Segni, che sta dietro a Cori ed Agora, sul versante opposto dei Lepini. Apache che con la politica hanno fatto fortuna a Roma. Facendo pure quella dei servizi segreti e dei palazzinari.

È proprio «*De officio decedens*» – deviando i servizi, dice Sallustio – che Cicerone mandò gli Allobrogi con una valigetta in mano, a proporre il golpe a Cetego per poi incastrarlo insieme a Catilina: «*Allobroges missit bulgam ferentes*» (Sall. *Cat.* XL). *Bulgam*, borsa, valigetta, proprio come tanti anni dopo in Italia, sui treni. Tutto per non essersi fatto Marco Celio, secondo Sommacampagna: «E se la scrittura e la creazione artistica in genere non sono che la sublimazione della pulsione sessuale, e dell'omosessualità repressa in particolare, questi due, Cicerone e Petrarca, hanno scritto veramente montagne di roba, non so se mi spiego. Hanno scritto ognuno biblioteche intere».

Se quindi Giacinto – pur non avendo scritto nient'altro di notevole che quella famosa lettera dal carcere a don Angelo – fosse un omosessuale represso, il cerchio si chiuderebbe. Se lui fosse stato davvero innamorato di Emanuele – ma nell'inconscio e castamente, non nella pratica corrente – allora si sarebbe potuto creare un ingorgo tale, nella sua psiche, da poterlo a un certo punto far esplodere davvero, come una pentola a pressione. Dopo avere represso per mesi i desideri sessuali – ed averli sublimati accontentandosi di stargli vicino, di parlargli e di aiutarlo – a un certo punto esplode e lo annienta, magari offeso da un piccolo gesto. E soprattutto scatena la sua rabbia contro la ragazza, colpevole, lei sì, soltanto di esistere in quanto donna – rivale irraggiungibile – e infierisce proprio allo scopo di annullarla dal cosmo.

Ripeto: un simile numero di coltellate non si era mai visto in tutto il mondo a memoria d'uomo.

In questo caso – ma solo in questo caso – l'intero quadro costruito dal giudice e dai carabinieri acquista una certa sua plausibilità: omosessualità repressa. In questa ipotesi accusatoria è proprio Giacinto, inoltre, il suo principale teste a carico: «Io frocio? Ma neanche per idea» e mi guarda torvo, quasi schifato e offeso: «Ma perché continua a farmi sempre queste domande? Perché vuole parlare sempre di questa cosa?»

Nega. Nega nella maniera più assoluta. Ai carabinieri ha detto che è andato con un sacco di donne: «Solo con loro vado io» e ha fatto pure i nomi.

Ma i carabinieri sono andati a controllare e nessuna ha confermato: «Sì, siamo usciti. Ma tutto là. Poi siamo tornati a casa e non abbiamo fatto niente».

Ma lui continua a negare. Si ritrae dal sospetto, quasi infamato. Hai voglia a insistere: «Siamo nel Duemila, non c'è niente di male ad essere froci e ad ammetterlo».

«Sì, vabbe', ma per chi è frocio davvero. Io che c'entro?». Si ha la sensazione, a volte, che gli dia più fastidio essere accusato di omosessualità che di assassinio. È questo che induce in sospetto, e se è un omosessuale represso possono avere ragione i carabinieri: potrebbe anche essere lui l'assassino.

E Bottoni però? Bottoni dice che con lui consumava rapporti orali e i carabinieri giurano e rigiurano sull'attendibilità di questa testimonianza. Ma in questo caso allora Giacinto sarebbe uno che la sua sessualità se la vive tranquillamente. Non è più un represso. Non ha più – dentro – quell'ingorgo mostruoso che fa saltare in aria le caldaie. Perché dovrebbe andare in giro a conquistare il Guinness delle coltellate?

I carabinieri dicono: «Aveva una relazione con Emanuele: dramma della gelosia, contro la ragazza».

«Non facciamo ridere», dice il Penalista: «I froci sono gente strana, ma non sono mai gelosi di una donna. Non s'è mai visto. Quando hanno un compagno che ha anche una donna non ne sono mai gelosi: sono loro che mettono le corna alla donna, non è il contrario. Non c'è il minimo oltraggio: la parte lesa è la donna. Ed è l'oltraggio, mi ascolti bene, non il possesso o il possesso violato, ma eventualmente l'oltraggio derivato dalla violazione del possesso... è l'oltraggio il detonatore che innesca tutti i delitti passionali, i drammi della gelosia, i delitti d'onore».

Lui dice che ne ha difesi tanti. Uno in particolare – quando c'era ancora il delitto d'onore nel codice, trenta o quarant'anni fa – sempre sui Lepini. Avevano litigato di notte, sul letto coniugale. Sul talamo, come lo chiama Omero. Lei a un certo punto s'era sentita offesa e gli aveva detto «Cornuto. Sì, cornuto. T'ho riempito di corna tutta la vita. Mi sono fatta scopare dai meglio amici tuoi, dal compare tuo, da tutto il paese. T'ho messo corna dalla mattina alla sera» e l'inchiesta poi verificò che era pure tutto vero.

Lui si era alzato dal letto ed era andato nel ripostiglio a prendere una spranga di ferro, mentre lei continuava a gridargli «Cornuto!»

Era tornato e le aveva dato una sprangata in testa. Lei continuava a strillare: «Cornuto!» e lui continuava a darle sprangate in testa e sul viso. Gliene ha date diciassette. A tutta forza. L'hanno trovata maciullata. Non si poteva riconoscere. Deve avere continuato anche dopo che aveva smesso di strillare. Smesso per sempre. Ma lui continuava.

«È la nuvola rossa: ha smesso solo quando non ce l'ha fatta più fisicamente».

Lui lo ha fatto assolvere – il Penalista – c'era ancora il delitto d'onore: «Ma in questa ipotesi no», ripete. «Non c'è oltraggio. Non sussiste».

E allora perché Giacinto smentisce Bottoni: «Quello è matto. È un mezzo deficiente. Non è vero niente»? Dov'è che Giacinto mente? Se mente qui – e dice il vero Bottoni – allora dice il vero sull'assassinio: è innocente.

«Se è frocio dichiarato e fa i bocchini non è represso», dice il Penalista: «Non ha motivo per uccidere: non ha ucciso». Ma quello che è strano è che gli unici a non capirlo siano proprio Giacinto e i carabinieri. E il giudice istruttore, naturalmente. Ma se invece dice il vero, e mente Bottoni e quei bocchini non ci sono mai stati, allora potrebbe essere vero che mente sull'assassinio: potrebbe anche essere stato lui. Vai a sapere. È la parola dell'uno contro quella dell'altro. Per assurdo, ma non tanto, Giacinto può essere l'assassino solo se la storia dei bocchini è falsa.

«E perché dovrebbe mentire Bottoni?» si ostinano i carabinieri, che non vedono l'aporia e scardinano da soli l'intera ipotesi accusatoria, almeno dal punto di vista psicanalitico o – per meglio dire – di quella volgarizzazione di Jung e di Freud che mi va facendo Sommacampagna (ma debbo verificare, prima o poi, se davvero li ha letti tutti quei libri delle *Opere Complete* di Bollati Boringhieri che tiene allineati sopra gli scaffali. A me sembrerebbero intonsi).

Bottoni potrebbe mentire. Potrebbe essersi inventato tutto. Del resto è l'unico che sostenga di avere avuto rapporti omosessuali con Giacinto. Non s'è trovato nessun altro, né ad Agora, né in tutti i Lepini. Nemmeno a Latina, a Velletri, a Cisterna. Nessuno. Se Bottoni si è inventato tutto può averlo fatto perché è davvero mezzo matto o mitomane, mezzo deficiente. Oppure è lui l'omosessuale latente, innamorato di Giacinto, che magari avrebbe voluto che le cose fossero andate come le ha descritte. Ha confuso le fantasie con la realtà? Ha proiettato i desideri? E infine ingelosito che quello invece frequentasse Emanuele, l'amore represso è divenuto odio e si è vendicato accusandolo? Ottenendo comunque, nella vendetta, una virtuale reificazione del sogno? Rimane il busillis.

A questo punto e per tutti questi motivi, io sono ancora meno in grado di prima di dire se Giacinto sia colpevole o innocente. Marlowe sostiene che tre indizi facciano una prova e anche Derrick pare sia d'accordo. Io – ripeto – era meglio che non mi ci mettevo. Era meglio un romanzo d'amore, come voleva mia moglie. Amore normale, naturale: maschio e femmina, punto e basta. Perché anche di omosessualità – latente, repressa o patente che sia – io non ci capisco più niente.

«Eppure è strano: lei dovrebbe saperlo», ha detto Sommacampagna: «Non è uno scrittore?»

«Sì», ho fatto io uscendo dal suo studio: «Be'?»

«Be'...», ha sorriso alludendo.

«Ma vammorìammazzato» ho pensato dentro di me. Ma non l'ho espresso nemmeno questa volta. Mi sono trattenuto. Perché tanto, alla fine, ha sempre ragione lui. Pure in letteratura è convinto di saperne più di me.

Sulla porta, però, sono tornato indietro: «A dire la verità, il Penalista mi ha detto che con la scrittura sublimo la violenza» e sono rimasto zitto. Ma con l'aria di quello che gongola: «Adesso mettetevi d'accordo» facendo ovviamente tifo per l'altro – il Penalista – mai come in questo caso.

«Lo lasci stare. La sublimazione massima della violenza è la legge. Quelli istintivamente più violenti non vanno a fare gli scrittori. Vanno a fare i poliziotti. E soprattutto i giudici. Freud è esplicito su questo, è addirittura didascalico: sublimano gli istinti di violenza sotto l'usbergo del bene pubblico, proprio come gli eroi in guerra. Non gli scrittori. Questi hanno quell'altra cosa latente, che gli rode. Lo dice pure Leopold Szondi».

*«E chi cazz'è?»*, avrebbero risposto ad Agora.

# 4.

Esiste però una Fortuna pure per Giacinto. E fortuna nel senso benigno di Nancy Brilli questa volta, non quella di Agora.

Per Giacinto, Nancy Brilli è il giudice del Tribunale per il riesame dei provvedimenti di custodia cautelare, il cosiddetto Tribunale della libertà.

Gli avvocati difensori hanno fatto ricorso, e tutto l'incartamento è passato nelle mani di tre giudici che stanno a Roma. A Roma ce ne stanno migliaia, di giudici, e non so se a questi tre sia capitato per sorteggio o qualcosaltro. Fatto sta che il più autorevole – un vero luminare noto in tutt'Italia – è noto pure per essere un acceso garantista: «Meglio un colpevole fuori che un innocente in galera!» lo sentono gridare tutti i giorni per i corridoi del Palazzaccio. Tutti i dispositivi che gli arrivano sul tavolo li passa al microscopio, gli fa l'analisi del sangue, i raggi X. E sempre dalla parte dell'inquisito. Non capita quasi mai che si metta pregiudizialmente dalla parte dell'accusa: giudica tutto con rigorosa imparzialità e obbiettività – almeno così dice – ma se il bilancino è in perfetto equilibrio e la pesata deve dipendere solo da lui, lui sta dalla parte dei diritti della difesa. Della presunzione d'innocenza. Puoi stare sicuro. È rimasto forse l'unico – in Italia – a credere per davvero che l'imputato, fino alla condanna definitiva, vada sempre considerato innocente.

Dicono che i primi tempi non fosse così. Quand'era giovane era una bestia pure lui: se gli capitavi sotto, potevi farti il segno della croce. Poi è rimasto scottato in famiglia e, come dicono ad Agora, «*chi s'à scottato coll'acqua carda / tè paura pure de chella fredda*».

Misero in galera il padre, a un certo punto. Era un nome grosso, a Caserta, e dei pentiti di camorra lo avevano tirato in ballo. Sembra però solo per sentito dire. Ma erano più di uno e lo sospettarono di collusioni, mazzette o tangentopoli, non so bene. Lo tennero dentro un paio d'anni, violando tutti i diritti della difesa. O almeno così diceva il figlio. Lo trattarono da peggio criminale e camorrista. Poi lo assolsero per insufficienza di prove. Ma intanto i due anni di carcerazione preventiva lo avevano rovinato, abituato com'era ad essere rispettato e riverito da tutti, appena s'affacciasse fuori di casa sua a corso Trieste.

Poggioreale lo ha schiantato: strattonato e preso tutti i giorni a calci in culo da secondini e scippatori, è tornato a casa con venti chili di meno e un tumore in più dentro lo stomaco. È rimasto libero solo un paio di mesi, poi è morto. Da allora il figlio è diventato il meglio garantista. «E se è vero che smonta tutte le sentenze come un orologiaio, figurati a questa che gli deve avere fatto» dicono gli addetti ai lavori al bar del tribunale di Latina.

Io credo di no. Non sono d'accordo con tutto questo malanimo antiromano che pervade la città: non c'è pregiudizio, non c'è particolare accanimento. Lui s'è comportato – secondo me – esattamente come si comporta davanti a tutti i provvedimenti di restrizione della libertà e davanti a tutti i processi: ci vuole vedere chiaro, punto e basta. Il fatto che il nostro colonnello dei carabinieri – a cui la stampa ha dato tutto il merito di avere incastrato Giacinto – sia stato a suo tempo tenente al nucleo investigativo di Caserta e sia stato lui a sbattere in galera il padre, non vuole dire assolutamente nulla. Ma che scherziamo? Vuoi davvero che un giudice si faccia condizionare da queste cose?

Così Giacinto ha fatto Bingo. Il giudice del riesame lo ha rimesso in libertà, dopo appena venti giorni. Al tribunale di Latina schiumavano dalla rabbia: sentivi digrignare i denti dalla strada. Ha rimesso in libertà Giacinto e a loro ha mandato una sentenza di settanta pagine in cui li viviseziona, pezzetto per pezzetto. Gli dà proprio le bacchettate sulle dita:

«Orbene, i gravi indizi di colpevolezza, idonei a sostenere un provvedimento applicativo della cautelarità personale, debbono discendere dall'analisi e dal coordinamento finalistico, da condurre con l'ausilio di regole di comune esperienza operative come parametri interpretativi del noto rispetto al dimostrando, di circostanze fattuali, come tali somministrate al giudice da locutori di qualsivoglia categoria, tenendo presente l'applicazione di regole specifiche in tema di attendibilità riguardo a peculiari specie di parlanti, ovvero estratte da documenti rappresentativi di un fatto avvenuto o da altre fonti produttive di analogo sapere. La lettura dei singoli enunciati e lo studio della loro intertestualità, compiuti alla stregua dei principi-guida suindicati, aprono alle osservazioni che seguono.

L'intera architettura accusatoria inerente all'universo investigato gravita, come si è esposto sopra, intorno alle voci segniche sunnominate. L'unità di forza del pensiero motivante l'ipotesi dell'accusa, rappresentata dai segni indicati, deve essere sottoposta a penetrante analisi. I singoli passaggi della complessiva trama surriportata, attraverso un processo inferenziale di tipo retroduttivo, devono essere esaminati ricorrendo ai vasti e ben ordinati repertori di sapere descrittivo concernente gli usi della vita quotidiana e al buon senso, al sapere relativo alla logica delle azioni, che concreta la regola esperienziale dell'*id quod plerumque accidit*.

Non esiste narrazione priva di sintomi o indizi: il riformularsi costante del modo di procedere nelle azioni e nel disvelarsi progressivo dei personaggi, la parzialità dello sguardo mentale del narratore e le sue reticenze, fanno sì che un testo non si presenti mai come una superficie semanticamente omogenea. Tale realtà impone al giudice il compito di una scrupolosa archeologia della testualità fissata negli atti di indagine, per scavare tutti i percorsi interpretativi che il narratore, suo malgrado, offre, ancorché siano fortemente esposte soltanto porzioni di verità a scapito di altre. Il giudice deve sapere che ogni testo può consistere in una produzione di sintomi; il suo compito è quello di separare il concreto discorso dei sintomi (indizi) da quello, spesso assordante e suggestivo, delle "evidenze". Il disegno operativo dell'attività a cui è chiamato questo giudice del riesame implica l'analisi critica dei dati acquisiti cominciando dalle primitive fonti orali comparse nella indagine, che, per il P.M. prima, per il giudice della fase poi, proiettarono la maggiore significanza rappresentativa della colpevolezza del Sangiovanni Giacinto allo stato del procedimento.

Detti segni sono costituiti dalle voci di Proietti Carmine, di Muratori Astolfo, di Nardacci Anna, le quali si propongono, in considerazione della valenza significante dei loro enunciati, come voci protagoniste della scrittura dell'indagine che, allo stato, è pervenuta alla definizione di una latitudine operativa stretta attorno alla figura di Sangiovanni Giacinto. Tutte le altre e numerose voci comparse sulla scena dell'investigazione si accreditano, ancorché con qualche differenza, come componenti di un coro servente alla definizione del Sangiovanni, indagato, nella sua soggettività individuale e relazionale».

Secondo lui le ricostruzioni di Proietti e di Astolfo Muratori scandiscono l'inchiesta. Gli inquisitori le hanno prese per buone. Sono la «verità». E quando divergono dalle affermazioni di Giacinto dimostrano, evidentemente, «il mendacio» di questi. La sua ricostruzione storica – non essendo conciliabile con la «verità» raggiunta attraverso quei due – diviene per ciò stesso un pesante indizio di colpevolezza. Sempre secondo gli inquisitori.

Allora il giudice del riesame dice: «Rimettiamo in fila tutti i fatti, prendendo per buona ogni testimonianza». Ricostruiamo lo scenario del 25 febbraio 1996:

Loredana, dopo essere stata a messa con tutta la famiglia, raggiunge piazza Norbana.

Alle 12.30 circa, Loredana e Emanuele sono insieme nei giardini di Agora.

Alla stessa ora Giacinto incontra la coppia e saluta Emanuele.

Alle 13.00 Emanuele è nel bar Giovannino, e fa vedere ai presenti il nuovo telefono cellulare.

Alle 13.30 Loredana rientra a casa e pranza con i genitori, con il fratello Michele e la signora Felici Rosa.

Frattanto, alle 13.30, Giacinto contatta per telefono Emanuele a casa, comunicandogli che non parteciperà alla cena che questi ha organizzato in serata presso la sua abitazione, e a cui sono stati invitati Luigi Imperiali e Astolfo Muratori.

Alle 15.30 Loredana esce per raggiungere Agora Alta.

Emanuele, alle 16.00, telefona per averne notizie; il fratello Michele gli comunica che è già uscita.

Felici Rosa, ospite di casa Proietti fino alle ore 17.30 circa, smentisce la circostanza della telefonata pervenuta nel pomeriggio.

Alle 16.05 Loredana è nel bar Beautiful, in piazza Pozzo Magno. Effettua una telefonata con l'apparecchio pubblico. Il chiamato non risponde.

Alle 16.20 circa lascia il bar.

Verso le ore 16.00 comunque, viene vista da Gualdi Filiberto mentre, sul ponte di Silla, sta facendo l'autostop per Agora Alta.

Alle 17.30-17.45 Loredana e Emanuele, mano nella

mano, attraversano piazza Norbana dirigendosi verso via S. Tommaso.

Alle 18.00 circa Loredana è in piazza Norbana da sola, si dirige verso il tempio di Minerva.

Verso le 18.20 Proietti Michele – il fratello – e Buongiorno Patrizio si recano a casa di Emanuele per ritirare una cartuccia del Nintendo, ma Emanuele e Loredana non ci sono.

Dibenedetto Tommaso, alle ore 18.00-18.30, riceve la telefonata di De Simone Fortunata in Proietti, madre di Loredana, la quale gli domanda, con preoccupazione, se Emanuele e la figlia siano ad Agropoli (Sa). La De Simone non riferisce mai tale circostanza. (La sorella di questo Dibenedetto, però, dice che il fratello non è uno molto affidabile.)

Verso le 18.45 Loredana e Emanuele sono nel bar Giovannino. Lei indossa un giubbotto del tipo bomber di colore scuro.

Di Cave Marcello, l'orefice, vede e saluta i due alle ore 19.00. Li rivede alle 19.15. La prima volta stavano dirigendosi verso via S. Tommaso, la seconda volta verso il tempio di Minerva.

Alle 19.30-19.35 i due fidanzati sono tra via della Fortuna e via Garibaldi, nei pressi della macelleria; Emanuele maneggia il telefono cellulare come se stesse componendo un numero.

Emanuele telefona a casa di Astolfo Muratori verso le ore 20.00, ma questi si nega, e parla quindi con la madre.

«Questo è l'ultimo dato storico-informativo che ci consegna alle 20.00 del 25 febbraio 1996 Ferraro Emanuele e Proietti Loredana in vita.»

Ma allora, dice il giudice, se alle 19.35 lo hanno visto vicino alla macelleria, se alle 20.00 ha provato a contattare Astolfo Muratori parlando solo con la di lui madre – ma essendo evidentemente ancora in vita – e se alle 20.15 invece, poco prima che Proietti uscisse di casa, sua moglie ha telefonato a Emanuele senza ricevere risposta, «è logico e ragionevole ipotizzare che un duplice omicidio, dalla devastante connotazione come quello in esame, si sia consumato entro lo spazio di quei dieci o quindici minuti?»

E quando avrebbero cenato? Sul davanzale della finestra, in cucina, all'arrivo dei carabinieri c'era un cesto di vimini con dei mandarini dentro. Sul gocciolatoio del lavello due padelle ed una pentola di metallo, due piatti ed altri accessori tutti in ordine e lavati. Nel frigorifero due confezioni di tagliatelle fresche, due di gnocchi, un barattolo di piselli aperto ed una fettina di carne.

La morte di entrambi è avvenuta in fase di non completa digestione. Nello stomaco l'autopsia ha evidenziato residui di carne, piselli e mandarini per Emanuele, fettuccine al ragù e mandarini per Loredana. Quando avrebbero cenato, allora?

È vero che gli inquirenti – trascurando i riferimenti temporali riportati dal riesame – fissano l'arco del delitto tra le 20.00 e le 20.45. Ma ugualmente non si capisce come i due abbiano potuto preparare la cena, consumarla, lavare le stoviglie e sistemare ogni cosa. Questo orario non è compatibile con i dati acquisiti.

Alle 20.00 Emanuele è ancora in vita, se è vero che telefona a Astolfo Muratori. Alle 20.15 il suo numero viene chiamato dalla madre di Loredana, ma nessuno risponde. E se Proietti Carmine – tenuto conto dell'esito negativo dei contatti avuti a casa di Giacinto e al bar Giovannino, e del fatto che a casa di Emanuele, dove è già stato insieme al figlio, nessuno risponde – se Proietti alle 20.45 decide di andare in campagna a prendere la scala e la torcia a batterie, significa che era stato là intorno alle 20.30.

Ma il fatto che Emanuele sia ancora in vita alle 20.00 è connesso esclusivamente alla voce di Astolfo Muratori – «Una incerta, confusa e destrutturata parola evocativa» – e a quella di sua madre. Ogni loro dichiarazione contraddice l'altra.

Secondo Astolfo la madre di Loredana ha telefonato la

prima volta a casa sua «quando il film NOI SIAMO ANGE-LI stava cominciando». Secondo l'accertamento dei carabinieri presso la Rai, il film ha avuto inizio alle 20.57. Perché non parla con la madre di Loredana? Parlerà con lei solo la seconda volta, alle 22.30, riferendole di «non avere visto né sentito il Manuele né tanto meno Loredana». Perché – se è vero che ha parlato con lui alle 18.30 e quello, fino alle 20, lo ha richiamato altre due o tre volte – non la tranquillizza? Perché si fa negare sia a Emanuele che alla madre di Loredana? Perché si fa negare a Giacinto, quando questi viene sotto casa per avere notizie dei due ragazzi? Qual è il senso di questa condotta?

E se questo è il personaggio Astolfo Muratori, può essere la sua voce uno dei punti di forza su cui basare l'accusa contro Giacinto?

E finalmente il giudice del riesame dopo quaranta pagine – in cui riporta i passi salienti dei verbali, fa la storia delle indagini e compara il tutto ai principia del diritto – lancia l'affondo. Il suo obiettivo è Carmine Proietti.

Primo: se il padre di Loredana contatta il 112 alle 23.25, «e questo è l'unico dato storico incontrovertibile sul piano temporale», è quasi sicuro che lui, il figlio e Giacinto si siano introdotti nella casa di Emanuele tra le 23.00 e le 23.15 circa.

Secondo: le sue ricerche erano scattate alle 20.15, a soli quarantacinque minuti dall'orario consueto – le 19.30 – del rientro di Loredana. Un comportamento del genere è ragionevole? «Quale circostanza procura tale allarme in Proietti Carmine, tenuto conto che non è trascorsa neanche un'ora oltre quel termine?»

Ma ancora, perché la moglie alle 18.00, «prima che iniziasse 90° MINUTO», telefona a Dibenedetto Tommaso ad Agropoli dicendo di essere preoccupata per la figlia, che è uscita solo alle 15.30? Questo segmento rimane oscuro.

Terzo: i Proietti, padre e figlio, escono di casa. Il primo luogo che visitano è il bar Giovannino. Che ora era?

Secondo loro le 20.35. Secondo il barista Valenti Fabrizio, e secondo l'esercente ed altri testi, erano le 22.30. Il contrasto è netto e irrisolvibile. Ed ha un effetto trascinante «sulla globale definizione dello scenario e sulle azioni di ciascuno dei protagonisti».

Secondo Proietti Carmine, dopo il bar vanno a casa di Emanuele (il figlio invece dice che andarono prima a casa di Emanuele, e poi al bar e da Giacinto). Visto che in casa non c'è nessuno, chiedono ad una signora che abita nelle vicinanze. La signora è Valentini Riquinta. A che ora hanno bussato alla sua porta? Nella ricostruzione di Proietti, intorno alle 20.40. Lei dice: «non prima delle 23.00».

Vanno a casa di Giacinto. Parlano con la madre: lui non c'è. «A questo punto si erano fatte le ore 20.45 circa, non ricevendo nemmeno da mia moglie notizie, mi recavo presso la mia abitazione di campagna a prendere una scala di ferro lunga 6 metri, nonché una torcia a batterie» (Proietti Carmine).

I tre cittadini boemi Jarodzlav Irena, Jarodzlav Tomàš e Prochàzka Franz dicono – in termini di assoluta coesione e convergenza narrativa – che alle 20.30 hanno cominciato a sentire urla, grida di una donna e il pianto di un bambino. Per trenta minuti. Fino alle 21.00, quando è tornato il silenzio. Dopo diverse ore i coniugi Jarodzlav vedono i carabinieri entrare proprio nell'appartamento prospiciente il loro, da dove erano provenute quelle urla e quel pianto di bambino. «L'aggregazione dei dati informativi traccia un percorso alternativo e disarticola alle fondamenta l'impianto ricostruttivo elevato sulle informazioni rese dai Proietti per quanto afferisce i tempi delle loro azioni». Ma non basta.

Proietti torna con la scala. Va su lui. Manda il figlio. Guardano con la torcia. Se è tanto preoccupato – fino al punto di essere andato in campagna a prendere la scala – perché non entra subito rompendo lui il vetro? «Cosa oppure chi aspetta sotto la abitazione di Emanuele con la scala appoggiata alla parete? Pare effettivamente adottarsi, da parte sua, una oggettiva regìa della discoperta».

E difatti arriva Giacinto. Che sembra profilarsi – sempre secondo il giudice – come inconsapevole ma opportuno e pertinente attore.

Fanno salire anche lui. Gli chiedono di altri amici. Fa il nome di Astolfo Muratori. Proietti lo manda là e ritelefona alla moglie: «Dopo alcuni minuti mia moglie mi chiamava sul cellulare riferendomi di aver saputo che Astolfo Muratori non si era visto con Emanuele». E questa informazione la moglie la riceve nella seconda telefonata a Astolfo Muratori: alle 22.30. Dopo avverranno l'effrazione e l'ingresso.

Non è verosimile che dalle 20.15 – quando Proietti dice di avere lasciato la sua abitazione per cercare la figlia – ad oltre le 22.30, non penetri in casa di Emanuele «oppure, condotta più adeguata al normale svolgimento delle umane azioni (l'*id quod plerumque accidit*), non segnali il fatto ai carabinieri, peraltro proprio lui che è un maresciallo dell'Arma in congedo». Se questo non è avvenuto è per un solo motivo: i tempi dell'azione non sono quelli esposti.

Il racconto su quanto accade all'interno della casa di Emanuele – una volta che sono entrati – non ha rilevante significanza. Anche se non si capisce «come Proietti Carmine, già maresciallo dei carabinieri in servizio presso il nucleo operativo di Frascati, davanti all'evidenza della sede dei colpi mortali inferti a Ferraro Emanuele, possa avere pensato e asserito il suicidio di quest'ultimo».

Il giudice del riesame batte quasi esclusivamente sui tempi. Quelli di Giacinto gli sembrano corretti.

Alle 17.00 la madre lo chiama per il tè. Torna nello studio fino alle 19.30 circa, quando risale a prendere il necessario per la doccia. Dalle 19.30 alle 21.00 è al piano inferiore. Fa una doccia che dura un'ora. Poi cena con la madre. Alle 21.30 esce. Va al bar Giovannino dove tutti stanno vedendo una partita di calcio. Non gli interessa e torna nello studio.

Alle 22.30 circa rivà sopra. La madre gli dice che è venuto il padre di Loredana a cercare preoccupato la figlia, «senza la scala dei pompieri sulla macchina». Lui prova a chiamare Emanuele e poi torna al bar Giovannino, per raccogliere notizie utili. Vi giunge alle 23.00 circa. E questo è confermato da diversi testimoni. Non solo Valenti Fabrizio – il barista – e l'esercente. Ma anche altri.

Salvini Vittorio: «Mi ricordo che verso le ore 23.00 il Giacinto Sangiovanni è entrato nel bar ed è andato verso il bancone. Mi ricordo di aver sentito che Giacinto chiedeva a Fabrizio se aveva visto Emanuele e Loredana... presenti nel bar c'erano Giulio Vona che giocava a dama con me e forse Francesco Celentano».

L'importanza di tali conferme, secondo il giudice, va ben oltre il significato immediato. A questo fatto vanno correlati tutti gli altri: Valentini Riquinta, i tre boemi, il contatto telefonico della madre di Loredana con Astolfo Muratori alle 22.30, il racconto di Valenti Fabrizio sulla visita al bar di Proietti-figlio alle 22.30 circa. Ma soprattutto coinvolge e dà forza alla parola di Nardacci Anna, la madre di Giacinto, che ha sempre detto che i Proietti si sono presentati a casa sua poco dopo il termine della trasmissione ELISIR su RAI 3.

Questa – dice il giudice – attiva la sua memoria riconnettendo l'evento a un preciso programma televisivo. Così come fa Astolfo Muratori, con l'inizio del film NOI SIAMO ANGELI, su RAI1. E Dibenedetto Tommaso, che evoca 90° MINUTO per la telefonata delle 18.00 da parte della signora Proietti. E Remiddi Luigi, che ricorda di avere visto Giacinto alle 22.20 collegandolo alla partita di calcio serale. E tanti altri. «Perché ciascuno dei suddetti dichiaranti dovrebbe essere credibile e non dovrebbe esserlo Nardacci Anna?»

E qui il giudice fa una considerazione affascinante, che – giuro – non avevo fatto nemmeno io: «Le uniche certezze cronologiche e la vita stessa dell'indagine sono quel-

le ancorate alla televisione ed ai tempi da questa scanditi».
Manco Ferrarotti. Nemmeno McLuhan.

ELISIR è andata in onda verso le 20.40. È terminata tra le
22.20 e le 22.25, prima del telegiornale delle 22.30. «È un riferimento temporale oggettivo e indiscutibile». Coerente con
tutti gli altri. È a quest'ora, quindi, che i Proietti sono arrivati a casa di Giacinto. Se si accettasse invece l'ora accredi-
tata dall'accusa – le 20.45 – diventerebbe incomprensibile
come la scansione degli eventi possa protrarsi fino alle ore
23.00-23.10 circa, in cui finalmente si decide di entrare nella casa di Emanuele.

E col padre ha finito.

Ma tutta l'inchiesta – sembra dire il giudice – è stata condotta fin qui a senso unico: solo contro Giacinto. Così non
va. Dovete cercare in tutte le altre direzioni. Luigi Imperiali, per esempio. Indagate di più. È certo che Emanuele «non
ci voleva più avere a che fare» (ma lo dice Astolfo Muratori,
che stavolta evidentemente è ritenuto affidabile anche dal
riesame). Lui continuava a cercarlo insistentemente. C'è stato anche un alterco. Lo ha preso per un braccio e lo ha sbattuto sulla scala a chiocciola. «Sullo sfondo del rapporto tra
Emanuele e Luigi Imperiali c'è il consumo di cocaina e uno
stato di paura di Emanuele stesso... Questo è un fatto storico la cui effettività fenomenica è confermata anche dal Sangiovanni Giacinto e da altri locutori».

Invece non è un fatto storico – ma un affastellamento di
congetture basate sul sentito dire – che Giacinto sia uno spacciatore di cocaina. Non c'è alcun soggetto, dedito al consumo di stupefacenti, che asserisca di averne acquistati da
lui. Eppure si tratta di un piccolo centro abitato, in cui tutti si conoscono e la cui ampiezza non impedisce – anzi! – il
controllo e l'intelligence della polizia giudiziaria: «È possibile che il Giacinto, noto spacciatore di cocaina in Agora, non sia mai caduto sotto l'attività informativa degli or-
gani operativi?»

E dopo una settantina di pagine – come detto – il giudice del riesame trae le conclusioni: «La verità scritta negli atti, allo stato, non può fondare il giudizio storico di rilevante probabilità di colpevolezza del Sangiovanni Giacinto. Pertanto se ne ordina la scarcerazione».

## 5

Giacinto torna a casa da trionfatore, con il paese che lo accoglie in festa e tutti che lo salutano per strada. I primi venti giorni sono addirittura frenetici. I suoi avvocati – padre e figlio – fanno fatica a reggerlo. Gli vogliono quasi – subito dopo tolte dai carabinieri – rimettere loro le catene.

L'avvocato-padre è una volpe di montagna. Sa tutti i cavilli, sa come infilarsi tra le leggi e sa trattare con la gente. Parla in dialetto, fa le battute, passa i pomeriggi al bar, a giocare a carte coi pecorai e contadini. Il figlio è tutto azzimato e non ci si riesce a scambiare una parola: «*Ncapisce ncazzo*», dicono gli agoresi, «*e se crede tutto isso*».

Lo scongiurano comunque – Giacinto, non l'avvocato-figlio – di cucirsi la bocca con lo spago. Ma lui per venti giorni non fa che camminare attorniato da giornalisti, fotografi e telecamere. Rilascia interviste a tutti – pure a quelli che non gliele chiedono – e quando dopo venti giorni passa la buriana, è lui per mesi a continuare a mettere in croce la gente dei media. Li chiama a casa mattina e sera – periodicamente – per avere informazioni sugli sviluppi delle indagini e rilasciare dichiarazioni.

Perché non ha dato retta ai suoi avvocati? «*Nt'è 'bbastato d'èssete 'mbicciato l'ara vota? E fatte j'affari te'!*» gli ha detto la volpe di montagna. Ma lui niente, non è buono a starsene da parte.

«È elementare», direbbe Sommacampagna: «Uno che ha vissuto una situazione di abbandono, vuole poi che non si crogioli, quando tutti lo cercano e gli danno attenzione? Ma quello farebbe pure carte false» e lo stesso vale per l'inizio – forse – quando andava a fare la mascotte dei carabinieri. Magari pure quando è salito sulla scala: «*Ce penzi jé*». Comunque vadano le cose, quello è uno che non imparerà mai a farsi i fatti suoi.

Così sta al bar. Sempre a parlare del delitto. Con tutti quanti. Pure coi ragazzini. Rievoca gli episodi passo passo. Mima e fa tutti i gesti di come s'arrampicava sui pioli della scala di Proietti e di come toglieva i pezzi di vetro dalla finestra. Fa tutte le congetture, le illazioni, i sospetti. E parla sempre male del padre di Loredana.

Adesso tutti lo salutano e gli vogliono bene. Non può fare un passo senza che un vecchietto lo chiami da lontano: «*Giacììì!*», quando prima invece non lo poteva vedere nessuno.

Il fatto è che tutto il paese è convinto che sia stato il padre. Ma da subito. Ben prima che la buttasse là, tra una parola e l'altra, il giudice del riesame. Quello garantista. «*Vox populi vox Dei*». O come dicono ad Agora: «*Voce de popolo, voce de Ddio*».

Non sarà vero, ma per loro sì. Ed anche in fabbrica – quando cominciava a circolare una voce, pure la più strampalata – la gente era disposta a giurarci sopra. Il susseguirsi degli eventi poteva poi anche rivelarla completamente falsa, ma a distanza di anni se ne usciva sempre qualcuno: «Però in fondo non doveva essere tutta inventata. L'avranno pure caricata e pompata, ma quando esce una voce, un fondo di verità ci sta sempre. Mica nasce dal nulla». Pure i dirigenti ed impiegati, laureati e diplomati.

Bloch ci ha scritto un libro, su come nascono le false notizie. Ma è un dato di fatto: se una cosa diventa voce di popolo – vera o falsa che sia – non la schioda più nessuno, nemmeno con le tenaglie. La gente non cerca la verità, cerca quello che le piace. Io non so che dire. Le voci di popolo non mi convincono. Però m'affascinano. Poi non so.

Tutto il paese, quindi, fin dal primo giorno aveva detto che era stato il padre. Non erano sussurri: erano grida. Non un venticello, ma una tramontana; che ogni giorno che passava non solo non calava, ma s'aggiungeva di elementi, di sospetti, di certezze.

Certezze della "gente" – naturalmente – di cui alcune destituite in toto d'ogni fondamento. Altre senza capo né coda e tutte per "sentito dire": senza lo straccio d'un testimone, senza qualcuno che avesse sentito le cose «*colle recchie se'*». Ma la tramontana era divenuta un tornado.

Il primo dato certo – a parte gli orari, la scala di ferro, e tutte le altre cose che ha messe nero su bianco il giudice del riesame – è che il padre non ha fatto una lagrima: «*T'accìdono figlieta e tu 'mmanco piagni?*»

Agora è un paese in cui ai funerali la gente è abituata a piangere per davvero. Fino a qualche anno addietro c'erano proprio le "piagnone" a pagamento. Era un mestiere che si tramandava di madre in figlia. Strillavano, piangevano e davano il *la* a tutto il coro. La famiglia del morto le andava a chiamare e le assoldava per la nottata di veglia e per tutta la cerimonia religiosa, fino al trasporto al cimitero e al rinfresco che veniva offerto al ritorno.

Un funerale senza un folto stuolo di lamentanti era un disonore: «*E 'cche s'à morto, 'ane?*». C'erano pure quelle capaci di farsi venire gli svenimenti, e non è da dire che i lamenti fossero esclusivamente mercenari. In un piccolo paese non solo tutti conoscono tutti quanti, ma per certi versi tutti sono anche imparentati con tutti gli altri, pure se alla lontana. La partecipazione al dolore è comunque un fatto culturale – se t'hanno insegnato a soffrire, puoi soffrire sinceramente anche per i guai degli altri, non solo per i tuoi – e anch'io sono così.

«Ma in lei è il complesso di Atlante», dice Sommacampagna: «O meglio, in lei il complesso di Atlante non è che una sublimazione esibizionistica di un narcisismo parossistico».

Io piango a tutti i funerali, anche a quelli dove non conoscevo il morto. Fino a qualche anno fa partecipavo a tutti: compagni di fabbrica, parenti dei compagni di fabbrica stretti e meno stretti, parenti dei compagni di partito e sindacato, parenti miei dispersi dell'Umbria e del Veneto, parenti di mia moglie, parenti dei parenti. E il più delle volte portavo la cassa. Una volta mi sono lussato una spalla, per trasferire giù una bara dal quinto piano. Ascensore stretto, scale risicate che non si riusciva a svoltare i pianerottoli. Abbiamo dovuto metterla in piedi per tutti i cinque piani, e su una rampa c'è pure scivolata. A quel funerale ci sono state più bestemmie che preghiere. Ce l'abbiamo infine fatta, ma se non ci avesse tallonato scalino per scalino la povera vedova, lo avremmo buttato certamente giù da una finestra, il morto. Tutte le volte comunque che sto là, mi metto a piangere. Specie in chiesa quando cantano *Alleluja*, o quando si esce fuori e tutti vanno a condogliare i parenti del defunto, che magari fino allora erano riusciti a contenersi, ma appena la gente li abbraccia commossa – «Fatti coraggio» – si fanno subito in quattro, a piangere e strillare. E appena li vedo, scoppio pure io.

Credo che ciò avvenga perché ogni funerale mi ricorda i miei, e non nel senso di quello che mi aspetta, di quello cioè che prima o poi verrà fatto a me. Anzi, sicuramente c'è pure lui; ma soprattutto nel senso di quelli che mi hanno toccato più da vicino, quelli in cui il dolore m'è entrato per bifurcum.

«No», dice Sommacampagna: «A lei è il narcisismo. Non sopporta di non essere al centro dell'attenzione e si mette a piangere per richiamarla. Lei, oserei dire, è geloso del morto» (io questo però non lo sopporto più; prima o poi ripiglio il Fiat 850 Sport Coupé bianco con la striscia rossa cattiva e i doppi fari davanti, e lo ficco sotto; poi scendo, lo tiro fuori e lo riempio di calci nei fianchi).

«Ma io piango pure al cinema», gli ho comunque detto, «alle scene commoventi». Piango quando sento suonare l'*Internazionale* e gli Inti-Illimani, o *Fratelli d'Italia* alle Olimpiadi quando sale la bandiera per qualche medaglia d'oro. Ho pianto pure – ma questo l'ho già scritto da un'altra parte – quando perdemmo la finale di Coppa dei campioni contro il Liverpool al Circo Massimo (non nel senso che la finale si giocasse lì: la partita era all'Olimpico, ma noi vivemmo la tragedia sotto il videoschermo al Circo Massimo, per l'appunto).

Tutte le volte che mi capita di rivedere *Rocky* – il primo, sia chiaro; un capolavoro assoluto, intuizione lirica pura – quando, arrivati alla fine, lui da sopra il ring si mette a chiamare a squarciagola: «Adrianaaa, Adrianaaa!», io mi rimetto a piangere. Lo debbo chiedere a Sommacampagna: Che sono, per caso, geloso di Adriana?

Ad Agora quindi sono abituati a vedere piangere – e piangere davvero, mica solo qualche lagrimuccia – anche nel caso il morto abbia novant'anni e sia stato, in vita, il peggior figlio di puttana. Figuriamoci un giovane. Quando – «*Dio ce scampi*» – ce n'è uno per qualche incidente stradale, gli strilli salgono al cielo, ti strappano l'anima. La gente in chiesa sviene e la madre è affranta; a ogni passo la debbono sorreggere in due e a ogni passo si slancia sulla bara, strillando: «*Jèsu!*» oppure «*Figlio! Figlio me'!*». Le sorelle, le amiche, le donne tutte, si strappano i capelli a ciocche.

La famiglia Proietti no.

Non hanno strillato, non hanno pianto. Solo in chiesa si sono lamentati un po' la madre ed il fratello. Ma pianto appena. Il padre neanche una lagrima e i capelli se li sono strappati le compagne di scuola della povera Loredana. Ma loro no.

Solo al cimitero – quando l'avevano già infilata dentro il fornetto e stavano per murare la lapide – «*la madre à fat-*

*to vede' de ittasse 'n gima alla cassa*». Questo è ciò che dice il paese, ed è per questo che ha formulato la sua condanna.

A me, tutto sommato, pure questo sembrerebbe abbastanza poco. Ho conosciuto decine di persone che non hanno fatto una lagrima in vita loro. Sono sempre rimasti impassibili, di fronte a qualunque legnata gli desse la vita. Impassibili per quanto potessero vedere gli altri. Dall'esterno. Anche mio padre non ha mai fatto una lagrima. Ma dentro scorrevano fiumi. Non si può mai dire. Che ne sai tu di un campo di grano?

Dicono che il maresciallo Proietti sia un violento. È alto. Quasi un metro e novanta. Asciutto. Capelli bianchi. Braccia e mani come rami di quercia. Taciturno. Fa vita a sé. Anche da ragazzino, a scuola, stava quasi sempre appartato. Non proprio asociale: aveva le sue compagnie e le frequentava, ma non parlava, stava ad ascoltare. Anche nei giochi e nei movimenti non si lasciava quasi mai andare, ma se proprio lo facevano incazzare diventava una bestia; uno glielo dovettero proprio levare dalle mani in prima media, se no lo strozzava.

Pare che tutta la famiglia fosse così: un po' violenta. Il padre – un'ottantina d'anni, all'epoca – una quindicina d'anni prima ebbe una lite con un vicino, per un confine di proprietà che, durante il periodico riscavo di pulizia di un fosso, si sarebbe all'improvviso spostato. Dalle parole – che anche il vecchio ne ha sempre fatte poche in casa, e ha sempre comandato tutti quanti a bacchetta con un solo gesto – dalle parole erano passati ai fatti e il vecchio Proietti era corso a prendere la mazzetta. Gli aveva dato dodici martellate in testa. Per risarcirlo ed avere pace, dovettero vendere cinquemila metri quadri di uliveto.

Pare inoltre che il maresciallo – già in congedo, come detto – pochi mesi prima che succedesse il fattaccio di Emanuele e Loredana, stesse facendo la fila alla posta col libretto pronto in mano per riscuotere. Nei giorni di paga della pen-

sione allora – adesso coi bancomat non so – le file agli uffici postali erano lunghe: tutti vecchietti doloranti, che aspet-
tavano pazientemente il loro turno. A un certo punto quel
giorno è arrivato un prepensionato giovane – massimo cinquant'anni, quasi come Proietti – che ha cominciato a fare
storie: «La fila è troppo lunga. Scusate ma ciò fretta» e si è
messo avanti a tutti. Dicono che Proietti sia scattato come
una molla: «*J'è 'ttrippato de botte. C'è rutto l'ossa. E quando chiglio à ito pe' tera, isso continuéva ancora. J'è struppiato*». Per me
aveva ragione. Avrei fatto lo stesso.

Dicono che la moglie a casa non fiatasse: «*Era 'na pèco: si
qua' vota parléva, tiréva pure a essa*» (Era una pecora. Se qualche volta parlava, menava pure lei). Ma qui le voci discor-
dano, taluni sostengono che non sia vero. Non avrebbe avuto l'abitudine di alzare le mani in casa e nessuno li avrebbe
mai sentiti litigare.

Altri dicono di sì: «*Qua' vota*» (Qualche volta). Ma tutti convengono che la moglie fosse di ancor meno parole di
lui, e totalmente soggetta alla sua autorità.

«*È perché ci vò troppo 'bbe'*», secondo alcuni.

«*No*» per altri: «*È perché jo' marito è propia no' padre padrone*».

Qualcuno dice di avere sentito litigare – da casa loro – sia
a ora di pranzo, quella famosa domenica, sia la sera prima,
di sabato. Ma non c'è conferma.

Dicono che sia andato in pensione così presto perché ce
lo hanno costretto loro, i carabinieri: «*Era 'no violento pure
'lloco. Tiréva troppo*» (menava). Per altri invece lo hanno costretto perché era in lite col fratello – per questioni di interesse – e pure lì avrebbe alzato le mani.

I carabinieri smentiscono: «È andato in pensione spontaneamente perché aveva maturato il massimo dei contri-
buti». E mostrano il foglio matricolare: «Mai avuto niente
da lamentarci. Ha prestato servizio al Nucleo operativo di
Frascati e in ultimo al Comando stazione della Magliana a
Roma. Ha ricevuto quattro encomi».

Il paese dice però che gli ultimi quindici anni li abbia fatti in forza ai servizi segreti. A Frascati si sarebbe occupato del caso Cerchia, il maresciallo dell'aeronautica esperto di radar, sparito nel nulla ai tempi della guerra nel Golfo; forse rapito dagli iracheni, a cui l'Italia aveva venduto servizi d'arma senza poi dargli gli esperti in grado di farli funzionare. E loro se li sarebbero presi da soli. Gli esperti.

Avrebbe avuto anche a che fare con la banda della Magliana e con l'omicidio Pecorelli: narcotraffico, Andreotti e Vitalone, traffico d'armi. Ci avrebbe avuto a che fare nel senso di indagini, naturalmente. O operazioni dei Servizi.

I carabinieri smentiscono nel modo più assoluto. E più i carabinieri smentiscono, più il paese ci crede. Nei giorni immediatamente successivi al delitto erano state viste ad Agora quattro macchine dei servizi segreti e agenti che andavano in giro a fare domande dappertutto. Agenti segreti.

«Ma come fate a sapere che fossero dei Servizi», ho chiesto, «e non invece poliziotti o carabinieri in borghese?»

«*Ci lo simo domannato*».

«E loro ve lo hanno detto?»

«*Sìne. A' ito Gianfranco la guardia, e cià petuti* (chiesti) *i documenti. E issi ciào fatto vede' jo' tesserino*». Begli agenti segreti.

Dicono pure che dopo qualche giorno i Servizi sarebbero andati in Questura e avrebbero sequestrato tutti i dischetti dei computer. «Ma sono chiacchiere di paese», secondo i carabinieri.

Per loro – gli agoresi – Proietti è stato nei Servizi e di cadaveri ne deve avere visti tanti. Deve essere uno esperto, uno di sangue freddo: «*E uno de chiji 'nz'è 'ccorto ca chiglio 'nz'jéva 'mmazzato sulo? A' stato isso. E doppo è fatta la scena de tutto*» (E uno così non s'accorge che quello non s'era suicidato? È stato lui. E dopo ha inscenato tutto).

Ma come può essere che un padre ammazzi una figlia?

«Può essere, può essere», dice Sommacampagna.

Ma l'hai messa al mondo, l'hai tirata su, le davi il biberon di notte, quando si svegliava. L'hai cullata, l'hai tenuta in braccio, l'hai aiutata a fare i compiti e a imparare a scrivere. La portavi alle feste di paese, tenendola per mano in mezzo alla gente; le compravi i bambolotti alle bancarelle, facevi finta di bere il tè nelle sue tazzine. E poi le hai pagato le gite scolastiche, l'hai mandata in Grecia, in Francia. E quando è tornata tutta contenta – dopo una settimana che non la vedevi – appena è sbucata dal pullman ti sono uscite le lagrime. E poi l'ammazzi? E magari solo il giorno prima t'aveva preparato il caffè, te lo aveva portato smorfiosa in poltrona. E tu l'ammazzi? Altro che Saturno.

«Può essere, può essere», ripete Sommacampagna: «E quanto più l'hai amata, tanto più può proprio essere».

Per milioni di anni il *pater familias* è stato un padre padrone. Padrone e signore di vita e di morte, quando stavamo nelle giungle. Quando stavamo nell'orda. È da questo primo istituto – dal pater familias – che abbiamo potuto poi costruire la rete intera di relazioni, obblighi e diritti che hanno reso possibile la civilizzazione. È così che ogni uomo ha smesso – almeno in parte – di scannarsi con tutti gli altri. Dapprima con l'alleanza tra singole famiglie, poi tra tribù e società sempre più allargate, fino ai tentativi di governo mondiale. Non ci sarebbe l'Onu, se non ci fosse stato il pater familias.

L'intera famiglia gli stava soggetta e i figli non avevano valenze solo affettive, non erano meri oggetti d'amore. Anzi, erano oggetti d'amore perché avevano valenze economico-sociali. Più una famiglia era numerosa, più era forte e riusciva ad assicurarsi la sopravvivenza. Le figlie femmine erano una particolare benedizione: fattrici, producevano altri figli e altra ricchezza. «Merci di scambio dal valore incalcolabile», dice Carlo Marx.

Era il padre che le vendeva in matrimonio. Chi le prendeva doveva pagarle con la dote – beni e bestiame – e ad ogni matrimonio faceva soprattutto seguito un nuovo patto d'alleanza con altri gruppi familiari, ampliando le pos-

sibilità della famiglia di fare fronte ai pericoli e alle eve-
nienze future. Una figlia era un bene da amministrare con
oculatezza e guai al padre che lo sprecasse: avrebbe messo
in pericolo la vita dell'intero nucleo. E, di converso, della
comunità. Il ruolo del padre era chiaro per tutti. I suoi diritti erano allo stesso tempo i suoi tirannici doveri.

Il console Tito Manlio Torquato – lo stesso che aveva avuto a che dire davanti al Campidoglio con il povero Lucio
Annio di Sezze: «*Num iste a Setia Romam ad imperandum venit?*» – stava guidando le legioni in battaglia contro i Tusco-
lani. Prima di partire aveva ordinato: «Nessuno si muova
senza il mio ordine. Nessuno ingaggi battaglia isolatamente» perché era un po' di tempo che prima di ogni scontro,
quando gli eserciti erano già schierati, ogni tanto qualcuno
usciva fuori a sfidare isolatamente qualcun altro in duelli
che finivano per ritardare l'assalto e il piano delle operazioni. «Se qualcuno parte senza il mio ordine», concluse quindi il console, «sarà condannato a morte».

Ma mentre stavano schierati e poco prima che lui desse il segnale alle trombe, dalle file nemiche saltò fuori un
guerriero. E cominciò a strillare: «Sotto il più forte! Si batta
con me». Tutti fermi. Nessuno rispose. E quello andò avanti
per un pezzo: «Vigliacchi! Non c'è un uomo tra i romani?»

Nelle prime file c'era pure il figlio del console, semplice legionario, ma sangue caldo. Figlio del padre. Per un
po' ha retto, ma all'ennesimo «Vigliacchi!» è uscito fuori
con la spada in mano: «Vieni qui!» gli ha fatto, ed ha in-
gaggiato il duello e poi lo ha ucciso. Tutte le legioni hanno
urlato di gioia, si sono scagliate all'assalto ed hanno sba-
ragliato il nemico. Dopo lo scontro hanno festeggiato la
vittoria, congratulandosi tutti col figlio del console, pro-
de duellante e virtuale vincitore dell'intera battaglia. Ma
il padre ha dovuto ordinare l'adunata. Ha abbracciato il
figlio e s'è congratulato: «Eroe». Poi ha pianto e lo ha condannato a morte, facendo subito eseguire la sentenza dai

littori, mentre tutti intorno imploravano clemenza. Ma lui niente: «Chi disobbedisce al console di Roma deve morire pure se è suo figlio. Anzi, di più». E così è, perché senza disciplina ci sarebbe stato solo un gran casino e Roma non sarebbe mai stata Roma, almeno secondo Tito Livio. Non si sa però se anche questa volta Tito Manlio abbia detto: «*Nunc filius patrem ad imperandum venit?* E sì, mo' vengono i figli a comandare ai padri? Staccategli la capoccia».

Dal ruolo del pater familias derivava – come in effetti è derivata, e lo verifichiamo oggi – la sopravvivenza della specie e della civiltà umana. È un dato di fatto che risale solo a ieri – se si calcola l'intera nostra storia; anzi, a soli cinque minuti fa – e continua a permeare gli strati profondi del nostro cervello, i cromosomi e le emozioni, insieme a tutte le credenze che abbiamo assimilato inconsciamente.

Sommacampagna: «Un padre può facilmente ricadere nella intricatissima rete dei diritti e dei doveri del padre padrone, molto più facilmente di quanto si creda. Se si apre un conflitto grave tra lui e un figlio o peggio ancora la figlia – un conflitto grave dal punto di vista ossessivo – e se la figlia mette in atto comportamenti che lui considera deviati, può arrivare a pensare che lei pregiudichi lo stesso essere dell'intera famiglia, in ogni suo singolo componente. E può arrivare a ucciderla. È una questione, in lui, di legittima difesa; non solo sua e della famiglia, ma del dovere. Verso Dio e verso gli uomini».

La povera Loredana avrebbe confidato a Emanuele di avere subito da piccola violenze sessuali in famiglia, forse dal nonno. Lo dice Giacinto, che lo avrebbe saputo da Emanuele. Ma lo riporta anche un'altra amica. Qualcuno aggiunge: «Non dal nonno, dal padre». Un investigatore dice che nel corso delle indagini e negli oltre duecento interrogatori, ci sarebbero state altre quattro ragazze di Agora che avrebbero rivelato di avere subito nella loro infanzia violenze sessuali in famiglia: «Che vuol dire, secondo lei: che ad Agora tutti i padri si scopano le figlie?»

«Be'...» ho fatto io.

«No. Vuol dire che ai giovani piace raccontare un po' di palle. Tutto qua. E queste, poi, debbono giustificare il fatto che hanno, così giovani, rapporti sessuali completi coi loro coetanei. E lo giustificano così: m'hanno già deflorata da piccola».

Sarà. Ma pare che oltre il 20 per cento – sono dati Istat – dei gruppi familiari italiani, siano interessati da fenomeni di tipo incestuoso. E una percentuale che sta tra il 20 e il 25 per cento delle donne di tutta Europa ha subito e subisce, in ambito familiare, relazioni più o meno gravi, di tipo sempre incestuoso. Almeno una su cinque.

«È che attraverso il sesso» dice Sommacampagna, «passa l'affermazione del possesso. È come un cippo di confine, un marchio di proprietà. E lei dovrebbe sapere, dalle sue parti, quanti omicidi per un cippo di confine spostato arbitrariamente...»

«Vero», dice il Penalista. E ride contento: «Non gliel'ho sempre detto anch'io, che le peggiori nefandezze nascono dentro le famiglie? I più le governano, bene o male; ma la famiglia è un covo continuo di repressioni e infamità: tutti i genitori non fanno che soffocare gli istinti e la sessualità dei figli. E tutti i figli non fanno che odiare la sessualità tra i genitori: vorrebbero scoparli loro, e quindi sognano di ucciderli».

«Di nuovo Saturno?» ho fatto io.

«Dia retta a me: i più reprimono, ma tutti i peggio crimini nascono da lì, dalla famiglia».

Dicono che una ventina di giorni dopo il funerale, i coniugi Proietti siano dovuti andare in Comune agli uffici funerari – «*dagli cassamortari*» – per l'acquisto del fornetto.

C'era folla ed erano appena due giorni che avevano scarcerato Giacinto. Allora la gente ha fatto finta di essere solidale con loro e qualcuno ha detto: «*Certo ca tè da èsse brutto, ì 'n giro e vedesse dennanzi l'assassino de figlieta... Che pinzi de fa', Proie'?*» (Dev'essere brutto andare in giro e trovarsi di fronte l'assassino di tua figlia. Che pensi di fare?).

«*Gnente*», avrebbe risposto Proietti: «*Fìema la so' sistema-ta jé. Sta 'bbe' do' sta*».

La moglie invece ha cominciato a strillare: «*Jèsu! Las-sàteci pèrde! Non ve 'bbasta chello che cià succèso?*». E s'è messa a tirare il marito per portarselo via, continuando a gridare all'indirizzo di Giacinto: «*Pòzza mori' scannato comme figliema!*»

Lui – mentre andavano via – lo hanno sentito dire trasognato, come in trance: «*Sta 'bbe' do' sta... Ca sennò chisà che fine me fecéva*».

Ma sono voci di paese da prendere con le molle. Come quella che Emanuele le avesse fatto fare qualche marchetta. Ce ne sarebbe traccia nei documenti, se fosse vera. Invece è falsa. È che la gente – quando si mette a chiacchierare dentro i bar o dal barbiere – sa dove comincia, ma non sa mai dove finisce. Ognuno vuole avere l'ultima parola e aggiunge sempre qualcosa, per non far vedere che ne sa meno degli altri. Così ti escono dalla bocca cose a cui non avevi nemmeno mai pensato. Ma gli altri le prendono per vere e si mettono a raccontarle anche loro. Così dopo qualche giorno – quando qualcun altro viene a riraccontarle a te – tu pensi solo: «Ah, ma allora ci avevo azzeccato».

I carabinieri giurano che Proietti è pulito: «Non è stato lui. È stato Giacinto». Il colonnello dice che la notte stessa – appena gli avevano telefonato dell'omicidio, riferendo che i cadaveri li aveva trovati il padre – pure lui aveva subito pensato che fosse stato Proietti, pure se era un maresciallo dell'Arma. E aveva ordinato subito, per telefono, ancora prima di vestirsi e andare là: «Attenti al padre. Non lo mollate un attimo!». È stato il suo primo sospettato. «Ma abbiamo guardato dappertutto», dice, «ci siamo infilati in ogni piega. Dia retta a me: è innocente».

Dicono che i carabinieri lo proteggano perché era uno di loro. Oppure perché era dei Servizi, deve sapere qualcosa di grosso e li ricatta: «Se mi mettete dentro, parlo».

In paese dicono che non è vero che la figlia tornasse sempre alle sette e mezzo di sera. Tornava quando voleva. E gli rispondeva. Erano un po' di mesi – da quando s'era messa con Emanuele – che gli ribatteva colpo su colpo. Dopo una vita che era sempre stata zitta e con tutta la famiglia che zitta continuava a stare, appena lui apriva bocca lei gli saltava addosso e si metteva strillare. Lei a lui.

Dicono che probabilmente, quella sera, lei aveva annunciato che non tornava. Magari s'era inventata che dovevano andare a Agropoli e lui le aveva detto: «No. Alle sette e mezza a casa!»

Ma lei manco per idea. Probabilmente voleva stare pure lei alla cenetta con gli amici. Cena per modo dire.

E lui – o lui e la moglie – a una cert'ora deve essere andato là: «Vieni a casa!»

«No».

Deve essersi incazzato, debbono avere cominciato a litigare. Emanuele lo hanno mandato al piano di sopra, per non assistere. Deve esserci andato remissivo: quello era il padre della ragazza, in fin dei conti.

A un certo punto, di fronte all'arroganza della figlia, Proietti deve avere perso il lume della ragione: «Adesso ti faccio vedere io», ha preso il coltellaccio e è andato sopra. Forse voleva solo mettere paura: non faceva sul serio. Ma la nuvola rossa gli è calata addosso, e ha fatto il servizio al ragazzo della figlia.

Lei magari stava ancora giù – trattenuta dalla madre – mentre andava a tutto volume quel cavolo di registratore. Poi non li ha visti scendere o ha sentito qualche cosa. È salita su. Avrà inveito di nuovo contro il padre, non so. Quello oramai era partito. Aveva già fatto trenta e ha fatto trentuno. Non s'è più fermato.

Poi è tornato a casa, si è ripulito e ha messo in piedi la sceneggiata di andarla a cercare. La scala come alibi.

Questo è quello che dice la gente. Ricostruzioni di pura

fantasia, non suffragate da alcun elemento certo. Chiacchiere. Sospetti. E se Proietti invece è davvero innocente, allora è il più disgraziato degli uomini: non solo t'ammazzano la figlia, ma per consolazione tutti pensano pure che sei stato tu. Roba da tragedia greca, roba da sparare a un intero paese, se sei innocente.

Lui dice che passerà la vita a cercare l'assassino della figlia. Non avrà pace finché non lo avrà trovato.

«*Dìceno c'àglio stato jé?*». Ma la gente non sa che i suoi guai non sono quelli giudiziari o il fatto che non ricorda bene gli orari. Loredana non va più a scuola, non è più a tavola con loro, non rientra più la sera. È questo il guaio vero. Dice.

Gli orari? I movimenti?

Ma un padre che trova la figlia in quelle condizioni, può starsi a ricordare tutti i movimenti? E deve reagire per forza in un certo modo, per essere definito innocente? È dello stesso avviso il giudice inquisitore, in una sua memoria contro quello garantista: «Le pur rilevabili contraddizioni, stranezze ed imprecisioni del Proietti devono in parte ritenersi giustificate dalla terribile tragedia direttamente vissuta ed è, allo stato, del tutto illegittimo attribuire loro, come fa il riesame, valenza indiziante».

La polizia di Stato la pensa però diversamente. Pare che abbia mandato un'informativa al giudice inquisitore, in cui alcune di quelle voci di paese avrebbero nomi e cognomi: verbali con tanto di firme e testimoni. Ma solo alcune di quelle voci – non tutte – e non si sa bene quali. Il giudice questa informativa l'avrebbe buttata nel cestino.

Da via della Fortuna alla casa di campagna di Proietti – quella dove all'epoca abitava ancora il padre ottantenne – ad andatura lenta, con una 500, ci vogliono meno di dodici minuti. Andare e tornare e caricare la scala, ce ne sono voluti al massimo trenta. Non di più.

Dicono che la mattina del lunedì – il giorno dopo la tragica notte – alle sei e mezzo Proietti stesse di nuovo là. Lui dice che era andato per dare la notizia al padre. Qualcuno lo avrebbe però visto accendere anche un fuoco – in mezzo alla campagna – e bruciare qualcosa. Ma chi sia questo qualcuno nessuno lo sa.

Giacinto afferma – nei verbali – che Emanuele gli aveva detto di non preoccuparsi dei soldi: presto avrebbero dovuto arrivargliene degli altri. «*Forze ci oévano fa' no' recatto: glio' oévano recatta' colla storia deglio 'ncesto* (Forse lo volevano ricattare con la storia dell'incesto). *E po' 'n de scorda' degli miglio': ngno' podeva scèrne e c'è dato do' miglio'?*» (E poi non ti scordare dei milioni: non lo poteva vedere e gli ha dato due milioni?). Ma anche queste sono voci di paese, come le altre mille fantasmatiche ricostruzioni.

Secondo qualcun altro sarebbe andato lì, a via della Fortuna, da solo – la prima volta – e avrebbe fatto i delitti. Poi sarebbe tornato a casa e avrebbe raccontato a moglie e figlio: «Sono andato lì e quel disgraziato aveva appena ammazzato Loredana. Io allora l'ho ammazzato».

«Bravo. Hai fatto bene» e lo avrebbero aiutato a organizzare l'alibi. Altrimenti è mai possibile che una madre e un fratello accettino supinamente una mostruosità di questo genere?

«Non è detto», dice Sommacampagna.

E pure il Penalista: «Nell'ipotesi che sia lui l'assassino, l'intera famiglia da mesi non poteva non vivere una situazione di tensione costante. Bisognava uscirne. E in un modo o nell'altro se ne è usciti. Adesso, per la famiglia, l'importante è salvaguardare a tutti i costi quel poco che rimane».

«In pratica, chi muore giace e chi vive si dà pace», anche se questa cosa la dice solo il Penalista. Soprattutto quando gli chiedo: «Ma uno come fa a vivere, dopo che ha commesso una cosa di questo genere?»

«Vive, vive. Se l'ha fatta, è perché era convinto di averne tutte le ragioni. Anzi, si sentiva obbligato. Adesso è a posto: ha fatto il suo dovere e la famiglia, se è un vero padre padrone, è completamente d'accordo con lui... Ma sono tutte chiacchiere ipotetiche: congetture. Non c'è una sola prova: solo chiacchiere di paese».

«E tutti quegli orari che non tornano?»

«Eeeh...»

I Proietti ovviamente hanno querelato tutti quanti. Tutti quelli di cui hanno saputo che avessero avanzato qualche sospetto, detto qualcosa, fatto illazioni. Poliziotti, giornalisti, e soprattutto compaesani. Hanno querelato mezzo mondo – per calunnia e diffamazione – e per lungo tempo, quando passavano loro, si faceva il silenzio assoluto. Tutti zitti, ma senza demordere. Gli ridicevano alle spalle, appena passati: «*Ào pèrze le vacche e vào cerchènno le corna*».

## 6

Altri però – soprattutto giornalisti di Roma e Latina – credono che non possano essere stati né lui né Giacinto.

Pensano a qualcun altro: qualcuno che ce l'avesse con Proietti quando stava nei Servizi – la banda della Magliana, traffico d'armi o qualcosaltro di grosso – e s'è voluto vendicare. Magari alle 20.30 gli hanno telefonato: «Vieni a vedere cosa abbiamo fatto a tua figlia». E Proietti poi ha organizzato la "discoperta" per paura che incolpassero lui.

Anche i giornalisti, quindi, parlano dei Servizi. E lo danno proprio per certo, che Proietti fosse uno dei loro. Anzi. Dicono che l'area dei Lepini sia proprio un serbatoio privilegiato del reclutamento di agenti dei nostri servizi segreti. Tirano fuori il caso Saccucci: quando a Sezze nel 1976, dopo un comizio, fascisti venuti da Roma spararono e uccisero il povero Di Rosa. A guidarli fuori dell'abitato – i sezzesi a quel punto li avevano accerchiati ed erano proprio usciti di testa – e a scortarli fino a Roma ci pensò proprio un maresciallo dei Servizi, che era originario di Sezze e stava a casa in licenza.

Parlano anche di un certo vecchio capitano del nucleo investigativo di Latina, che era originario di Priverno, ma poi per anni e anni è stato visto entrare e uscire da Forte Boccea.

Lo danno come un dato di fatto: buona parte dei servizi segreti verrebbe arruolata nei Lepini. Ma la circostanza che Giulio Andreotti fosse nativo di Segni (versante ovest, come detto) e che ogni paese sia pieno di suoi parenti più o meno lontani – e che avesse una grande tenuta piena di ulivi nella valle tra Agora e Norma, in cui venire ogni tanto a riposarsi – tutto questo non ha evidentemente nulla a che farci.

C'è una cosa però: la pista dei Servizi mi ha aperto uno squarcio di luce nel buio. Adesso tutta la storia d'Italia – dal '68 in poi – mi sta divenendo finalmente chiara. È come se li vedessi davanti agli occhi in technicolor tutti questi sezzesi su e giù per il Paese con le valigette piene di tritolo. Dalla mattina alla sera. Dentro le banche, sopra i treni, nelle sale d'aspetto delle stazioni. Finalmente s'è scoperto chi erano gli odierni Allobrogi: gli Apache dei monti Lepini.

Ma se c'è una sola cosa del delitto di Agora di cui sono assolutamente sicuro, è che non c'entrano i Servizi. Le robe che fanno gli agenti segreti – OS 117 insegna – è sempre roba di precisione. Vedi i russi o il Mossad: sono capaci di avvicinare uno circondato da 150 agenti di scorta armati fino ai denti, e di pungerlo con una puntina di spillo. Poi scappare senza che qualcuno se ne accorga, mentre quello muore e nessuno si sa spiegare il perché. Non si riesce più a vedere nemmeno il buco di quella punturina: «Sarà plutonio o che cazzo sarà?»

È anche vero che le modalità dei nostri – di Servizi – non sono mai state quelle dei russi o degli israeliani. Gli italiani non fanno punturine di spillo. Si muovono sempre con un po' di rumore, per cui – considerando solo gli standard di efficienza – potrebbe anche essere verosimile che qualcuno, per chissà quale motivo, abbia dato il comando categorico: «Andate ad Agora. Mi raccomando però: fate un lavoretto pulito pulito».

«Non dubiti». E gli è venuta fuori quella tonnara.

Qualcun altro dice che non si è trattato di raptus, ma di un delitto premeditato: «Non si è mai visto un tale numero di coltellate. Lo hanno fatto a freddo e poi hanno inscenato le pugnalate per far credere a un raptus. Ma è un depistaggio», pensando sempre ai Servizi.

Oppure proprio a Proietti: «Era uno esperto». E questi della tesi Proietti appartengono, naturalmente, alla corrente di pensiero del ricatto.

A me non convince. Per dare tutte quelle coltellate c'è voluto un sacco di tempo. Gli inquirenti dicono venti o venticinque minuti. Ma ammettiamo fossero pure solo una decina, è sempre un bel po' di tempo. E la fatica? Basta fare la prova su e giù con il braccio alzato – senza coltello e senza vittima sotto – per 184 volte. Alla fine ti vengono i crampi – l'ipotesi non regge – e ammessa pure, volendo, la premeditazione, questi inscenano un depistaggio che supera tutti i record? Col sangue che schizza da tutte le parti per 184 volte? È un raptus che – sia pure premeditato per finta – finisce per essere davvero il raptus più raptus di questo mondo.

Io, a parte il raptus, non ho la più pallida idea di come siano andate le cose. Ho i miei dubbi, ma tali restano. Non ho certezze. Qui non c'è una certezza sola nemmeno sugli orari. Anzi, soprattutto sugli orari, che restano la nota dolente.

Una mesata dopo che era successo il fattaccio, Jarodzlav Irena si era presentata al Pronto soccorso per farsi medicare poiché, come racconta un'infermiera: «Jò marito s'jéva 'mbriagato e l'era attrippata bene bene de bòtte», tanto che dopo aveva sporto denuncia. Ma questo non c'entra. Resta che quando è andata all'ospedale, oltre a curarla l'hanno consolata. La coccolavano come usa in questi casi. Poi hanno cominciato a farle domande sul delitto e lei ha confermato di avere sentito bene le urla. Era sicura: l'ora era quella, dalle 21.00 alle 21.30. Aveva sentito proprio una donna gridare: una voce di donna matura. Sul pianto di bambino era meno certa: «Non avere fatto tanto attenzione». Ma la donna anziana sì.

Il giudice istruttore – nel ricorso presentato in Cassazione contro la sentenza che scarcerava Giacinto – dice: «Le informazioni dei tre cittadini boemi (grida di una donna matura e pianto di un bambino per circa mezz'ora) non possono in alcun modo riguardare l'abitazione di Emanuele e tantomeno la "registrazione dell'intera festa". Verosimilmente riguardano altra abitazione vicina a quella dei boemi ove trovasi altra famiglia con bambini in tenera età, essendo manifestamente illogico ritenere che l'autore di così terribile delitto si sia introdotto nella casa di Emanuele unitamente ad un bambino».

Basta andare sul posto, però, a vedere: le finestre del delitto stanno proprio in faccia alle finestre dei boemi – dirimpetto – separate dagli scarsi tre metri d'aria del vicolo. Ci sono solo loro, nel vicoletto. Le uniche altre abitazioni – a cui si riferisce evidentemente il giudice istruttore – stanno sullo slargo o piazzetta.

Al Penalista anni fa era capitato qualche volta di difendere degli stupratori. Uno, dopo lo stupro, uccise pure: «Qualcuno, soprattutto quelli che hanno usato violenza e malmenato ragazze adolescenti o quasi, racconta che la vittima, a un certo punto, dagli strilli e dalle urla caratteristiche di un adulto, passi ad un pianto che sembra quello di un bambino. Qualcuna fa i vagiti come i gatti, mugola e guaisce; e subito dopo, quando l'aggressore la lascia, si rattrappisce in posizione fetale. Quasi un processo di regressione... Ma questo lo si ritrova pure nella letteratura sui campi di sterminio».

L'unica certezza – su cui sembrano concordare tutti – è che non può essere stato Astolfo Muratori. O meglio, non che non potrebbe avere ucciso. La corporatura robusta, il metro e ottanta d'altezza, le generali caratteristiche fisio-psichiche ed il movente passionale – era geloso delle nuove amicizie di Emanuele, a causa delle quali si sentiva messo da parte; non aveva mai avuto una donna ed era innamorato di Loredana – ne farebbero l'assassino perfetto, ancora più che plausibile. «Fermo restando che», avverte il Penalista, «su questo piano siamo tutti assassini plausibili».

Ma proprio le sue caratteristiche fisio-psichiche renderebbero – secondo tutti – implausibile il postea dell'omicidio. Altroché pulizia del luogo, occultamento degli abiti e predisposizione di alibi più o meno circostanziati. Se fosse stato lui, sarebbe ancora tutto sporco: «*Lo sango glio' sarìa fatto riva' pe' le piazze*».

A meno che non lo abbia aiutato o coperto qualcuno.

Il suo alibi – la giornata a lavorare in campagna e di corsa poi a letto con la lombosciatalgia («Non è che gli è venuta dando proprio le coltellate?» insinuano pure) – si regge in fin dei conti su testimonianze solo familiari: la madre, il fratello e la cognata; con più di qualche distonia e stranezza però, in termini di orari e telefonate presuntamente ricevute.

«Ma è uno psicolabile» dicono gli inquirenti: «Se fosse stato lui, più o meno aiutato da altri, non avrebbe comunque retto al fuoco di fila delle indagini e degli interrogatori. Sarebbe crollato». Sicuramente non la racconta giusta e sa qualcosa di più. Ma questo è un altro paio di maniche, per loro.

Alla fine in galera c'è finito Imperiali – Luigi Imperiali di Cisterna, pronipote forse di quell'Augustarello che nel 1890 batté Buffalo Bill – che secondo Astolfo e Giacinto doveva andare a cena a casa di Emanuele quella sera. A cena per portare la cocaina.

Ma questo è quanto affermano appunto Giacinto Sangiovanni e Astolfo Muratori – i due che fin dall'inizio lo mettono in mezzo – mentre lui dice di no: non ci doveva andare, non c'era nessuna cena.

Luigi Imperiali è stato sì ad Agora, ma nel pomeriggio, mentre alle 18.30 testimoni lo vedono a Cisterna. Anzi, una coppietta gli dà un passaggio in macchina: «Puzzava» dice la ragazza.

Poi resta a Cisterna – come testimonia la sua famiglia e tutti quelli che lo incontrano allo struscio sul Corso – finché poco prima delle 21.00 gli amici lo vedono di sicuro in balcone, da cui scende per uscire di nuovo con loro. La mattina «era stato a messa» con questi amici e poi a Borgo Podgora a farsi le canne – «in una strada di campagna» – forse proprio davanti casa mia.

Il lunedì dopo il delitto – alle 06.30 – carabinieri e polizia stavano già da lui, a ribaltare ogni cosa per aria. Anche le case di Astolfo Muratori e di Giacinto furono perquisite centimetro per centimetro con le lenti di ingrandimento. Tutti dicono che solo a casa di Proietti non ci sono nemmeno andati. «Non è vero», affermano i carabinieri, «siamo stati pure lì».

«Sì, per pro-forma» dice la gente.

«Non è vero, ci siamo stati», ma nell'elenco di tutti i reperti prelevati dal Cis non ce ne è uno proveniente da perquisizioni ai Proietti.

Con le indicazioni fornite nella notte da Astolfo Muratori e da Giacinto, Luigi Imperiali sembra il più sospetto, e perciò gli hanno ribaltato casa. Ma non hanno trovato niente. Hanno prelevato solo un po' di roba varia e un paio di jeans – moderatamente sporchi di terra – che stavano buttati sul piatto della doccia asciutti, non lavati. Poi gli interrogatori e la verifica degli alibi, ma sentiti tutti i testimoni che aveva citato è uscito, pareva definitivamente, dal campo delle indagini: alibi di ferro.

Subito dopo la scarcerazione di Giacinto, però, per ordine del giudice inquisitore vanno a riprendere Luigi Imperiali – «*Quaituno tènno da còje*» dicono ad Agora – e sbattono lui adesso dentro: su quei jeans che gli avevano sequestrato quasi un mese prima, i carabinieri del Centro investigazioni speciali sono finalmente riusciti a rintracciare una macchietta di sangue.

Piccolissima – quasi microscopica – sta all'interno della tasca destra anteriore. Manca completamente di globuli rossi, ma è compatibile al 99 per cento con il sangue di Emanuele. Pare anzi che ci abbiano trovato il Dna. Secondo la Scientifica è una macchia dilavata – cioè non sangue diretto, ma già trattato con acqua – poiché i globuli rossi a contatto con l'acqua, appunto, scoppiano. Quindi s'è lavato le mani sporche di sangue e qualche schizzo gli è finito sui pantaloni. Oppure se le stava asciugando. E prendendo magari un fazzoletto nella tasca, una gocciolina è caduta lì.

Tracce simili – microtracce proprio, ancor più dilavate di quella e quasi impercettibili, ma compatibili col Dna di Loredana – vengono rintracciate sul ginocchio.

Sui gambali dei pantaloni invece – in basso – c'è una serie di microcristalli indecifrabili, probabilmente schizzi d'acqua sporca, ma chissà di cosa e di quando. Non c'è nient'altro tra le cose di Luigi Imperiali: solo quell'unica goccia di sangue dilavato e non diretta, di cui lui però non è in grado di fornire spiegazioni.

Anzi, non se la spiega proprio, non ne sa niente: «Io là dentro l'ultima volta che ci sono entrato è stato il martedì della settimana precedente». Anche sulla presunta discussione avvenuta in quel frangente, non è vero nulla. Sì, aveva chiamato Emanuele a parlare da solo, ma era per chiedergli che gli prestasse la casa, perché aveva quasi combinato con una ragazza di Agora. Ma gli aveva risposto di no, perché anche Loredana aveva la chiave e poteva magari entrare. Emanuele gli aveva poi chiesto dei soldi in prestito, ma lui al momento ne era privo e gli aveva promesso cinquantamila lire non appena si fossero rivisti. Dopo quel martedì però non si erano più incontrati. Si erano sentiti per telefono il sabato sera, con Emanuele che insisteva inutilmente a volergli presentare un suo nuovo amico – probabilmente Giacinto – e lui però non voleva: «Perché me lo devi far conoscere?»

«A.D.R. – No, non dovevo andare a cena a casa sua la domenica sera, e ripeto che non ho mai conosciuto questo Giacinto.

A.D.R. – Io con Loredana, la ragazza di Emanuele, non ci ho mai provato. Escludo categoricamente di averle mai fatto la dichiarazione.

A.D.R. – Ho fatto e faccio uso saltuariamente di sostanze stupefacenti, in particolare hashish e cocaina, che compro con i soldi miei perché io lavoro. Non ho intenzione di rivelare i nomi delle persone da cui mi rifornisco di tali sostanze. Escludo categoricamente di essere uno spacciatore. Io non ho mai spacciato. Qualche volta ho offerto uno spinello a qualche amico, ma pagavo io. Io lavoro, e con quello che guadagno mi diverto, ma nient'altro. Non ho nemmeno una macchina» – e in effetti non s'è mai visto uno spacciatore di rispetto, che vada in giro con l'autostop – «Non mi ricordo bene, ma sono quasi sicuro di non essermi fatto nessun taglio in questo ultimo periodo. Ed escludo di essere venuto a contatto con qualche altra persona che aveva subito un taglio, ed escludo soprattutto Emanuele e Loredana.

A.D.R. – Voi dite che sui miei pantaloni c'è una macchia di sangue. Io non so che dire e non me lo so spiegare».

Nessuno crede che sia lui l'assassino. Ma tutti pensano che sappia chi è: se no quel sangue come se lo è fatto?

«Deve essere entrato quando erano già morti, li ha toccati, è uscito e s'è andato a lavare alla fontanella».

Sempre voci di popolo naturalmente, o supposizioni di giornalisti e investigatori: «Forse ha visto il padre di Loredana, che lo ha minacciato e lui non parla perché ha paura».

«Forse era insieme a qualche amico suo, magari Astolfo Muratori».

«Magari Giacinto, piuttosto!» dice ancora qualcuno dei carabinieri: «Prima o poi Luigi Imperiali ci deve spiegare quella macchia, prima o poi si stuferà di stare dentro».

Hai voglia a chiedere alla gente: «Perché non parla, allora?»

«*Bravo! Se sulo dice ca jéva rentrato 'lloco, doppo glio' 'ngolpano de tutto: jo' strégneno. E èttano la chiave*» (Se solo dice che era entrato lì, dopo lo incolpano di tutto. Lo incastrano e buttano la chiave). «*Oppure tè paura, o vò copri' quaituno*». Vox populi.

Lui continua a dire che è tornato a Cisterna alle 18.30 – come confermano quelli del «mal odore» – che non ne sa niente e che alle 21.00 stava sul balcone di casa sua a Cisterna, dove lo hanno visto gli amici.

È vero che è alto, robusto e moro. È vero che era vestito di scuro e somiglia molto a quel tizio che alle 18.30 era stato visto aggirarsi con fare circospetto intorno ai bidoni dell'immondizia.

Ma a quell'ora le vittime erano vive e vegete, secondo decine di testimoni che dicono di averli visti fino alle 19.30. Oppure no? Bisognerebbe chiedere a Pirenne, quello dell'ussaro.

Secondo i carabinieri potrebbe essere tornato ad Agora un'altra volta, in quel lasso di tempo che è coperto solo da alibi di familiari. Ma chi ce lo avrebbe portato? E perché?

Molto probabilmente non è lui l'assassino. Sarebbe stato pieno di sangue fino agli occhi, non una sola macchietta slavazzata nella tasca. E non ne avrebbe avuto il motivo. Non c'è un movente credibile, capace di indurlo a una tale carneficina.

Giacinto ha continuato a giurare che loro due non si erano mai conosciuti. Lui Imperiali lo ha visto solo in fotografia, una volta che gliela mostrò il povero Emanuele: «E poi, quella macchiolina, che ne sai che non gliel'hanno messa i carabinieri?»

Ma quella macchia, comunque, è un dato di fatto scientifico. «Sì», dice il Penalista, «ma sulle certezze della scienza, io continuo a nutrire dei dubbi. La realtà non è che una emanazione dell'Io, diceva Hegel. E la stessa matematica non è che uno pseudo-concetto».

«Questo mi pare Croce», ho fatto io.

«Lasci stare», m'ha redarguito. E ha continuato: «Due più due fa quattro? Ma quando mai. E nemmeno se si parla di mele, poiché non troverà mai quattro mele perfettamente uguali. E provi con le idee. Due più due fa quattro? Ma due idee più due idee può fare quarantamila, può fare un numero infinito. Dia retta a me, non bisogna fidarsi della scienza:

quella che oggi è una certezza scientifica, domani diventa superstizione. Lo chieda a Blanc o a Galileo... Non bisogna mai fidarsi di niente».

Io ho la sensazione che non si saprà mai chi è l'assassino. Almeno con certezza.

Astolfo Muratori è escluso da tutti, perché non avrebbe saputo mascherarlo. Luigi Imperiali non è, perché non ne aveva motivo, sia razionale che perverso. Certo è però che i loro racconti restano inquietanti. Lacunosi, parziali, incoerenti. Tutti e due sanno di più e lo nascondono. Ma pare non ci sia un solo essere umano, che riesca a dire al mondo tutte le sue verità.

Gli unici moventi che possono avere una certa plausibilità – in un quadro di raptus e ferocia, ma anche di lucidità postdelitto – restano quelli attribuiti dai carabinieri a Giacinto e dal popolo al padre. Moventi e assassini evidentemente alternativi tra loro: uno esclude l'altro e – soprattutto – un sia pur plausibilissimo movente non dà come risultato automatico un assassinio. Anzi.

«Tutti abbiamo un movente plausibile», ripete il Penalista: «Tutti abbiamo un inconscio con cui fare i conti. E dentro questo inconscio c'è tutto il bene e tutto il male del mondo. Quello che deve destare meraviglia non è che ogni tanto qualcuno uccida, bensì proprio il fatto che la stragrande maggioranza non uccide mai. Questo sì che mi meraviglia... È la forza della civiltà, evidentemente. Del controllo e della repressione sugli istinti».

Io non so che dire. A parte Astolfo, quei due per me stanno alla pari. Non so nient'altro, se non che tutti quanti mentono e che io non sono un giallista.

Sembra però che un delitto di questo tipo si risolva nei primi giorni o non si risolva più: se incastri a caldo l'assassino e lo stringi bene bene alle corde può crollare. Se passa il tempo invece, quello si raffredda e non molla più. E vanno soprattutto smarriti quei minimi particolari e piccoli fat-

196

ti che – se presi in tempo – possono aiutarti a metterlo alle corde. Se passano i mesi, ti restano solo le carte.

Carte che per quanto mi riguarda hanno avuto un effetto perverso. Man mano che andavo avanti mi prendevano dentro. Ci affondavo. Mi ci affogavo come nelle sabbie mobili e man mano sparivano l'umanità e le esistenze di Emanuele e Loredana.

All'inizio erano due fidanzatini straziati. Man mano sono divenuti due cadaveri. Li ho letteralmente dimenticati nella loro qualità ed essenza di esseri umani. Erano divenuti oggetti.

Man mano – mentre cresceva in me la pietas per tutti quelli che entravano in scena: testimoni, investigatori, parenti, indagati – diminuiva nei fatti la pietas per le vittime. Non più persone, come in effetti erano o erano state, ma vittime e cadaveri. Non più persone ma oggetti inanimati, come in effetti purtroppo sono oramai. E la pietas per i vivi sotterra inevitabilmente quella per i morti. La vita solidarizza con la vita.

Erano due sciamannati: «*Do' sciacquati: chesto è securo. Senza 'na crìa* (una briciola) *de sale 'n capo*». Non avevano alcuna consapevolezza del domani. Pensavano all'oggi, tanto avevano e tanto si mangiavano: «Domani in qualche modo ci si arrangia». Confondevano la fantasia con la realtà. Lui, da grande, voleva diventare ricco e cantare al Festival di Sanremo. Non avevano alcuna capacità di programmazione seria e facevano tutto facile. Senza paura di niente, senza vera consapevolezza di ciò che è bene e ciò che è male, ciò che serve e ciò che non serve.

«*Erano do' criature... Do' mammocci*» come tutti i ragazzi di questo mondo – in fin dei conti – da che mondo è mondo. Felici e contenti col telefonino nuovo in mano, finché qualcuno li ha ammazzati. Requiescant, perlomeno.

Continuano però – da quelle carte – a staccarsi ogni tanto dei pezzetti, che mi vagolano per la testa e fanno nascere domande. Domande che oramai non hanno quasi più senso.

Lo zainetto, per esempio – quello zainetto blu con cui Loredana era uscita di casa – che fine avrà fatto? Non s'è trovato più. Perché l'assassino ha pensato di portarselo via? Le amiche dicono che lei ci tenesse dentro il suo diario. Sempre. Con tutte le sue cose e le sue carte.

I periti? Dicono che l'assassino era grande, alto e robusto. Non sarei così sicuro, mica lo hanno visto loro. Quando a militare diede i numeri Nicosia – era mingherlino, un minimosca – non riuscivamo a reggerlo in quattro. Saltava come un grillo e le forze gli si erano centuplicate. La scarica psichica era divenuta potenza pura. Ha piegato la branda di ferro con i denti. Figurati in un raptus.

L'odore di cucina. Giacinto quando ha rotto i vetri della finestra ed è entrato in casa di Emanuele ha detto di avere «avuto la sensazione che non ci fosse odore di cucinato». E perché avrebbe dovuto esserci alle undici di sera? Come gli è venuta in mente questa cosa? Trovi due morti e pensi al cucinato? Manco Valiani, quello dei cocomeri di Aldo Manajslovich.

I carabinieri dicono che si confonde: «È un ricordo della prima volta che ci è entrato: alle 20.00, quando ha fatto l'omicidio. Allora sì, si aspettava di trovarli a cena e di trovare l'odore. Lo giustappone». Forse è poco per condannarlo, ma certo è strano che alle undici di sera passate, uno vada in giro pensando di trovare odore di cucinato. Nemmeno ai ristoranti.

L'odore di Luigi Imperiali, il «mal odore». Forse era soltanto sudato, forse era l'odore dei gatti e dei cani, tra cui s'era sdraiato a farsi una canna. Forse era qualcosaltro. «Magari era davvero stato sul luogo del delitto» – dice qualcuno che rispetto a orari e testimoni è più scettico di Pirenne – «e se l'era fatta addosso».

I vestiti macchiati di sangue e la stessa arma dell'assassino. Perché non s'è pensato di cercare tra tutta l'immondizia del paese? Bastava radunare i camion che raccolgono i cassonetti, prima che andassero in discarica il lunedì mattina. «Lo abbiamo fatto», dice il giudice inquisitore: «Abbiamo controllato qualche cassonetto lì vicino».

«No. Io dico di tutto il paese. L'assassino dopo essersi ripulito può avere buttato i panni anche in un cassonetto di Agora Bassa. E così lo zainetto di Loredana».

«L'immondizia di tutto il paese?» è stralunato il giudice.

«Ma è un paese piccolo: 8.000 abitanti. Quanti camion di immondizia possono fare?»

Lui mi ha riguardato con compatimento: «Ma questa è roba che si vede solo nei film americani».

E l'orefice? È uno degli ultimi ad averli visti vivi. È uno dei testimoni chiave per quanto riguarda gli orari. Però racconta di avere comprato la catenina da Emanuele il sabato pomeriggio, quando tutto invece afferma che è successo il mattino: il pomeriggio, con quei soldi, Emanuele ci aveva già pagato l'affitto e s'era andato a comprare il telefonino. Perché l'orefice non dice il vero, su un particolare apparentemente così secondario? E come mai il lunedì mattina – escludendo che possa essere stato l'unico agorese a non aver saputo dell'omicidio – l'unica cosa che si affretta a fare è andare a Latina a far fondere la catenina? «Paura di essere accusato di ricettazione», dice qualcuno. Mi pare troppo poco, a fronte di due scannamenti di quella maniera.

Tutti gli indagati – Proietti, Giacinto, Luigi Imperiali e Astolfo Muratori – tutti erano in perfette condizioni fisiche. A parte Muratori che aveva la lombosciatalgia. Nessuno dei quattro aveva la benché minima traccia di un graffio o scalfittura. Può essere che le due vittime non abbiano avuto nessuna reazione? Sferrato un pugno, un graffio, un calcio. E perché mai? Perché si sono trattenuti? Che cosa o che pensiero li ha bloccati, riempiti di panico, intimoriti fino al punto di accettare supinamente il ruolo di vittime e – al massimo – farsi solo scudo con il braccio e chiedere pietà?

Un'altra cosa: Proietti dice che la sua ricerca è iniziata alle

20.15. Tra le 20.30 e le 20.45 sarebbe passato al bar Giovannino e – soprattutto – a casa di Giacinto, dove questi non c'era e avrebbe parlato con la madre. Giacinto al contrario dice che c'era, ma non si sono potuti vedere e sentire perché a quell'ora lui stava sul retro dello studio, sotto la doccia.

Ma al bar dicono invece che erano le 22.30, non le 20.30 o le 20.45. Due ore di differenza. E la madre di Giacinto, soprattutto, dice che era appena finito ELISIR: erano le 22.30. È evidente che su questi orari Proietti non dice il vero.

Ma se è vero – come è vero – che Proietti a casa di Giacinto c'è andato alle 22.30 e non alle 20.45 come invece dice, com'è che non si incontra con Giacinto ma solo con la madre? Dove stava Giacinto questa volta? Lui dice che era uscito alle 21.30, per andare in quel bar dove stavano guardando la partita, «facendo rientro alle ore 21.40 successive, recandomi presso il mio studio». E lì è rimasto. Ma allora Proietti dovrebbe avere visto la luce accesa e lui non potrebbe non averlo sentito. È un dato di fatto: da sotto si sente ogni piccolo rumore per le scale, e ogni parola che viene pronunciata sopra. Pure, quasi, lo sferruzzare degli uncinetti della madre. Dove stava allora Giacinto?

Non la racconta giusta nessuno dei due: stanno alla pari. Non se ne uscirà mai, poiché potrebbe essere stato chiunque, e non solo chiunque dei due: «Ma chiunque di noi», dice il Penalista.

Pure don Angelo. O l'orefice. O uno che non è uscito fuori per niente. Può essere stato pure Giulio Andreotti, che in quei giorni – in una pausa tra un processo e l'altro – pare stesse proprio da queste parti, a rinfrancarsi nella villa in mezzo agli ulivi. Qualcuno dice che era anche lupo mannaro: «*Te juro: jò simo visto strillà de notte co tutti i pii alle raccia* (i peli alle braccia), *e teneva la bava alla 'occa: ùùùh, ùùùh, fecéva. Nu' simo fatto sulo "Jèsu!", e ci la simo cota*». Scappati.

# Epilogo

«*'A justizzia è justizzia però*» dicono ad Agora, «*e 'o conto quaituno 'o tè da pagà*».

Scaduti i termini della carcerazione preventiva, i giudici e inquisitori che prima avevano concordemente fissato l'arco temporale del delitto tra le 20.00 e le 20.45 di domenica 25 febbraio 1996 – quando Luigi Imperiali non era però ad Agora, ma indubitabilmente a Cisterna – hanno detto: «*Ce sìmo sbajàti*». E per quell'unica macchiolina nella tasca – e microtracce sul ginocchio dei jeans – sono andati a processo contro di lui.

Tre gradi di giudizio: a Latina nel cosiddetto processo di primo grado, quindi in corte d'Appello a Roma e infine in Cassazione; mentre nel frattempo il Penalista – dopo avere passato i mesi a convincermi che l'assassino era il padre – ha assunto il patrocinio della parte civile in favore appunto di Proietti padre, madre e figlio.

«Come è possibile?» ho chiesto.

«Possibile? Doveroso!» si è scandalizzato lui, il Penalista: «Qualunque individuo, pure il peggior delinquente o malfattore – pure Hitler eventualmente – nel giusto processo che caratterizza una società civile ha il primario diritto ad essere difeso con ogni mezzo da un avvocato, pure mentendo o andando contro le proprie convinzioni. L'avvocatura è una cerniera fondante, una funzione sacrale, una missione sacerdotale; a cui non ci si può più sottrarre, una volta prestato giuramento. Senza di essa non ci sarebbe nessun principio di civiltà e civilizzazione. Io, caro lei, faccio l'avvocato e sono quindi tenuto davanti a Dio e agli uomini, a difendere a spada tratta chiunque mi assuma. Perfino lei, non sia mai dovesse accadere».

«E la verità?»

«Ma quale verità va mai cercando? La verità di Dio, gliel'ho detto mille volte, la può conoscere soltanto Lui. Noi no, e si metta il cuore in pace. Noi ci dobbiamo accontentare di quella processuale» risalendo sul Porsche 911 nuovo – nero fiammante – con un'altra superstanga mora venticinquenne, dai capelli lisci e lunghi fino alle natiche. I figli stanno tentando ogni mezzo per farlo interdire; i figli del Penalista ovviamente, non della stanga.

«Che le avevo detto dei figli? Altro che Saturno!» e è ripartito a razzo, facendo fischiare le ruote sulla strada. La puzza di gomma bruciata è durata un quarto d'ora.

Pare che alle tre di notte attraversi regolarmente sparato la città – con questo Porsche pieno di donne – a duecento all'ora in piazza della Libertà. A qualcuno avrebbe detto: «Voglio fare la fine di Lady D».

Nel corso del processo però, Luigi Imperiali ha modificato anche sensibilmente alcune sue precedenti dichiarazioni: non era difatti stato, quel giorno, nella campagna del nonno a farsi le canne e – soprattutto – era purtroppo entrato in casa di Emanuele, sul luogo del delitto, ma quando questo era già stato compiuto. Non era stato lui a commettere il fatto – lui era innocente – come scritto e ribadito nel memoriale autografo, presentato dai suoi avvocati ai giudici.

Sabato sera 24 febbraio Emanuele lo aveva chiamato due volte al telefonino: la prima per chiedergli se voleva andare con lui a Roma quella sera, e lui aveva risposto di no. La seconda per insistere che voleva fargli fare conoscenza con un suo nuovo amico, ma senza dirgli prima chi fosse e come si chiamasse. Lui sospettando si trattasse di Giacinto – che non conosceva di persona, ma di cui aveva sentito parlare abbastanza male, in giro per Agora – non ne voleva sapere e gli aveva chiesto più volte: «Dimmi chi è e perché lo debbo conoscere». Ma quello niente: «Conoscilo» e basta.

La mattina di domenica 25 febbraio era stato a messa a Cisterna con due suoi amici e da lì a Borgo Podgora a farsi una canna. Aveva anche chiamato Emanuele sul fisso di casa, per chiedergli di nuovo e sapere bene chi fosse e perché doveva fargli conoscere per forza questo suo nuovo amico. Ma Emanuele non c'era e gli aveva risposto Loredana. Per questo, domenica pomeriggio s'era fatto accompagnare ad Agora con la macchina dai suoi due amici: per capire chi fosse e farsi dire chiaramente, da Emanuele, perché voleva a tutti i costi che conoscesse questo Giacinto.

Sono partiti da Cisterna alle 14.00 circa. Saranno stati ad Agora Bassa alle 14.10-14.15. Gli amici lo hanno lasciato in piazza Norbana ad Agora Alta e sono tornati indietro a Cisterna, perché avevano appuntamento con le loro ragazze.

Intorno alle 14.30, lui dalla piazza si è incamminato a passo lento lungo i vicoli in salita, verso via della Fortuna, a casa di Emanuele.

Bussa due o tre volte al portoncino, ma nessuno gli risponde. Da sotto, si vedono le persiane di legno delle finestre appena socchiuse.

Luigi Imperiali pensa che Emanuele non ci sia perché andato a pranzo da qualcuno. Oppure è uscito a fare un giro e nell'attesa che torni si va a fare un giro anche lui: «Un giro largo», scrive nel memoriale.

Riparte di nuovo in salita sulla strada per il tempio di Minerva, dove sosta prima su una panchina e poi su un muretto a fumare. Non ha idea di quanto tempo sia trascorso. Quindi si alza e riscende in piazza Norbana. Prende un caffè in un bar, passeggia per la piazza – dove incrocia e saluta due o tre persone che conosceva da quando abitava ad Agora – e si ferma nei giardini pubblici lì di fianco, dove rimane a lungo. Non sa dire quanto, ma «un tempo lungo», finché si accinge a ripercorrere in salita il tragitto verso casa di Emanuele.

Rientra nel vicoletto stretto della Fortuna, alza lo sguardo e le persiane stanno ancora socchiuse come erano prima. Pensa lì per lì che Emanuele non sia ancora tornato, ma proprio a questo punto – quando potevano essere le 16.30 o forse più: «Perché di sicuro erano passate un paio di ore da quando ero arrivato a Agora» – si accorge che anche il portoncino di casa è mezzo aperto, ossia socchiuso, con l'anta appena appoggiata e non serrata.

Ma allora Emanuele c'è, pensa Imperiali, e dalla scala esterna arriva alla porta, bussa e chiama Emanuele, che però non risponde. Lui entra – «Ci deve stare per forza, se è aperto» – e richiama ancora.

Ma non c'è nessuno – nessuno risponde – e lui va avanti, per la scala a chiocciola. Sale al piano di sopra e trova quello che trova: «La cosa più brutta che si può immaginare». Non sa dire se ha trovato prima Emanuele o Loredana, ma gli si è avvicinato e li ha toccati, per vedere se erano feriti oppure morti.

Erano morti e lui – Imperiali – tremava tutto e gli veniva da vomitare, dice, era sconvolto. Gli tremavano le mani e le gambe, mentre lo stomaco gli si moveva forte. Non sa dire quanto sia rimasto lì «come un blocco di cemento» senza pensieri e la paura che lo faceva piangere.

Non ha urlato e non ha chiamato nessuno, per timore che dessero a lui la colpa, come poi in effetti è stato.

È sceso al piano di sotto, ha bevuto due o tre bicchieri d'acqua dal lavello, per fermare i conati di vomito che lo assalivano in continuazione. S'è lavato le mani sporche di sangue e qualche schizzo d'acqua gli deve essere arrivato sul ginocchio. Non esclude che possa essersi messo una mano in tasca – da cui magari la famosa macchiolina – per prendere il fazzoletto ed asciugarsi. Gli schizzi sul ginocchio li ha lavati e asciugati con un panno da cucina, con cui si è lavato pure l'esterno delle scarpe.

Ha preso da dentro il secchio il sacchettino di plastica nero dell'immondizia. Ci ha messo lo straccio da cucina e i pochi oggetti che pensava di avere toccato – i due bicchieri da cui aveva bevuto e un portacenere di coccio vicino al lavello – con la preoccupazione di non lasciare tracce. «*Sennò m'engólpeno, penzéva*».

È uscito col sacchetto di plastica, ha chiuso la porta ed è andato in cerca di un bidone della spazzatura per gettarcelo. Ne aveva trovato uno nella piazzetta che sta poco sotto la Fortuna, ma c'erano delle signore che lo guardavano e aveva quindi proseguito in discesa fino ad Agora Bassa, dove lo aveva finalmente deposto in un bidone e si era messo a fare l'autostop per tornare a Cisterna. Ha trovato un passaggio fino al quartiere S. Valentino e da lì un suo amico con la ragazza – quelli del «mal odore» – che lo hanno lasciato alle 18.30 davanti casa.

Da qui in poi il memoriale conferma in toto quanto da lui rilasciato in precedenza agli inquisitori, aggiungendo che è pentito di non avere chiamato subito – come pure adesso sa che avrebbe dovuto – i vicini e soprattutto i carabinieri.

Lui in effetti, durante il tragitto da Agora a Cisterna, quella sera non aveva fatto che sperare di trovare a casa, all'arrivo, il fratello maggiore – sergente degli incursori a La Spezia – con cui si sarebbe confidato e che lo avrebbe sicuramente consigliato al meglio. Invece stava ripartendo e non ci fu tempo e modo di parlargli a solo a solo. Così si tenne il magone dentro, insieme ai conati di vomito che continuavano ogni tanto ad assalirlo. A cena mangiò poco e niente, e anche a spasso con gli amici, dopo – dove era andato solo per non destare sospetti – qualche conato ancora lo prendeva, insieme al costante sconforto e disperazione per quanto occorso a lui, ma soprattutto a Emanuele e Loredana a cui voleva bene.

Dichiara la sua più completa innocenza – «Non sono stato io. Non ne avevo nessun motivo e anzi ripeto che gli volevo bene» – e chiede perdono ai giudici di essere scappato senza avere chiamato nessuno: «Lì sì che ho sbagliato».

Ma quelli non gli hanno creduto. Trovata quella goccia, hanno smesso di cercare l'assassino ovunque egli fosse – «*A mi' m'abbasta chéssa pe' ì 'n giudizzio e chiude 'n gloria 'ssocazzo de processo*» – e gli hanno dato trent'anni di carcere, prima a Latina e poi in Appello e in Cassazione a Roma. Trent'anni ribaditi in tre diversi gradi di giudizio. Non c'è più niente da fare per lui. Anche se è innocente, deve solo scontare la pena.

Io adesso capisco pure che farsi le canne e la coca, entrare senza permesso in casa d'altri, contaminare eventuali scene del delitto toccando le vittime ed asportando oggetti e cose – e poi scappare via senza chiamare la Forza pubblica – siano reati che vanno perseguiti. Ma trent'anni no – puttanaeva – mi paiono un po' troppi.

«Ahò, ma lì c'è stato un duplice delitto», dicono tutti.

Vero, ma non è lui l'assassino. Aveva sì quelle due macchioline di sangue sui pantaloni, ma non aveva alcun movente – a differenza d'altri, pure comparsi pesanti nell'inchiesta – capace di spingerlo ad uccidere in quel modo. Perché allora lo avrebbe fatto?

«C'era stato quel brutto litigio con Emanuele».

Il litigio? Ma il litigio è un'altra delle invenzioni di Astolfo Muratori. È lui l'unica fonte, l'unico che ne parli. Lui che dice pure però d'essersi sentito al telefono con Emanuele alle 18.30 – e la madre perfino alle 20.00, vai a sapere perché – con Emanuele che addirittura insisteva per farlo andare a cena da lui, quando invece era purtroppo morto da ore. È l'Astolfo che mente sempre e a cui nessuno normalmente crede: «Una incerta, confusa e destrutturata parola evocativa» lo definisce il giudice del riesame; «Uno psicolabile», il colonnello dei carabinieri. E solo qui – sul presunto litigio – direbbe il vero?

Ma se così fosse – se un litigio serio ci fosse in effetti

stato – perché allora Emanuele avrebbe di nuovo invitato Luigi Imperiali a cena a casa sua? È lo stesso Astolfo che lo dice e – come al solito – ogni sua dichiarazione contraddice l'altra. Siamo seri: nessun giudizio di colpevolezza nei confronti di chicchessia può essere ragionevolmente espresso sulla base di quanto afferma Astolfo Muratori. Giusto il suo, forse.

«Quelle macchie di sangue però provano che Imperiali è entrato».

Certo, e lui difatti non lo nega.

Ma non provano che ha ucciso.

Sono tracce assolutamente compatibili con quanto ha raccontato: le macchie di uno che entra, che tocca e poi se ne rivà. Ma non sono in alcun modo le tracce di uno che ha sferrato 184 coltellate. A quello – le macchie – dovevano arrivare fin sopra i capelli.

«Allora chi è stato?»

Che ne so io? E probabilmente pure Imperiali, però, che ne sa lui?

«Ma è l'unico che è entrato».

Eh, no! Lui è l'unico di cui tu hai saputo che è entrato. Ma non sai con nessunissima certezza, chi o quanti sono entrati prima, dopo, durante o insieme a lui.

«Imperiali ce lo dica, allora» insistevano i carabinieri.

E se nemmeno lui lo sa? Lui è entrato e basta e poi è scappato, dice.

«Ahò, qualcuno deve essere stato e le vittime, comunque, reclamano giustizia».

Ah, su questo non ci piove. Ma tu non è che perché non sei riuscito a trovare o ti sei stufato di cercare chi è stato, te la prendi col primo che passa – «*Justizzia l'àio fatta: quaituno stà a 'ppagà!*» – e gli dai trent'anni di galera, solo perché non ha chiamato i carabinieri. Che giustizia e giustizia è mai questa?

Dio ne scampi dal passarci sotto e – se c'è – abbia Lui pietà di chi la amministra ed infligge in codesto modo.

Restano comunque alla fine, oltre al vuoto più totale sull'identità del reale assassino, tutta una serie di garbugli inestricabili – gli orari di Astolfo Muratori, di Giacinto Sangiovanni, di Proietti padre e figlio; l'orefice, il prete, il paese intero; i giudici, la polizia di Stato, i carabinieri e compagnia cantante – di testimonianze che non collimano, di cose che non sembrano avere senso. Ma è del resto Max Weber – quello delle *tipiche relazioni di vicinato del vicolo lepino*, pare – che enuncia anche la infinita mancanza di senso dell'intero accadere del mondo: «*Der sinnlosen Unendlichkeit des Weltgeschehens*». È solo l'uomo – secondo lui – che dà senso alle cose.

Sono d'accordo. Sono anch'io contro il pensiero debole. Resto ancora e per sempre per un pensiero forte. Ma è lo stesso Luigi Imperiali – in quel suo memoriale che non sembra pure avere smosso paglia, nel cuore e nelle menti dei giudici – che a un certo punto scrive:

«Io non so come ci sono delle persone che dicono che hanno visto Emanuele e Loredana alle sei e mezza o alle sette mezza perché non è proprio possibile pure se si cambia il mondo e queste persone o sbagliano l'orario o sbagliano il giorno e io non dico che sono bugiardi e falsi perché secondo me non ci sta nessun motivo di essere falsi ma sicuramente si sbagliano e questa è una cosa certa perché non possono averli visti dopo quell'ora che ho detto io e su questo non ci piove perché all'ora che ho detto, alle quattro e mezza al massimo, sono stato lì e li ho visti tutti e due nel sangue per terra nel piano di sopra. Sono sbagli grossi quelli che hanno detto di averli visti la sera e per appurare lo sbaglio che forse hanno confuso il sabato con la domenica non posso essere io che sto qua dentro» – ossia in carcere – «a appurarlo».

Ora lasciamo appunto stare Astolfo Muratori e sua madre che dicono di avere parlato con Emanuele al telefono alle 18.30 e addirittura alle 20.00, ma in effetti erano le 16.30 o le 16.40

al massimo, quando Luca Barricco – dal bar Raniero – aveva notato i due ragazzi seduti sul muretto perimetrale dei giardini, in via S. Tommaso, a scambiarsi effusioni.

Tra le 17.30 e le 17.45, Omero Franceschi dal bar Philadelphia in piazza Norbana li ha visti di nuovo camminare – mano nella mano – verso via S. Tommaso, passando pure accanto a un equipaggio della polizia di Stato (chissà se è stato verificato che un equipaggio sostasse davvero lì, quel giorno a quell'ora).

Alle 18.30 Emanuele e Loredana – tenendosi sempre per mano – entrano nel bar Giovannino di Celeste Luparelli, che sta alla cassa. «Ciao Celeste» la saluta Emanuele, e vanno a giocare nella sala dei videogiochi almeno fino alle 18.45 o poco più.

Alle 19.00 precise l'orefice Marcello Di Cave – pur con qualche stranezza o incongruenza tra date e orari d'acquisto e successiva rapidissima fusione di una certa catenina d'oro – li vede sempre mano nella mano in piazza Norbana, evidentemente appena usciti dal bar, ed Emanuele lo saluta. Quindici minuti dopo – alle 19.15 – li incrocia di nuovo, e di nuovo mano nella mano, sulla strada per il tempio di Minerva. Emanuele lo risaluta, ed erano allegri e spensierati.

Alle 19.35 Gianna Manuzio li vede all'incrocio tra via della Fortuna e via Garibaldi, davanti alla macelleria. Emanuele aveva un telefonino in mano e stava componendo un numero. Gianna Manuzio è sicurissima che si trattasse di domenica, perché il sabato sera c'era stata la festa di una sua amica ed era rimasta fuori fino a tardi, mentre Emanuele e Loredana li aveva già visti anche domenica mattina in piazza, verso le 12.30, dentro i giardini, con altri ragazzi.

A parte ovviamente Astolfo e la madre, può essere mai che tutta questa gente si confonda, ricordi male, inventi tutto o si sia messa d'accordo per mentire?

Luigi Imperiali però nel suo memoriale – prima di chiuderlo ribadendo la sua innocenza e chiedendo di nuovo perdono ai giudici per essere scappato di là, senza avere chiamato subito i carabinieri – si chiede un'altra volta:

«Non riesco a capire un mistero e cioè quello delle persone che hanno detto di avere visto a Agora Emanuele e Loredana la domenica sera e io non ci posso fare proprio niente perché il loro è un grosso sbaglio».

Ma se Imperiali dice il vero – e non può essere altrimenti, poiché non avrebbe alcun interesse ad inventarsi un orario che in ogni caso lo inchioda, ma in cui le vittime invece sarebbero state ancora in vita – chi hanno visto allora quelli?

I fantasmi – ecco chi hanno visto – i fantasmi dei due ragazzi. Le anime di Emanuele e Loredana, che estratte a forza dai loro corpi a pugnalate non sono rimaste lì – tra il delirio, le ombre e i miasmi della nuvola rossa – a guardare disperate dall'alto i simulacri oramai straziati.

Sono uscite. E prima di andare dove forse alla fine vanno tutte le anime, si sono prese per mano ed hanno ripercorso i luoghi e le atmosfere del loro giovane amore. Felici e contenti per le strade, le piazze ed i vicoli di Agora Alta, a scambiarsi effusioni sul muretto ai giardini, a giocare al bar: «Ciao, Celeste».

Poi mano nella mano, «allegri e spensierati», sono tornati su, verso via della Fortuna dove li ha visti per l'ultima volta – col telefonino nuovo – Gianna Manuzio.

Da lì hanno spiccato il volo, per salire nei cieli dove forse salgono – chissà? – tutte le anime. Pure le nostre, quando sarà l'ora.

FINE

# Note al testo

Quando nel 1998 uscì per Donzelli *Una nuvola rossa*, in una sua recensione sull'*Espresso* Angelo Guglielmi lamentò l'eccesso di citazioni – perfino «*di autori latini citati in originale*» – quasi avessi voluto manifestamente far vedere di avere studiato; il che, diceva: «*È ammirevole ma non è pertinente*».

Io non so, ancora adesso, se tutte quelle citazioni disturbassero in qualche modo la lettura e se Angelo Guglielmi avesse o meno ragione; ma quello che so è che gli stessi appunti me li moveva tanti anni prima Alfonso Boni, quando stavamo nella sinistra lombardiana del Psi; quello vecchio però – precraxiano – con falce, martello e libro sopra il simbolo. Poi m'hanno cacciato e poco dopo hanno cacciato pure la falce e martello dal simbolo. Comunque Alfonso Boni, dopo ogni riunione, pure lui si lamentava: «Ma perché, quando parli, ti metti sempre a puntigliare: dice Mao, dice Lenin, dice Chitteparatté? Che bisogno c'è?»

C'è il bisogno che a me fin da piccolo hanno insegnato che non si ruba e – soprattutto mio padre – che rubare non significa solamente appropriarsi di un mucchio di denaro o di un tesoro altrui, ma pure solo di uno spillo, un merito o un'idea.

Tu un'idea di qualcun altro la puoi ampiamente rielaborare, utilizzare e fare tua – noi tutti del resto non siamo che «nani sulle spalle dei giganti», come sosteneva (pardon!) Bernardo di Chartres – ma hai il dovere di citare la fonte. Non puoi farla passare come prodotto originario della tua mente. Se no è furto, e io m'incazzo come una bestia quando lo fanno a me.

Si chiama onestà intellettuale – non vano sfoggio – e Gugliel-mi mi perdonerà se, oltre a Bernardo di Chartres, in questa nuo-va stesura ne ho aggiunta pure qualche altra in più.

*Una nuvola rossa* lo avevo scritto di corsa nel tempo libero – era il 1997 – mentre lavoravo ancora in fabbrica. Uscì a febbraio del 1998, ma era un libro che non avrei voluto fare, come racconto nel testo, e chi insisteva invece era Carmine Donzelli – mio primo edi-tore – impressionato forse dal delitto vero, a cui poi il libro si è li-beramente ispirato. Mi aveva prospettato pure un buon anticipo, ma a me proprio non andava. A me il sangue non piace e quan-do Ivana invece mi costringe a vedere qualche film di paura, an-ch'io – come Totti – «chiudo l'occhi».

Chi mi ha convinto è stato Alessandro Panigutti di *LatinaOg-gi*, che una sera in libreria – durante una riunione di reduci del '68 – a un certo punto m'ha sbattuto un malloppo di carte in mano: «Tie', lèggiti queste».

Erano proprio gli atti, deposizioni e verbali di quel delitto ac-caduto qualche mese prima, che aveva destato appunto l'interes-se di Donzelli: «Ma che mi frega a me?» e gli ho respinto il pacco.

Panigutti ha insistito – «No no, tièttele, dagli un'occhiata» – e mentre gli altri reduciavano ho iniziato a guardarle e non ho più smesso. Il linguaggio vivo e allo stesso tempo stereotipato del mat-tinale di polizia – gli A.D.R., le formule di rito, l'impersonalità dei verbali – mi ha affascinato insieme al groviglio e le contraddizio-ni dei testimoni. Pareva da una parte Truman Capote, e dall'altra un gigantesco effetto Rashomon – poco tempo prima avevo rivi-sto per caso in tv il remake americano *L'oltraggio*, con uno stupen-do Paul Newman – in cui nessun conto torna e tutto rimane aper-to: «Questo sì che è un pasticciaccio» ho detto.

Mi sono portato il pacco a casa e – prima ancora che iniziasse l'iter processuale del delitto vero – ci ho inventato, fantasticato e costruito sopra il romanzo. Ma era stata la letterarietà dei verba-li a spingermi, non il fatto o il sangue in sé, a cui il libro era solo lontanamente ispirato. Era creazione letteraria anch'esso, non già CHI L'HA VISTO o tv-verità (invenzioni meritorie, peraltro, del sud-detto Angelo Guglielmi su RAI 3).

Adesso l'ho rifatto. Vent'anni dopo ne ho riscritte parti intere, altre le ho tolte ed altre ancora le ho aggiunte. Non è quindi una nuova edizione, ma proprio un altro libro, a cui ho soprattutto cambiato il finale.

Quello di prima non mi piaceva. Ferma restando infatti l'angosciosa suggestione dell'*inconoscibilità del reale* – che avevo assunto bene o male come tema dall'inizio – non mi pareva di essere riuscito a dare a tutto il garbuglio un esito che, sul piano estetico, rendesse appieno, se c'era, l'unità organica dell'opera. Il libro – come si suole dire – non mi sembrava chiuso.

Dice: «E allora perché lo avevi fatto così, con quel finale?»

Perché pure con tutta la buona volontà di questo mondo, non mi era venuto in mente di meglio, allora, ecco perché. Mi ci sono voluti vent'anni, per farmi accendere la lampadina e trovare all'improvviso la soluzione.

Dell'*inconoscibilità del reale* – con particolare riferimento alla storia e all'indagine storiografica – comincia a discutere diffusamente già Pirrone di Elide (365-270 circa a.C.), filosofo greco padre dello scetticismo e, nello specifico, del *pirronismo storico*. Io la prima volta che ne ho sentito parlare è stato da Mario Mazza a storia romana nel 1989 – mitica aula XXII della facoltà di lettere della Sapienza – che lo citò en passant, una volta, a inizio lezione. Subito però si fermò di botto, guardò tutta l'aula stracolma e ci chiese: «Ma immagino che voi non sappiate tanto bene cosa sia il pirronismo».

«Be', a dire la verità non lo ha mai saputo nessuno, cosa fosse in fin dei conti per davvero» feci dal fondo.

«Io sì, che lo so!» s'incazzò come una bestia: «O almeno so dove andarlo a cercare e studiare!» e si mise di tutto buzzo a spiegarcelo per benino, man mano calmandosi mentre spiegava.

Finita la lezione andai a scusarmi: «Professo', io avevo capito peronismo. Quello di Peron» e lui si mise a ridere.

Io però da allora Pirrone di Elide – e il suo pirronismo storico – non me li sono più scordati.

Su Alberto Carlo Blanc e il cranio neandertaliano del Circeo, ho nel frattempo scritto altri due libri – *Le iene del Circeo* nel 2010 per

Laterza, e *Camerata Neandertal* nel 2014 per Baldini&Castoldi – in cui credo d'avere dimostrato ad abundantiam la fallacia d'ogni tesi pro-iena: lì si trattò proprio di una sepoltura sacrale, preceduta da un rito antropofagico-religioso. Non ci sono dubbi di sorta. Trovai pure e pubblicai in rete – dove sta tuttora in http://www.antoniopennacchi.it/il-cranio-del-circeo/ – la testimonianza del senatore Ajmone Finestra (1921-2012) già sindaco di Latina, che nel 1939, all'età di diciotto anni, era penetrato nella Grotta Guattari, al Circeo, subito dopo l'elettricista che aveva fatto la discoverta. Ben prima – quindi – che ci entrasse Blanc, il quale giunse sul posto soltanto il giorno dopo. E Finestra – come lo stesso elettricista, peraltro – dentro la grotta vide quel cranio in mezzo a un cerchio di pietre. Cerchio che stava quindi lì – indisturbato insieme al cranio – da cinquantunomila anni. Altro che "falso di Blanc".

Gli scienziati però – i paleontologi italiani pagati con i soldi pubblici – tali e quali ai giudici di Agora non hanno avuto l'ombra di uno scrupolo, mosso un ciglio o fatto una piega: «*Che cazzo me frega a 'mmì? Jena era e jena resta, te possin'ammazzà*».

Va' in che mani stiamo, va'.

«Ma ringrazia piuttosto Dio», dice mia moglie, «che non hanno dato trent'anni anche a te».

*L'oltraggio* infine – il remake americano di *Rashomon* – è bene ricordare che a suo tempo era stato stroncato dal Mereghetti, che aveva addirittura sbeffeggiato Paul Newman: «*Esagitato e truccato in modo ridicolo*». Lo stesso Mereghetti, però, aveva stroncato pure *Scipione detto anche l'Africano* di Luigi Magni, che resta invece per me uno dei capolavori assoluti della filmografia italiana e mondiale. Insieme a *Accattone* e *Edipo re* di Pasolini, se non di più.

Oltre a non essere un giallista, evidentemente non capisco un tubo nemmeno di cinema.

*a. pennacchi – ottobre 2018*

# Indice

Mondadori Libri S.p.A.

Questo volume è stato stampato
presso ELCOGRAF S.p.A.
Stabilimento - Cles (TN)

Stampato in Italia - Printed in Italy